终极斗罗 ZHONGJIDOULUO

斗罗

5

唐家三少 著

第四部

唐门荣耀 终极降临 鸿篇巨制 热血重燃

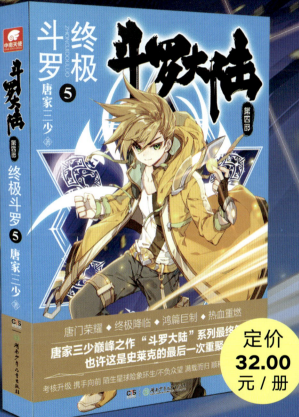

定价
32.00
元 / 册

唐家三少巅峰之作 "斗罗大陆" 系列最终篇章
也许这是史莱克的最后一次重聚

考核升级 携手向前 陌生星球险象环生/不负众望 满载而归 顺利入学各有机缘

《斗罗大陆 第四部 终极斗罗》第6册2019年5月上市！敬请关注！

神澜奇域 无双珠

Shenlanqiyu Wushuangzhu

唐家三少 ★著★

唐家三少全新作品

与斗罗大陆世界密不可分的重磅新作！

定价34.80元/册 -全3册-

神秘莫测的六大域、波澜壮阔的七色海中隐藏无数秘密

多人物、多视角、多故事互动，与《斗罗大陆》以及《斗罗大陆》人物密切相关，将构建唐家三少作品中最庞大的幻想世界。

第三册内容介绍： 法华和蓝歌在妖域祖庭偶遇圣莲，正当圣莲游说他们拿出无双珠时，红宝女皇突然出现了。令他们没想到的是，红宝女皇并没有像之前那样打击他们，反而帮助他们练习技能，提升修为。八大魔神前来妖域，再次见到天魔夜明的蓝歌控制不住内心的情绪，主动出手……

天珠变

典藏版

8

唐家三少 著

湖南少年儿童出版社
HUNAN JUVENILE & CHILDREN'S PUBLISHING HOUSE

图书在版编目（CIP）数据

天珠变：典藏版. 8 / 唐家三少著. -- 长沙：湖
南少年儿童出版社，2019.4
ISBN 978-7-5562-3268-0

Ⅰ. ①天… Ⅱ. ①唐… Ⅲ. ①长篇小说－中国－当代
Ⅳ. ①I247.5

中国版本图书馆CIP数据核字（2019）第034030号

TIANZHU BIAN DIANCANG BAN 8

天珠变 典藏版8

唐家三少 著

责任编辑：阳　梅　梁　洁　黄香春
特约编辑：易　佩
装帧设计：田星宇

出版人：胡　坚
出版发行：湖南少年儿童出版社
社址：湖南省长沙市晚报大道89号　　　　邮编：410016
电话：0731-82196340（销售部）　　　　82196313（总编室）
传真：0731-82199308（销售部）　　　　82196330（综合管理部）
常年法律顾问：北京市长安律师事务所长沙分所　　　张晓军律师

经销：新华书店　印刷：湖南天闻新华印务有限公司
书号：ISBN 978-7-5562-3268-0
印张：18　　　字数：260千字
开本：710mm×1000mm　1/16
版次：2019年4月第1版
印次：2019年4月第1次印刷
定价：32.00元

目 录

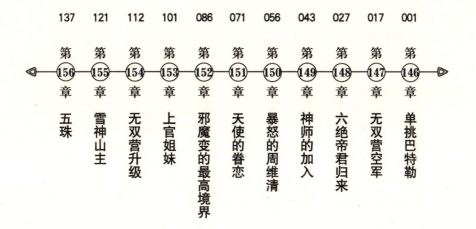

目 录

CONTENTS

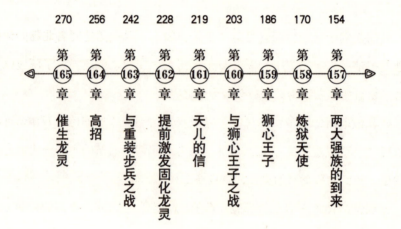

第（146）章
单挑巴特勒

　　无双营的士兵们用凝形弓射了十轮羽箭后，迅狼团这闻名北疆的精锐之师遭受了前所未有的打击，尚未与无双营正式交战，就已损失了两成以上的兵力，超过两千名狼骑兵殒命在凝形弓之下。

　　冲在最前面的迅狼团军官们距离无双营的倒三角战阵还有五百米远时，无双营的羽箭攻击骤然停滞了一下，因为无双营士兵们的大部分天力已经消耗殆尽，他们的凝形弓消失了，只能换上普通的硬弓。

　　无双营的绝大多数士兵都是在药物的刺激和上官菲儿等人的帮助下最近才觉醒天力，此时他们每人都只有一颗本命珠。在使用凝形弓的情况下，他们还能射出十箭，这已经是他们目前能达到的极限了。

　　当然，还有一部分士兵没有射箭，他们是无双营的特种兵，此时正跟在划风背后。

　　这部分士兵虽然平时单独训练，但依旧归属于各个中队，只有在战时才被抽调出来组成特种中队。

　　特种中队目前一共有八十多名士兵，由天弓营的七大神箭手统一指挥。

在特种中队中，有三十六人是火属性意珠师，剩余的则是其他属性的意珠师，其中甚至还有七名天珠师。

这七名天珠师的天珠都才觉醒不久，毫无疑问，与无双营的其他士兵相比，他们有更大的发展潜力，是无双营未来的中流砥柱。

虽然这七人的年龄都超过了二十岁，但他们毕竟是天珠师，所以要单独抽调出来进行训练。

无双营的士兵们依旧在放着羽箭，但是，没有了凝形弓和天力的辅助，羽箭的威力明显下降。

狼骑兵释放了血脉力量后，防御力惊人，要十几箭才能拦得住他们，因此，迅狼团的伤亡速度大幅度降低了。

在损失了两千五百多名狼骑兵后，迅狼团终于冲到了距离无双营战阵三百米的地方。

周维清端坐在独角魔鬼马上，始终没有吭声，之前也一直是划风在指挥无双营作战。

周维清的目光锁定了冲在最前面的巴特勒，巴特勒胯下的金色战狼足有四米长。

不用问，周维清也知道这巴特勒是迅狼团的团长，因为巴特勒身上散发出的气势很强。

至少是八珠修为，这是周维清对巴特勒实力的判断。

周维清的任务只有一个，就是尽可能地缠住巴特勒，不让他伤害无双营的士兵。因此，周维清之前没有和手下的士兵们一起放箭，而是在静静地等待着。

"营长，那个骑着金色战狼的家伙应该不好对付。金色战狼本就是下位天宗级天兽，战斗力十分强，能够骑乘它的人，实力只会比它更强。"魏峰压低声音，在周维清身边提醒道。

尽管在战场上，个人的力量很难直接影响大局，但是，如果个体实力足够强大，就能鼓舞己方的士气，就相当于能够间接影响战局。

"没事，把他交给我，其他人是你们的。划风老师，冲在前面的那些敌人，除了那个骑金色战狼的，剩余的都是你们特种中队的。"

划风怎会看不出巴特勒实力强大，但在这个时候，他绝对不能置疑周维清的决定。

周维清是无双营的营长，在这个时候，他的命令就是一切，哪怕他的命令是错的，也不容人当着众人的面直接反驳，否则会影响无双营的士气。

对面还有七千多名愤怒到了极点的狼骑兵，没有人会怀疑他们的残暴和狠毒。

一旦他们冲到无双营阵前，与无双营的士兵展开近战，那么，这场战争将完全脱离预定的轨迹。

在周维清的计划中，没有近战这一步，尽管在上官菲儿的调教下，无双营士兵们的近战能力已经有了很大的提高。

可是，一旦发生近战，本营士兵必然会出现伤亡，这就违背了周维清原本的计划，也影响他提升全营的士气。

无双营的士兵们一轮一轮地放着羽箭，敌人已经越来越近了。

巴特勒面容狰狞，他胯下的战狼加速前进，宛如一条金色的直线，超出其他战狼近百米的距离，直奔这边而来。

巴特勒自然也看到了周维清。

周维清坐在独角魔鬼马的马背上，显得分外高大，那种高高在上，傲立于战旗下的姿态已经暴露了他的指挥官身份。

"冲——"巴特勒怒吼一声，全身的血液仿佛因为愤怒而沸腾了。

他深信，只要自己能够冲入对方的战阵之中，就有可能将对方的人全部解决。

要知道，他可是拥有九珠修为的上位天宗，敌人才一千五百人，也不可能拥有像他这样实力强大的天珠师。

周维清终于动了，他的右手缓缓朝巴特勒的方向抬起。

此时，双方之间的距离还有一百五十米。

一旦对方进入无双营一百米的范围，只要有足够的修为，就有发动技能的可能，所以，周维清选择在这个时候释放自己的气息。

在铿锵巨响之中，周维清甩掉身上的钛合金铠甲，露出了有健壮肌肉的上半身，他那古铜色的肌肤在阳光的照耀下显得很有光泽。

他大喝一声，紧接着，整个人如同箭矢般冲了出去。

他的冲锋是那么一往无前，那么剽悍，他整个人在空中迸发出一种视死如归的凛冽杀气。

任何一支军队，其带队的将领性格如何，会直接影响到整个军队的士气。

周维清毫不畏惧地迎向敌方的最强者，此时此刻，无双营士兵们的战斗意志也提升到了极点。

羽箭发射的速度明显加快了，在划风的指挥下，所有抛射的羽箭都远离了周维清的方向，以免无双营士兵误伤周维清。

周维清悬在半空，身体开始发生变化，虎皮魔纹瞬间蔓延在他的每一寸皮肤上，凌厉的气势混合着霸道的气息骤然迸发，他全身的肌肉飞快胀大，双眸也变成了红色的。

他此时的状态，就像是魔神降临一样。

不仅如此，周维清背后还浮现出了一个紫红色的光影，只见那光影扶摇直上，正是龙魔娲女的身影。

交战双方的绝大多数士兵都不知道这天技映像意味着什么，但是，正在冲锋的上位天宗巴特勒无比清楚。

巴特勒拥有九珠修为，在他心中，天技映像是至高无上的存在。

周维清身上突然散发出的气息，产生的邪魔变变化，以及那天技映像，就像是给巴特勒泼了一盆冰水，使其强烈的战意瞬间弱了不少。

更令巴特勒惊骇的是，他胯下的战狼——他的伙伴，速度陡然大减，甚至战栗起来。

巴特勒突然感受到了一股他在雪神山主身上感受到的气息，那是一股令他五体投地、甘愿臣服的气息，他心中不由得产生了恐惧。

而且，由于距离较远，加上周维清突然释放出强大的气息，因此巴特勒根本没有注意到周维清的手腕上只有四对天珠。

事实上，进入邪魔变状态的周维清，身上散发出的气息又怎么可能是四珠级别的呢？

不过，巴特勒会产生那种感觉也没有错，因为单从血脉的等级来看，周维清传承的暗魔邪神虎本就不亚于神圣天灵虎，更何况，周维清身上还有固化龙灵的气息。

尽管周维清现在还不能使用固化龙灵的能力，但是，固化龙灵的气息早已存在于他的身体之中，在邪魔变状态下，这股气息自然也被释放出来了。

周维清眼中闪着冰冷的光芒，这一刻，他整个人都沉浸在一种奇妙的感觉之中。

在无双营上千名士兵同时射箭的时候，他就产生了这种感觉。在凝形弓发出的厉啸声中，他体内的血液仿佛沸腾了，他的眼中只有巴特勒这一个对手。

正因如此，当巴特勒冲入周维清身前一百五十米范围的时候，周维清才能将自己的气势提升到巅峰境界。

来到中天帝国边疆之前，周维清如果遇到九珠修为的对手，会立马掉头逃跑，因为双方的天力差距实在是太大了。

来到这里后，他不但成了六绝帝君的弟子，而且面对过天王级的对手寒天佑。

尽管对战寒天佑的时候，他并不是绝对的主力，但是，体验过另一个层次的强者的实力后，再面对宗级强者，他心中就没有了半分恐惧。更何况，为了眼前这一战，他已经做了许多准备。

跟周维清预料的一样，金色战狼停了下来，巴特勒吃惊地看着周维清背后的天技映像，毫不犹豫地释放出了自己的凝形装备。

在这个时候，万兽帝国和中天帝国的不同之处就显现出来了。

毫无疑问，万兽帝国拥有着强大的兽人士兵，在士兵层面上，中天帝国需要以十对一，才能与万兽帝国抗衡，但是，到了强者这个层面，情况就不同了。

对比天珠师的数量，万兽帝国只略微逊色于中天帝国，但是，比质量，万兽帝国就差得远了，原因就在于凝形和拓印。

万兽帝国和其他国家一样，凝形师数量很少，而中天帝国有天珠岛这个后盾，还有凝形阁这样的存在，自然拥有其他国家不具备的优势。

巴特勒虽然已经是九珠级别的强者，但是一次性释放出来的凝形装备只有七件，而且还不是套装，只是零散的七件凝形装备。

其中最好的一件是他手中的狼牙棒，那是一件宗师级凝形装备，而他身上的其他六件装备只是由高级凝形卷轴和中级凝形卷轴凝形而成的。因此，这些凝形装备对提升巴特勒战斗力的作用并不是很大。

“你是什么人？”巴特勒大喝一声。

巴特勒不是傻子，面对天技映像，他自然不会径直冲过去。而且，天技映像的出现已经让他完全忽略了周维清的年纪。

周维清冷笑一声，道：“无双营营长，周维清，记住我的名字。”

周维清的眼中闪着森然寒光，他见巴特勒不过来，便主动朝巴特勒冲了过去。

在这个时候，周维清的龙魔禁已经完全准备好了，随时可以发动，绝不会像上次面对寒天佑时那样，被轻易打断。

身为迅狼团的团长，巴特勒眼中凶光毕露，血性被完全激发了出来。他驱使胯下的金色战狼，朝着周维清迎了过去。

这个时候，跟随在巴特勒身后的迅狼团军官们却遇到了大麻烦。

巴特勒已经独自冲向周维清，但是，在距离无双营战阵一百五十米的地方，迅狼团的军官们“狼失前蹄”，纷纷跌入了无双营早已准备好的壕沟之中。

有林天熬这样的土属性天珠师在，开凿一条宽阔的壕沟绝不是什么太难的事情，更何况还有无双营上千名士兵做帮手。

周维清选择在这里列阵，自然也是因为这一点，他预料到迅狼团不会分散兵力，而是选择正面进攻。

壕沟的宽度足有三十米，就算战狼的跳跃力再强也不可能跳得过去，深度倒是一般，只有六米。

不过，在这六米深的壕沟之中，还放置有其他的东西，譬如一支支尖端向上的长矛和硫黄、干草、煤油等易燃物。

迅狼团这一百多名军官都是天珠师，中队长有两三珠的修为，营长则是四五珠的修为，可惜，他们拥有的凝形装备并不多。

这一百多人为了用天力阻挡正面飞来的羽箭，是一字排开发起冲锋的。因此，当他们冲到壕沟这里的时候，隐藏在壕沟附近的无双营士兵只需扯开壕沟的挡板，再迅速逃开，就能让陷阱发挥威力。

这一百多名军官，几乎是同一时间掉进壕沟的。

周维清之所以放巴特勒过来，是因为他知道以巴特勒的实力，陷入壕沟根本不会受到影响，反而有可能帮助其他军官逃出壕沟，因此，周维清选择正面迎战巴特勒，还能提升己方的士气。

划风早已计算好了距离，他眼看对方的军官们即将冲入壕沟，于是立刻下达了命令。

三十六名火属性意珠师，将早已准备好的附带爆裂火球技能的钛合金箭快速射出。

这些意珠师没有凝形装备，但是可以在长弓上镶嵌意珠进行技能释放，因此，爆裂火球会灼烧钛合金箭，这也是壕沟设在一百五十米的位置，而不是更远的原因。一百五十米，是他们射出的钛合金箭的有效射程。

军官们胯下的战狼品质相当高，即使跌入壕沟，也尽可能地保持着平衡。

它们拥有坚韧的皮毛，可是，就算它们的皮毛再坚韧，也架不住之前全速前冲所产生的力量。

一时间，壕沟内的惨叫声此起彼伏。

虽然迅狼团的军官受伤的不多，但是他们的战狼皆受了不轻的伤，有的战狼跌入壕沟后，便落得了筋折骨断的下场，绝大部分战狼更是直接毙命于尖锐的长矛之上。

迅狼团的军官们面对这陷阱，根本顾不上去援救自己的战狼，因为谁都知道，继续留在壕沟中绝不会好受。

先不说敌人会如何继续发动攻击，单是己方其他士兵马上就要冲过来了，那么快的速度，根本控制不住。

一旦再有人砸下来，就算是天珠师恐怕也承受不起。

就在这时，早已准备多时的三十六支附带爆裂火球技能的钛合金箭准确地射入了壕沟之中。

壕沟内准备的材料太充足了，在爆裂火球的作用下，"轰"的一声，高达七八米的火焰从壕沟中升腾而起。

反应快的军官还来得及冲出来，然而那些速度慢的军官，要么被钛合金箭命中砸了回去，要么被下面骤然升腾起来的火焰吞噬了。

营长级别的天珠师能够凭借天神力境界的天力保护身体，可是，那些中队长级别的军官就没那么好命了，他们的天力还远不足以护住身体。

正所谓水火无情，迅狼团的一百多名军官瞬间就被火焰吞噬了二十多名，那些还活着的，也都失去了他们的战狼。

这壕沟的作用并不是为了杀伤敌人，而是为了除掉那些战狼。

无双营的众人早已预料到迅狼团为了抵挡无双营的弓箭，会选择如此冲锋。

有了这一把火，这些实力较强的军官就失去了他们原本最有利的速度，而且，这壕沟加上升腾的火焰，也会对迅狼团后面跟上来的狼骑兵们形成极大的阻碍，战狼们冲不过去这宽达三十米的壕沟，只能绕行。

这就给了无双营士兵们时间撤退。

"后撤！"划风毫不犹豫地下达了命令。而听令的对象，并不包括特种中队的那八十多名弓箭手。

那八十多名弓箭手之前一直在养精蓄锐，此时正是爆发的好时机，他们不但要负责狙击对方的军官，还要为同伴们断后。

无双营没有配备多少战马，但是，无双营的士兵们跑起来的速度相当惊人。

随着刘风的一声"后撤"，无双营的士兵们毫不犹豫地掉头就跑，直奔山包"老窝"。

天弓营的七大神箭手则带着特种中队的弓箭手们静静地等着，并不急于撤退，因为他们都有自己的坐骑。虽然他们的坐骑不全是魔鬼马，但撤退的速度比那些没有坐骑的士兵快得多。

壕沟和升腾起的火焰打乱了迅狼团的冲锋，令他们乱作一团，导致又有几十名狼骑兵因为跟进的速度过快而冲入了壕沟之中。

这些狼骑兵没有他们的军官们那样的实力，掉进这样的壕沟，就等于面临毁灭性的灾难。

此时，巴特勒和他的狼骑兵已经被火焰隔开了，而就在那火焰升腾起的时候，他和周维清之间的战斗也真正展开了。

周维清猛地扑向巴特勒，在空中做出了一个令巴特勒不解的动作——周维清凭借右腿的力量，高高地跃起，手中并没有拿任何武器，而是用右腿劈向巴特勒。

虽然周维清学习六绝帝君的六绝控技已经有一段时间了，但是如果他想真正发挥出六绝控技的强大威力，还需要将修为提升到更高层次。

因此，他此时的战斗方式和以前并没有太大的区别，只是对天力的控制更加精准了，绝不会浪费一丝天力。

巴特勒看到周维清这副模样，心想，这小子疯了吗？竟然敢用腿来攻击我！

要知道，巴特勒手中的那柄狼牙棒长达两米二，最粗的地方比巴特勒的大腿还粗几圈，上面有一根根尖刺，就算是一大块生铁也会被它从中打断，就更别说周维清的右腿了。

此时两人离得近了，巴特勒看到周维清手腕上只有四对天珠后，心中不由得生出一股羞恼之意：自己堂堂上位天宗，竟然被一个只有四珠修为的下位天尊吓到了！这小子的天技映像估计是假的，四珠修为的天珠师怎么会拥有天神级强者才能拥有的技能呢？

而巴特勒胯下的战狼表现出的战栗，则被巴特勒归咎于周维清邪魔变释放出的气息。

巴特勒现在唯一疑惑的是，难道天邪教跟中天帝国合作了？可就算是那样，五大圣地之间不是有约定，不允许参加战争吗？他们这是违背了圣地之间的约定啊！

当然，这些念头只是在巴特勒心中一闪而过，因为周维清已经到了他眼前，他没有时间仔细思考这些事。

巴特勒眼中闪着凶狠的光芒，将手中巨大的狼牙棒横扫而出，与此同时，他还释放了一个技能，令他本就已经十分强大的力量再次暴增。

巴特勒能够被选中到雪神山接受指引，绝非只是运气好，不仅因为他是狼人族的继承人，还因为他的意珠有黑暗属性。

万兽帝国虽然在凝形方面有所欠缺，但是在拓印方面有着得天独厚的优势。

因为万兽帝国有万兽天堂这样一个地方，所以万兽帝国的每一名高等级天珠师都能拓印到相当不错的技能。

巴特勒轻视了周维清，所以只释放了他当年拓印到的第一个技能。

他的这个技能随着他修为的提升也提升到了九珠层次，能够瞬间增强力量和气势。

在巴特勒看来，如果周维清只是凌空下劈右腿，不使用其他技能的话，肯定会瞬间就被他的狼牙棒毁灭。

他也已经做好了准备，一旦周维清释放其他技能，他就毫不犹豫地施展强大的黑暗属性技能，给予周维清最强的打击，争取一击制胜。

巴特勒的如意算盘是打得不错，判断得也没有错，周维清确实是有后手，可惜，这个后手并不是巴特勒预料的那样。

一个紫红色的旋涡悄然出现在巴特勒的头顶上方，当紫红色的光芒照耀在巴特勒身上的时候，他的狼牙棒与周维清的右腿发生了碰撞。

下一瞬间，巴特勒就呆滞了，因为他的狼牙棒竟然消失了！

不仅仅是他的狼牙棒消失了，他身上所有的凝形装备，还有他已经准备好的强大技能，在这一瞬间，居然都和他失去了联系。

不论是多么强大的天珠师，突然面对如此不可思议的情况，情绪都会受到巨大的影响，变得呆滞是不可避免的。

然而，这一切早已在周维清的预料之中，他的右腿毫无保留地全力劈下。

巴特勒不愧是久经沙场的老将，尽管惊讶、呆滞，但他还是感觉到了不对劲。可惜的是，这个时候他再做什么都来不及了，只能下意识地架起双臂。

虽然巴特勒失去了凝形装备，但是他体内的天力还在，强烈的天力波动瞬间全面爆发出来，将他的双臂都染成了白色，他将手臂呈"十"字状架起，试图抵挡周维清右腿的攻击。

在轰然巨响之中，周维清的身体反弹而起，而巴特勒则剧烈地晃动了一下，甚至连双臂骨骼都发出了声音。

虽然巴特勒凭借强大的天力，双臂并没有被周维清劈断，但是，周维清的邪魔右腿爆发出的恐怖力量，还是令巴特勒觉得双臂传来一阵剧痛。

而且，那股力量还传导到了巴特勒胯下的金色战狼身上，金色战狼四肢一软，险些扑倒在地。

自从周维清冲上来后，巴特勒的这匹金色战狼就完全失去了往日的威风，完全不敢向周维清主动出击。

周维清身上散发出的气息连银皇天隼那样强大的天兽都会受到影响，而这匹金色战狼刚刚达到宗级修为，所有就更不用说了，它此时连平日三成的战斗力都发挥不出来。

就在巴特勒不明白自己的凝形、拓印能力为什么会全部消失的时候，他突然感觉自己手臂上有些怪怪的。

此时，巴特勒护体的天力几乎全被周维清那右腿的一击震破，这奇怪的感觉刚出现，他就向自己的手臂看去。

一颗闪耀着黑色、灰色、蓝色光芒的奇异珠子，居然粘在了巴特勒的手臂上！

在巴特勒发现这颗珠子的同时，他正好看到自己护体天力的最后一层出现了一个小洞，而这颗珠子就自然地从这个小洞钻进了他的体内。

巴特勒不是寒天佑，他并不清楚暗魔邪神雷的威力，自然不可能"壮士断腕"。

剧烈的轰鸣声响彻整个战场，连火焰壕沟另一边的狼骑兵都清楚地看到这边混合着三种颜色的光芒。

巴特勒整个人被暗魔邪神雷突如其来的爆发力轰得从金色战狼背上倒飞而出，但他并没有觉得疼痛，而是感受到一种深入骨髓的冰冷。

暗魔邪神雷极为霸道，它爆炸后产生的能量会瞬间侵入敌人体内，如果换了普通人或修为低于周维清的对手，那份能量就足以让对手从这个世界上消失。

巴特勒毕竟是九珠修为的强者，他的经脉得到过三十多重天力的改善，比普通人坚韧许多倍，因此，暗魔邪神雷中蕴含的三属性能量毒素只会侵入他的体内，在他的经脉中蔓延。

巴特勒打了个寒战，此时他是真的怕了，于是毫不犹豫地朝周维清的方向轰出一拳。

一股浓郁的天力将空气压缩，发出一声爆鸣，周维清身在二十多米外，都感觉到了一股无比强劲的冲击力。

两人之间的天力修为相差极大，就算此时周维清释放出阴阳巨灵掌，通过神师级凝形装备和凝形护体神光硬挡这一击，也未必能讨好。

可是，周维清现在需要硬挡这一击吗？他绝不会犯傻。

银色光芒一闪，下一瞬间，周维清就已经出现在了巴特勒侧面十米处，巴特勒那一拳自然是打空了。

巴特勒想再次出击，但是他体内那股寒意骤然变得更加强烈，令他不敢再继续发动攻击。

他虽然不知道周维清刚刚发出的那一击是什么技能，却能感觉到自己的生命正遭受威胁，于是他怒吼一声，叫来金色战狼，腾身而上。他没有朝周维清冲去，而是掉头跑了。

周维清给巴特勒的感觉只有一个，那就是邪门，没错，周维清太邪门了。

一个四珠修为的天珠师竟然能伤到他，这是他连想都没有想过的事！

就算周维清有邪魔变，可两人之间的天力差距巨大，在这种情况下，周维清竟然能够凭借力量配合技能令他受伤，这实在是不可思议！

此时，巴特勒看到了壕沟中升腾起的火焰，身为一名军队指挥者，他的士兵同他被完全分隔开来了，这种感觉十分不好。

如果在这个时候，无双营再出现什么强者，他很可能会陷入万劫不复之地。因此，巴特勒毫不犹豫地调头逃跑。

看着巴特勒转身逃跑，周维清没有追击，而是微微喘息着，胸口处一阵发闷，气血翻涌，险些吐血。

刚才周维清那一击看上去十分简单，实际上是耗费了他大量的心力。因为双方的天力修为差距太大，所以他让自身先达到邪魔变状态，再用右腿尽力劈斩，结果那反震之力还是让他受了伤。

幸好，他的目的只是用暗魔邪神雷对付巴特勒，拖住巴特勒，并不是真正与之拼斗，否则四珠对九珠，他没有任何机会取胜。

巴特勒并不是输在了实力上，而是输在了战术失误和轻敌上，才落得目前的下场。

因此，巴特勒也是迄今为止第一个全面承受周维清的暗魔邪神雷威力的天珠师。

随着实战次数的增加，周维清在战场上的经验比以前丰富了不少，尤其是在面对比自己强的敌人时，他更是有自己的一套手段。

周维清很清楚自己的优势在于能够出其不意，因为他的很多能力都超越了普通天珠师常规的认知，譬如他的邪魔变，他的邪魔右腿，以及暗魔邪神雷。

他明白，一旦他被巴特勒这种九珠级别的强者，且是久经沙场的强者摸清楚了路数，那么他将毫无机会获胜。

他只有将自己的优势发挥到极致，在一开始就发出最强的攻击，才有可能伤到对方，赢得胜利。

不过，连周维清自己都没想到，他在释放邪魔变和天技映像的时候就已吓住了巴特勒，令巴特勒对他的判断出现了失误，再加上龙魔禁的威力实在是太霸道了，他才能一举成功，令巴特勒吃了个大亏。

其实，周维清还忘了一点：寒天佑是出身于圣地的天王级强者，眼前的巴特勒是万兽帝国狼人族的团长，巴特勒对周维清能力的判断，肯定比不上寒天佑，因为寒天佑已经通过沈小魔对周维清有了一定的了解。

周维清一上来就展现出强大的力量，释放出龙魔禁、暗魔邪神雷，进行强力压制，只要不是有充分准备或对他有充分认识的对手，想不上当都很难。

说得简单一点就是，巴特勒带着疯狂的气势冲上来，却因为轻敌，被周维清钻了空子，中了周维清的毒后逃跑了。

第147章
无双营空军

周维清和巴特勒之间的战斗，在电光石火之间就结束了。

无双营的绝大多数士兵只看到周维清右脚一记重劈，然后反弹而起，而巴特勒就被轰飞了。巴特勒翻身起来后，立刻骑上战狼就逃跑了。

没有几个人看到其中的细节，但毫无疑问，周维清赢了。

在无双营士兵们的眼中，自己的主将周维清瞬间就战胜了敌人的主将，无双营的士气顿时大盛，一时间，羽箭如飞蝗般越过有火焰的壕沟，抛射而出。

林天熬从地下"破土而出"，来到周维清身边，露出佩服和惊讶的神色。

他是周维清埋下的"伏笔"，如果刚才周维清不能在短时间内战胜巴特勒，林天熬就会出手对付巴特勒。

周维清深信自己与林天熬合力，只要敌人不是天王级的强者，阻挡一阵是绝无问题的，当然，现在这招已经用不上了。

"咱们也后撤。"周维清对林天熬说道。

林天熬放出自己的魔鬼马，翻身上马，和周维清一起，朝着己方战阵飞驰而去。

如果周维清放出小红豆，或许有机会解决巴特勒，但是，周维清深知自己现在的角色并不是一名天珠师，而是一名指挥官。

身为指挥官，他可以针对敌方的指挥官发起攻击，或是尽全力解决敌方的指挥官，但在关键时刻，他要顾全大局。

周维清虽然对军事基本常识不是很熟悉，但拥有普通人难有的大局观，这也是当初他被翡丽战神冥昱看重的原因。

所幸迅狼团中没人看到他们的主将落败，不然的话，迅狼团的士气必定会受到严重的打击。

尽管有火焰壕沟阻路，但壕沟不是特别长，此时狼骑兵已经兵分两路，绕过壕沟冲了过来。

虽然迅狼团现在已经损失了超过五分之一的狼骑兵，但他们还是认为己方不会输掉这场战争。

在那些绕过壕沟冲过来的狼骑兵看来，一旦他们冲入无双营的战阵，战斗的局势就将发生转变。

就在周维清力克巴特勒，令巴特勒落荒而逃不敢再战时，战场上，一支特殊的队伍已悍然加入了战斗。

无双营真正的王牌队伍在这个时候出场了。

上官菲儿背后的凝形双翼舒展开来，闪耀着夺目的暗金色光芒。

在她身后，无双营的三百名士兵也纷纷张开黑色凝形双翼，每个人都握着凝形弓。

"掩护撤退！放！"上官菲儿的命令简洁有力。

这是无双营空军第一次出现在战场上。

三百支羽箭几乎是同一时间射出的，整整三百名狼骑兵在惨叫声中，从他们的战狼背上跌落。

无双营的这三百名空军，才是整个无双营真正的精锐队伍。

他们的个人修为都在三珠及三珠以上，且皆是体珠师，否则他们也无法拥有双翼加凝形弓这三件凝形装备。

他们的修为能够达到三珠及三珠以上，天力自然也相当强大，一方面他们能利用双翼在空中飞翔，另一方面他们用凝形弓射出的羽箭的威力，也比地面上无双营士兵用硬弓射出的羽箭的威力大得多。

普通狼骑兵如何能够抵挡得住这样威力极大的羽箭呢?

三百支羽箭立马就解决了三百名狼骑兵，而且解决的都是最先从壕沟两侧绕过来的狼骑兵。

迅狼团不是没有强者，可是，那些实力较强的军官都无法越过壕沟，因为他们的战狼都已经死了，绕过壕沟没有任何速度优势可言。

狼人族的战狼只会听命于它的主人，就算那些军官想骑乘属下的战狼，也做不到。

这一战，可以说是无双营有备而来，再加上迅狼团轻敌，于是就造成了此时的局势。

战场上的每一个步骤几乎都在周维清的计划之内，而且，由上官菲儿率领的无双营空军也出现得恰到好处。

这支空军队伍之所以没有一上来就加入战斗，是为了帮助己方军队断后，因为狼骑兵不具备向空中发起攻击的能力，所以，无双营空军是绝对安全的。

凭借壕沟和空军战友的掩护，地面上的无双营士兵就有了充足的时间退入丘陵地带。

上官菲儿没有凝形弓，她也是第一次真正意义上地参与两军战斗，兴奋之情溢于言表。

在她的指挥下，无双营的三百空军专门对付那些从壕沟两侧冲出来的狼骑兵。

这种近距离的射箭，无双营空军已经练习了许久，再加上这些空军都是修为不弱的体珠师，因此只用了一会儿的工夫，便让上千名狼骑兵丢掉了性命。

狼骑兵在面对地上的无双营士兵射出的羽箭时，还能通过阵形进行有效的抵挡，可这从空中射来的羽箭，他们怎么挡？

狼骑兵从来不用盾牌，向来都是凭借自身的彪悍实力和战狼的速度克敌制胜，此时，他们却成了无双营空军的"活靶子"。

巴特勒刚刚撤退到狼骑兵的战阵之中，就看见空中不断有羽箭射来，气得险些喷出一口血。

他仰天怒吼一声，身上骤然迸发出强烈的青色光芒，一股青色龙卷风冲天而起，直向空中的无双营士兵们席卷而去。

上官菲儿冷笑一声，道："升高！"

随着一声令下，无双营的三百名空军士兵迅速增加了飞行高度。

巴特勒释放出的龙卷风的有效攻击高度最多只有两百米，他没有专门针对空军的技能，所以，想对付空军并没有那么容易，更何况，无双营还有一个专门应付这种情况的上官菲儿在指挥着空军的行动。

不过，巴特勒的龙卷风并非全然无用，至少这股强劲的龙卷风吹走了大量从天而降的羽箭，令迅狼团的伤亡速度大幅度降低了。

但是，在释放了这个技能后，巴特勒觉得自己体内那股阴邪的寒意更加强烈了。

虽然周维清施展的龙魔禁的四十秒生效期已过，但巴特勒还是不得不积聚大量的天力与体内的剧毒抗衡。

龙卷风逐渐消失，一道道羽箭再次从天而降，袭向迅狼团。

迅狼团的军官们也如同大梦初醒一般，尽全力地释放自己的远程攻击技能，以阻挡空中射来的羽箭。

一时间，轰鸣声此起彼伏地响起，迅狼团的减员速度也终于降低了一些。

迅狼团的狼骑兵终于绕过了壕沟，然而，无双营的主力已经全部撤入了丘陵地带，无双营空军依旧在不断地放着羽箭。

上官菲儿看了一眼后方，知道无双营空军的任务已经完成，便朝队伍喝道："换矛！"

无双营空军毕竟修为还不算高，若是一直使用双翼和凝形弓，天力消耗会很大，而且他们还要保留一部分天力用来撤退。

为了保证无双营士兵们的安全，上官菲儿宁可保守一点。

无双营空军听令后，收回凝形弓，拿出了战矛。三百根战矛从天而降，一共分四轮袭向迅狼团。

这些战矛没有附加技能，也没有注入天力，完全是无双营空军凭借身体力量射出的。

不过，此时无双营空军身处三百米的高空，士兵们手中的每一根战矛都有近五公斤重，从天而降后产生的强大冲击力相当恐怖。

四轮攻击下来，一共有一千二百根战矛射向狼骑兵。迅狼团的军官们虽然修为不弱，但是面对这样猛烈的攻击，又没有战狼的速度，怎么可能抵挡得了？

惨叫声再次此起彼伏地响起，很多狼骑兵都是连人带狼一同被战矛刺穿，将生命永远地留在了这片土地上。

上官菲儿连结果都没看，待无双营空军将四轮战矛射完后，便立刻下令让全军撤退。

无双营的三百名空军拍打着凝形双翼，朝丘陵方向滑翔而去，只留下一地的狼骑兵和战狼的尸体。

巴特勒气得牙都快要咬碎了。

从战斗开始到现在，双方根本没有短兵相接，而他的迅狼团竟然就已损失超过四成。

在这样短的时间内，迅狼团居然遭受到了如此程度的打击，甚至在他们面对中天帝国军团的时候，都没有出现过这样的情况。

无双营给巴特勒的感觉，用两个字就能够概括——诡异，没错，不是强悍，不是严整，而是诡异。

无双营的攻击根本无法抵挡，全部都是远程的，这种战斗方式完全超出了巴特勒的预料。

迅狼团绝对是强大的，可在无双营面前，他们有一种使不出劲的感觉，这是最令人痛苦的。

巴特勒人发出一声凄厉的长啸。

狼人族的指挥官指挥军队时，都是以啸声为命令的。以巴特勒的天力修为，这一声长啸，哪怕是在十里外都能清楚地听到。

巴特勒带着屈辱和不甘，下达了撤退的命令。

身为迅狼团的团长，巴特勒终究还是理智的，他没有下令继续往前冲，追击无双营的士兵，因为对整个狼人族来说，迅狼团实在是太重要了，他不能让迅狼团冒险。

像这样的团，狼人族一共只有六个，就是凭借这六个团的六万狼骑兵，狼人族才能在万兽帝国成为高高在上的大族之一。

无双营虽然只有千余人，却给迅狼团造成了这么大的损失，巴特勒损失不起啊！

此时此刻，无双营的士兵们都已经撤入了丘陵地带，狼骑兵若是追上去，在那种地形中作战的话，战斗力肯定还会被削弱。况且，天知道那片区域有没有埋伏。

巴特勒做出了最正确的选择，就算是他杀光那一千多名敌人，又能怎么样呢？他死去的族人已经回不来了，而且说不定迅狼团还将付出更加惨痛的代价。

一番权衡之下，巴特勒只能咬牙忍下这份耻辱，带着迅狼团在平原上兜了一个圈之后便离开了。

"迅狼团撤退了？"周维清站在山包上，有些疑惑地看着狼骑兵大军逐渐远去的身影。

这是周维清指挥的第一场真正意义上的战斗，虽然他看上去显得十分从容不迫，但是他的内心一直紧绷着一根弦，紧张得不行，连里衣都被汗水浸湿了。

魏峰激动地喊道："营长，我们赢了！我们竟然战胜了一个狼骑兵团！我们赢了！我们赢了……"

无双营所有的士兵在短暂的呆滞之后，发出了如同山呼海啸般的欢呼声，每个人都兴奋地跳着、叫着。

他们赢了，这是属于无双营的第一场胜利。

他们再也不是以前那个只能做缩头乌龟，在冰冷的北疆荒原等死的特别营了，他们现在是无双营，举世无双的无双营。

那些中队长完全忘记了周维清的强大实力与身份，一拥而上，下一刻，周维清就已经被抛到了空中。

正是周维清这个营长的到来，他们才有了如今的胜利和荣誉，无双营的变化是周维清给的，眼前胜利的喜悦也是周维清给的！

他们不但能够吃得饱、穿得暖，不用再受罪，而且还能够获得眼前这样的荣耀。

这场胜利不仅点燃了无双营士兵们的热血，也使得他们对无双营产生了强烈的归属感，此外，对于周维清这个营长，他们更是敬佩不已。

上官菲儿已经带着无双营空军从天而降，她看着一拥而上，打算也将她抛入空中的士兵们，没有像往常那样严厉地教训他们，而是展开自己的凝形双翼当了"逃兵"。

无双营的每个人都被这兴奋与自豪的情绪包围、感染着，这是属于他们的胜利，也是属于他们的骄傲啊！

在无双营半年来的刻苦训练，让每个人的实力都有了提升，也让他们的腰包鼓了起来，但是，利益并不是一切。

对于他们来说，这场无伤亡的胜利是精神上的享受，因为这一战结束后，原本在他们眼中无敌的万兽帝国狼骑兵竟是如此脆弱。

实战检验了他们半年来苦修的成果，他们所有的努力都没有白费，此时在他们看来，这份成就感比什么都重要。

众人欢闹了近半个时辰后，周维清才昏头昏脑地落回了地面。他立刻下达命令，打扫战场，回营埋锅造饭，庆功。

事实上，迅狼团的及时撤退还是令周维清感到有些遗憾的。

他早已准备了一系列的后续手段，无双营的士兵们完全可以通过撤入地下来恢复天力，而他们的地下世界不止一个出口。

只要利用地形，通过"游击战"的方式与对方周旋，无双营甚至有可能最后将迅狼团拖垮在这里。

在关键时刻，巴特勒用自己的智慧勉强保住了迅狼团的主力，不过这样也好，无双营的地下世界就不会因为这一战而暴露，以后还能继续使用，以御外敌。

当然，他们不能长时间停留在这里，因为不知道万兽帝国会不会继续派遣大军前来报复。

庆功的一顿饭还是要吃的，一口口大锅被架了起来，浓郁的肉香在丘陵上方飘散开来。

对于无双营而言，这是一场无伤亡的战役，他们击溃了于己方兵力三倍的敌人，而且还是狼骑兵那样的精锐兵种，可以说，他们取得了一场辉煌的胜利。

"营长，给大家讲几句吧。"魏峰久久不能平复激动的情绪，看向周维清的眼神都是放光的。

周维清站起身，身旁飘扬着无双营的那面大旗。

"兄弟们，我只简单地说几句，以免耽误大家吃饭。这一战，我们胜得漂亮，你们每个人都是英雄，是我无双营的英雄！"

周维清高亢的声音再次激起了无双营士兵们心中无法抑制的兴奋情绪，一时间，欢呼声再次冲霄而起。

"你们用自己的羽箭告诉了敌人，我们是强大的。现在，我要宣布两件事。

"第一，我们即将离开这里。受到第七军团的邀请，我们将以独立营的形式加入第七军团。不过大家可以放心，我们无双营不会被拆散，你们一直都会是我周小胖的兄弟。

"第二，等我们到了那边之后，大家对刚才这一战必须守口如瓶。正所谓木秀于林，风必摧之。我可不想让西北集团军军部这么快就知道我们的战斗力，那样的话，我们过去了，必会接受最危险的任务。

"我说过，每一位兄弟的生命都是无比宝贵的，绝不能白白牺牲，大家都听明白了吗？"

"听明白了！"包括魏峰在内，所有人都大声地回应着周维清。

周维清笑了笑，道："那好，吃完这一顿饭，我们就前往第七军团。我已经准备好了五百坛好酒，等我们到了第七军团，驻扎好营地后，就让大家喝个痛快，作为这一战的奖赏！"

第148章
六绝帝君归来

"营长万岁！无双营万岁！"无双营的士兵们一听到有酒喝，更加激动了。

眼前的这些士兵，当初不知道有多少人是因为喝酒闹事而遭到惩罚，从而进了无双营的。

军队明令禁止喝酒，周维清竟然承诺赠送给他们五百坛佳酿，对于这些士兵来说，这简直比给他们每人一百个金币还要令他们感到兴奋啊！

畅快淋漓地大吃一顿后，无双营的士兵们带上了大量的粮食等物资，足足装了五百辆马车才装下。这些马车还是周维清前几天从第七军团那边要过来的。

之前在战斗中射出的羽箭、战矛等武器基本上也都收回来了，这些东西皆价值不菲，只要能收回，自然不能轻易浪费。

就在周维清准备下令开拔的时候，一个熟悉的声音突然在他耳边响起："小胖，让其他人先走，你留一下。"

听到这个声音后，周维清大为惊喜，这不正是自己的老师——六绝帝君龙释涯的声音吗?

周维清赶忙叫来上官菲儿,让她和魏峰等人先率领无双营的士兵们前往第七军团,自己稍后跟上。

无双营的士兵们带着马车,浩浩荡荡地朝着西北集团军驻扎的方向而去。当周维清看着大部队远去的身影之时,光芒一闪,他身边突然多了两个人。

一个是体形圆滚滚的龙释涯,另一个是一名中年人,看上去和龙释涯的年龄相差不大。

这名中年人说不上相貌英俊,却有一种特殊的气质,就像是一块璞玉,给人一种深邃而润泽的感觉。

他和龙释涯一样,身穿一袭黑衣,与龙释涯相比,气度竟然丝毫不落下风。

"老师。"周维清恭敬地向龙释涯行礼。

龙释涯微微一笑,点了点头,道:"不错,刚才那一战,你表现得不错,技能运用合理。不过,你之所以能够克敌制胜,还是因为你那些技能施展得突然,让敌人措不及防。来,为师先考一考你这段时间的修炼成果,六绝转换。"

这六绝帝君极为爽快,刚见面就考验起自己的弟子来,甚至没有先向周维清介绍那名中年人。

"是。"周维清应了一声后,立马抬起了右手。

所谓六绝转换,便是龙释涯的六绝控技的初级修炼方法。

六绝控技这门绝学,越是深入练习,越能感受到其中的神妙之处。在修炼时,周维清也越发佩服自己的这位老师了,要知道,这门绝学完全是龙释涯通过不断苦修研究出来的。

周维清右手的掌心中升起了一团光芒，那是纯粹的青色光芒，光芒并不是很强烈。

周维清右手的五指略微动了一下，就像是在揉捏这团青光一样，须臾之间，他便将这团青光转化为了一柄风刃。

这柄风刃很小，比之前青光的体积小多了，呈月牙形，直径只有三寸，但极为锋利。

这柄风刃上有青光在闪烁，如果没有光芒的话，很容易让人误以为这是一柄实实在在的月牙刀刃。

龙释涯眼底闪过一丝讶异之色，不过周维清并没有看到，因为周维清的精神力全部集中在他自己掌心的这团能量上了。

青色风刃之所以体积小，并不是因为周维清释放的天力不够多，而是因为经过了压缩。

以周维清现在的修为，如果不使用六绝控技中的压缩之法，他是不可能让风刃变得如此锋利的。

他根本就没有拓印风刃这个技能，此时完全是凭借风属性天力自行捏合凝聚，模拟出的风刃。

如果他稍微控制不好这团能量，这柄风刃就会化为风属性天力，消失不见。

周维清的五指继续律动，手掌捏合，那风刃被重新揉捏成一团，在其掌心恢复成一团青色的光芒。

这时，青色光芒渐渐发生变化，从青色变成了蓝紫色。

在这个过程中，周维清并没有收回天力，这团蓝紫色光芒完全是由青色光芒自行转化而来的，使用的还是之前那些天力。

当青色光芒全部转化为蓝紫色光芒后，周维清的神色明显变得凝重了许多，因为雷属性天力比风属性天力难控制得多。

随着周维清五指的加速律动，那团蓝紫色光芒开始在他掌心旋转起来，渐渐凝结成一颗蓝紫色的雷珠。

其实，周维清用天力模拟出雷属性技能后，取了巧，因为雷属性天力比风属性天力活跃得多，想模拟其他形体，周维清现在还做不到，但凝聚出雷珠就容易多了。

在旋转的过程中，活跃的雷属性天力更容易浓缩在一起，而且，周维清拥有暗魔邪神雷技能，这对他凝聚出雷珠有一定的帮助。

看到雷珠显现出来，龙释涯眼中的讶异之色更加明显了，随他而来的那名中年人也瞪大了眼。

雷属性的罕见程度比四大上位属性犹有过之，被誉为爆发力最强的意珠属性。

周维清能够将雷属性天力控制到这种程度，已经算是相当不容易了。

这时，那名中年人突然对龙释涯说道："这个小家伙真的只跟你学了不到半年时间吗？我看他这天力控制得相当不错了呀！"

龙释涯没有回答，神色看上去似乎也没有什么变化，目光依旧锁定在周维清的手掌上。

周维清手掌上的蓝紫色雷珠渐渐放大，重新化为天力。

周维清继续转化，额头上渐渐冒出了细密的汗珠，一双眼睛瞪得大大的。显而易见，他的注意力全在自己手掌的能量变化上。

事实上，龙释涯只要求周维清展示六种天力的转换，但周维清现在不仅展示了天力的转换，还用天力模拟出了一个技能，继而将其转换成另一种属性的天力，再模拟出技能，这比龙释涯的要求复杂多了。

周维清之所以这么做，一个是因为他想试试看自己对天力的控制能够达到什么程度，另一个是因为他想向老师证明，在这几个月里，他没有偷懒，一直在努力地修炼老师教授的功法。

当然，如果只有龙释涯一个人在场，或许周维清还不会这么做，但是龙释涯带了一位朋友来，当着外人的面，他表现得实力越强，龙释涯自然就越有面子。

龙释涯自然看出了周维清的这点小心思，但就算看出来了，龙释涯还是感到分外高兴，因为他的弟子为了给他争面子而如此努力，他又怎么可能不高兴呢?

一团银光渐渐凝聚，这一次不再是球状的。

在周维清对各种属性的天力的控制之中，他最初控制得最好的是空间属性的天力，因为他有空间平移技能，可以用来逃命，空间割裂则是他最主要的攻击技能。

对这两个技能的苦修让他对空间属性天力的理解十分深刻，不过，即便如此，让雷珠转化为空间属性天力后再次凝聚成形，还是让周维清额头上直冒汗。

一团淡淡的光芒在闪烁着，形成了一个不大不小的光晕，随着那银光逐渐凝聚，周维清额头上的汗水开始从两侧缓缓滑落。

最终，周维清成功了，强烈的银色光芒渐渐凝聚成了一个长条状的东西。

如果仔细看，就能看得出，在银色长条状东西的中间，有一抹黑色。这显然不是经过简单凝聚和压缩后的天力，而是周维清早就拥有的一个技能——空间割裂。

只不过，眼前的这个空间割裂技能不是周维清释放出来的，而是他用天力模拟出来的。

他这样做，同样是取巧的做法，因为他之前就拥有这个技能。

可就算是在取巧的情况下，周维清能将空间属性天力控制到这个程度，对于这个年纪和修为的他来说，已经是难能可贵了。

这时，跟随龙释涯而来的那名中年人眼中发出夺目的光芒，他有些不怀好意地搂住龙释涯肥厚的肩膀，脸上露出谄媚之色。

龙释涯瞪了那名中年人一眼，他又怎会不明白那名中年人是什么意思呢？

在来之前，龙释涯并没有将周维清拥有的意珠属性告诉这名中年人，就是怕他来磨自己。

龙释涯自然知道周维清拥有的这些属性，用在凝形卷轴的制作上会有什么效果。

空间属性和风属性都已经被周维清释放了出来，而且这名中年人还知道周维清有力之一脉的传承，现在他是怎么看周维清怎么顺眼。

完成了手掌中空间割裂的凝聚后，周维清没有立刻继续展示自己的其他天力，而是深吸了一口气。

虎皮魔纹开始从他的皮肤上浮现出来，他全身的肌肉也随之膨胀，原本清澈的双眸也渐渐变成了红色的。

没错，周维清在释放自己的邪魔变。

处于邪魔变状态的周维清，对天力的控制比正常情况下强得多，而且他在释放天力的过程中，对一些细微变化的感受也会强烈许多。

如果周维清想继续进行六绝转换，就必须借助邪魔变的力量，否则接下来的一步很有可能会出现问题。

眼看着周维清身上浮现出虎皮魔纹，身上的衣服也被肌肉撑破，那名中年人不由得瞪大了双眼，脸上的神色已经由惊讶转变为震惊了。

那名中年人嘴唇微动，对龙释涯说了四个字：得天独厚。

周维清展现了三种属性的天力，还拥有邪魔变这种强大的增幅技能，看样子还是可控邪魔变，这不是得天独厚是什么？

任何一名强大的天珠师如果能拥有一名这样的弟子，应该都会觉得无比幸福吧，不被人嫉妒才怪。

龙释涯忍不住勾起嘴角，露出得意之色。

进入邪魔变状态后，周维清顿时感觉轻松了很多。虽然这样会让他天力的消耗速度大幅度增加，但是毫无疑问，这样对他此时操控天力有极大的帮助。

银光扩散，渐渐转化为黑色，给人一种深邃、厚重的感觉。

黑暗属性是周维清最亲近的属性，因为他的父亲周水牛也拥有同样的属性。

周维清感受着那一股冰冷的黑暗气息，缓缓地闭上了双眼。这个时候，他已经不需要用眼睛去看了，只需要用心感受。

看着周维清这样的变化，龙释涯不禁连连点头，暗想自己的这个弟子不仅天赋异禀，而且悟性也高。

虽然周维清现在才开始转换第四种属性，但是龙释涯已经对他很满意了。

不过才半年的工夫，周维清能够做到这种程度，可见他一定是在没日没夜地苦修。

之前看到了周维清和巴特勒的那一战，龙释涯还有些担心。

周维清拥有那么多强大的技能，如果按以往的方式修炼，会让他的修为在一段时间内不断提升。

而在短时间内，周维清修炼六绝控技是根本不会有太大效果的，甚至还会影响天力的提升，周维清会按照龙释涯所教的那样努力修炼吗？

那时候，龙释涯心中出现了一个大大的问号。

不论是谁，如果拥有得天独厚的天赋，并且修为还在快速提升，转而去修炼另一种短时间内无法见到成效的功法，恐怕都不会太乐意。

这也是龙释涯在见到周维清之后，立刻让周维清施展六绝转换的原因。

龙释涯想验证周维清这段时间的修炼成果，他可不希望自己好不容易找到的弟子是一块朽木。

事实证明，龙释涯的担心完全是多余的。周维清的心志要比同龄人沉稳、成熟太多了，他在六绝控技的修炼上下足了功夫，给龙释涯这个老师挣了面子。

现在龙释涯是越看周维清就越喜欢，就算他想含蓄一点，不被外人看出来都有些做不到。

这种感觉大概就像是老来得子，心里要多得意就有多得意。

此时，周维清手中的光芒，在渐渐收缩的同时又出现了变化。

这种变化十分奇异。这一次，周维清没有再取巧，没有直接将黑暗属性天力凝聚成自己早先拥有的技能，而是凝聚出了一个黑色的光球。

奇异的是，这颗黑色光球中还带有几分淡淡的绿色光芒，这是腐蚀之球！

同样拥有黑暗属性的龙释涯自然一眼就看出来了，这完全是周维清用自己的天力模拟出来的技能，周维清此前根本没有这个技能。

看到这里，龙释涯已经完全可以肯定，周维清的六绝控技算是真正意义上的入门了。

然而，周维清的展示还没有结束，拥有邪魔变的人怎么可能会没有邪恶属性的技能呢？

周维清将黑暗属性天力转换为邪恶属性天力的速度比之前快了很多，黑色光芒渐渐变淡，成了灰色，灰色光芒盘绕，在周维清掌心之中形成了一个小小的旋涡。

这个旋涡旋转的速度相当惊人，空气中的各种属性元素形成之后，立刻朝旋涡奔腾而去，而这个旋涡也在渐渐变大。

周维清的脸上出现了一丝得意之色，眼前这个灰色旋涡才是他的得意之作，也是他这段时间修炼六绝控技后，得到的最直接的收获。

他现在做的，正是凭借六绝控技之法，模拟出自己的邪恶属性技能——吞噬。

要知道，周维清以前在使用吞噬技能的时候，必须用手掌接触到敌人的身体才能让技能生效，然而，他此时吞噬的是空气中各种属性的天地之力。

也就是说，他通过六绝控技之法模拟出来的吞噬技能，已经可以进行远程吞噬了。

当然，这样吞噬空气中各种属性的天地之力，远没有直接吞噬天珠师的天力那样效果好，这样吸收过来的天力要经过更加严格的过滤，过程很慢，同时吞噬的速度也慢得多。

可是，这毕竟是周维清自己靠六绝控技模拟出来的技能啊！

这个体外的旋涡配上他身体死穴上的旋涡，令他本就已经很快的修炼速度再次加快。

周维清的天力现在已经达到十九重了。

吞噬旋涡是他一个月之前研究出来的，原本他天力的提升速度随着修为的增加已经开始减缓，天力还无法满足冲击第十九处死穴的要求，至少还需要一个月才有可能。

但是，有了这个吞噬旋涡之后，周维清只用了十天，短短十天的苦修，就达到了冲穴的天力要求。

他在邪魔变与固化龙灵的护佑下一举成功，至此，他距离五珠级别就只差一重天力了。

这也是他今天面对巴特勒时，实力比以往更强的缘故之一。

看到这个吞噬旋涡后，龙释涯有些傻眼了，以他的修为，又怎么会看不出这个旋涡的妙用呢。

作为老师，龙释涯都忍不住有些羡慕自己的弟子了，因为周维清这天赋实在是太得天独厚了！

龙释涯现在可以肯定，只要周维清按照自己的指点继续努力修炼，绝对可以在三十岁之前突破到天王级。

此时，那名跟随龙释涯一起来的中年人忍不住开了口："龙胖子，你从哪里找来这么一个小怪物啊？为什么我就没有这么好的运气呢？我的人品明明比你好得多啊！"

"什么叫人品？我这才是人品好，连上天都眷顾我。看着眼馋吧，我可告诉你，维清是我的弟子，你想都不要想，我是绝不会将他让给你的，找到这么一个拥有六种属性的弟子，我容易吗？"

"六种？你说他还有一种属性，是什么？"中年人无比惊讶地问道。

龙释涯扬扬得意地道："自己看。"

周维清手中出现灰色旋涡后，额头上的汗反而少了。

凭借这个吞噬旋涡，周维清的天力不但没有继续大幅度消耗，反而在短时间内恢复了。

这也是周维清选择这样使用六绝转换的原因，只有凭借吞噬旋涡，他才能完成最后一次，也是最为艰难的一次转换。

灰色旋涡渐渐淡化，不过，变淡的只是光芒，旋涡依旧存在，而且还保持着压缩状态。

周维清又展现出六绝控技中的一个高难度控制，这是在他天力足够的情况下才能释放的，而且反正是临时吞噬来的天力，不用白不用。

同技能异属性，便是周维清展现出来的控制力。

同样是旋涡，随着灰色的消失，这个旋涡渐渐变成了透明的，只有周围扭曲的空气证明着它的存在，不论是龙释涯，还是那名中年人，都能感受到它的威力。

时空错乱，这又是周维清本就拥有的一个技能。

时间属性技能的模拟实在是太难了，修炼了这么久，周维清现在唯一能够模拟出来的时间属性技能，就是这个技能。

周维清长舒一口气，小心翼翼地散去掌心中透明的旋涡后，这才放松下来，睁开了双眼。

他身上猛地一下冒出了很多汗，此时已是大汗淋漓，可见刚才在施展一系列技能的过程中，他耗费了多么大的心力。

周维清并没有看到龙释涯的得意之色，反而看到了龙释涯深深皱起的眉头。

"老师，我做得不对吗？"周维清试探着问道。

他自问刚才展示的一切，已经是自己目前所能达到的最佳状态了，如果老师还不满意的话，那他也没办法了。

龙释涯瞥了周维清一眼，表情没有任何变化，淡淡地道："整体来说还可以，证明这段时间你没有偷懒，确实努力修炼了我给你的功法，但是，还是有许多瑕疵。

"首先，各种属性之间的转换速度太慢，还不够纯熟；其次，你那个邪恶属性的吞噬旋涡有取巧之嫌，如果换一个技能，你还能接上后面的时空错乱吗？肯定不行吧。

"你要记住，在属性转换的过程中，不仅要感受自身的能量变化，同时还要借助空气中的能量进行转换。如果一味地凭借自身天力来进行转换，你要耗费多少天力才能做到？在实战中，岂不更是一种浪费吗？

"在接下来的修炼过程中，你需要体会转换过程中自身天力与外界天力之间的关系，什么时候你感觉自己已经完全融入大自然之中了，所有的转换就都能顺其自然、信手拈来了，你这六绝控技才算是大成。"

周维清一边听着，一边连连点头。

龙释涯给他的那本小册子上也记载了这一点，在转换不同属性天力的时候，要借助空气中的各种属性能量，但真正实施起来实在是太难了。

要控制自身天力，又要与外面的各种属性能量进行联系，周维清现在还做不到，所以他就只能凭借自身的天力来转换，这也是他现在修炼六绝控技对自身实力没有太大帮助的原因。

什么时候他能借助大自然的能量进行天力转换和凝聚，那才算是真正有所成就，当然，这必然是一个十分漫长的过程。

"弟子受教了，今后一定更努力地修炼。"周维清连声说道。

龙释涯点了点头，道："行了，就这样吧。你有不足是可以理解的，也不能完全怪你，毕竟为师一直没有在你身边亲自指导你修炼。我这次回来，会指点你一段时间，直到你真正领悟六绝控技的奥义，省得以后你出去说是我六绝帝君的弟子，让人笑话。"

周维清大喜过望，道："那就太好了，有老师的指点，弟子修炼起来一定事半功倍。"

那名与龙释涯同来的中年人实在是看不下去了，咳嗽了一声，道："行了，龙胖子，你就别得了便宜还卖乖了，就你那六绝控技，换一个人来练，恐怕练个三五年都到不了这种程度。你如果对这小子不满意，让给我，我对他满意得很，一定会把他当成宝贝一样捧着，怎么样？"

一听有人要抢自己的弟子，龙释涯顿时瞪大了眼睛，挤在脸中间的小眼睛也能看得出了，道："你别白日做梦了，门儿都没有！维清是老夫的弟子，绝不会改换师门，想要我让给你，除非你能打得过我。"

那名中年人哼了一声，道："最看不过你这得了便宜还卖乖的嘴脸，好了好了，赶快给我介绍一下，我可要和这个小伙子好好认识认识。"

龙释涯谨慎地看了那名中年人一眼，确认他没有抢自己弟子的意图后，这才郑重地向周维清道："维清，我给你介绍一下，这就是我跟你说的那个朋友，你就称呼他一声'师叔'吧。他叫断天浪，年纪和我相差无几，原来在凝形师这个领域也算有点名气，只不过隐居了几十年，现在知道他的人不多了。"

周维清何等聪明，早就看穿了老师对他的态度是满意的。他看着老师和那名中年人斗嘴，强忍着才没笑出来，不过老师刚才装得还挺像的，可惜被断天浪给拆穿了。

不过，周维清身为弟子，当然会聪明地装作什么都不知道，恭敬地向断天浪行礼，道："见过断师叔。"

断天浪点了点头，有些急切地道："听龙胖子说，你是恨地无环套装这一代的传承者？快，把你的恨地无环套装给我看看，我已经等不及了，先祖这么多年的心愿终于要完成了。恨天无把、恨地无环，恨天无把、恨地无环啊！"

断天浪重复着这话，眼睛已经有些湿润了，给人一种沧桑的感觉，可见他此时的内心是多么地不平静。

暗金色的光芒闪耀，周维清相继释放出自己的双子大力神锤和阴阳巨灵掌。

恨地无环套装的三件组件同时出现，顿时令周维清气势大增，生出几分天神下凡的感觉，尤其是那巨大的双子大力神锤，更是给人一种极其彪悍的感觉。

看着周维清释放出的三件装备，断天浪的眼睛顿时就直了，他抬起手，小心翼翼地抚摸着双子大力神锤上的纹路，尤其是锤头上哭脸和笑脸的纹路。

紧接着，断天浪喃喃道："没错、没错，这是双子大力神锤，恨地无环套装的第一件，先祖曾经看过几眼设计图。当初设计出这身套装的先祖为了证明自己能够制作出比恨天无把套装更强大的力量属性套装，因此设计的每一件凝形装备在威势上都比恨天无把套装强一点，这双子大力神锤就是例子。

"虽然这双子大力神锤在整体体积上不可能超过恨天无把套装，但是先祖用了巧妙的设计方法，令双锤一虚一实，既增加了威力，又让它看上去比八棱梅花亮银锤更具威势。"

断天浪此时已完全沉浸在他一个人的世界之中，小声念叨着，情绪无比激动。

周维清朝龙释涯的方向望去，没敢传音，以他的修为，当着眼前这两位强者传音，不被听到才怪呢，于是他只向自己的老师动了动嘴唇，让龙释涯能够清楚看到。

龙释涯看到周维清的嘴型后，顿时一愣，紧接着他的脸色变得古怪，嘴角抽动了两下后，才悄悄地朝周维清点了点头。

周维清对龙释涯说了五个字——"能敲竹杠吗？"

断天浪看着周维清的三件凝形装备足足一刻钟后，才抬起头来，再看向周维清的时候，眼睛都红了。

"真没想到，在我有生之年，还能看到恨地无环套装，我还以为，我要带着这个遗憾入土了呢，孩子，谢谢你，让我了了多年的心愿，真的太谢谢你了。"

周维清显出一副很天真的样子，道："断师叔，您还很年轻啊！"

断天浪哈哈一笑，道："年轻？你知道我和你老师多大岁数了吗？龙胖子，如果我没记错的话，你应该比我大两岁吧，我今年是一百一十六岁，那你就是一百一十八岁了。"

虽然周维清心中早已猜到这两位的年纪不会小，但是，当听到他们都有一百一十多岁时，他还是有些惊讶。

断天浪叹息一声，道："我和龙胖子不一样，他一生精修天力，修为高深，活到两百岁也没问题，但我是一名凝形师。在你看来，我应该算是力之一脉另一个分支的。

"我一生致力于设计和制作凝形卷轴，精力消耗得太多了。虽然我的天力修为也不弱，但是当我达到神师级凝形师境界后，便觉得这个世界上没有什么东西值得我留恋了。

"原本我寿终正寝也就是这几年的事情，没想到你又带给了我希望，我现在都有点不舍得死了。"

龙释涯没好气地道："只要你不想死，谁能让你死？！我们可说好了啊，给你看了恨地无环套装的组件后，你就不能再寻死觅活的了。"

断天浪看了龙释涯一眼，再看看周维清，哀怨地道："看到了又有什么用？对于我们凝形师来说，看到成品的意义不大，尤其是神师级凝形装备，了解其中的内涵才是最重要的。

"虽然我的心愿也算是了了，但是我依旧觉得人生没有盼头，除非给我看看这恨地无环套装的设计图，说不定我还能多活几年。"

　　周维清听了断天浪的这番话，顿时明白眼前这位前辈是在耍赖，实际上是想看恨地无环套装的设计图，但又不好意思直接说出来，所以故意说了这一番话。

　　周维清露出无奈的神色，道："断师叔，其实吧，这恨地无环套装的设计图我倒是有。"

　　一听这话，断天浪立马顾不得演戏了，一把抓住周维清的肩膀，急切地问道："全套的吗？十件都有吗？"

　　周维清点了点头。

　　断天浪激动地道："快！快拿出来给我看看！你什么都别说了，只要你让我看这套设计图，我保证不外传，我愿意发血誓，而且你要什么，只要是我有的，全都给你，绝无二话！

　　"我这一生最大的愿望就是让恨天无把、恨地无环这两套传奇级凝形套装重逢，并让它们'诞生'出来。孩子，算师叔求你了。"

第149章
神师的加入

断天浪一边说着，一边竟然就要给周维清跪下，而且看断天浪的样子，绝不像是假装的，甚至连眼泪都流下来了。

周维清哪敢让断天浪跪啊？他赶忙抢先跪下，双手抱住断天浪的腰，这才没让断天浪跪下去。

"师叔，您千万别这样，这会让晚辈折寿啊！我给您看就是了。"周维清急忙说道。

这个时候，周维清也不想敲竹杠了，甚至为自己刚刚想敲竹杠的心思而感到惭愧。

周维清能够看得出，眼前这位师叔对于恨地无环套装设计图的渴望已经到了愿意用生命换取的程度。

对于断天浪这样的凝形师强者来说，名誉比生命还要重要，此时他居然愿意向一个小辈下跪，周维清的心被断天浪深深地触动了。

周维清自问绝对不可能热爱凝形到这般执着，带着对断天浪的崇敬之心，他一口就答应了下来。

听了周维清的话，断天浪并没有露出什么喜色，反而身体摇晃了一下，眼中流露出几分恍惚之色。

龙释涯一眼就看出了不对，一闪身就来到断天浪的背后，双手按在其背上，露出了凝重的神色。

龙释涯双掌交替拍出，就有一股浑厚的天力涌入断天浪体内，龙释涯在断天浪背上拍了足有上百掌。

断天浪这些年没有刻意保养身体，寿元已尽，这也是龙释涯一去这么久的缘故。

当龙释涯见到断天浪的时候，断天浪已经快不行了，是龙释涯用自己浑厚的天力帮助断天浪调养身体，好不容易才将他从死亡线上拉了回来，然后带着他来到了这里。

当然，这也是因为断天浪知道恨地无环套装出现了，否则他未必会接受龙释涯的这份帮助。

当初断天浪帮龙释涯制作了整套恨天无把套装之后，就觉得人生没有什么目标了，在卷轴设计上，他自问不可能追上先祖，唯一还有些念想的，就是恨地无环套装。

这是周维清第一次体会到天帝级强者的实力，龙释涯刚催动天力，周维清就看到空气中各种属性的天地精华以龙释涯为中心，疯狂地向其体内涌去。

这不是吞噬，而是吸引，似乎在这一刻，天地之力尽在龙释涯的掌握之中。

此时，断天浪迷茫的双眼渐渐恢复了神采，皮肤上缓缓浮现出一层淡淡的白光。

断天浪缓缓地吸了一口气。他这一吸气，竟将龙释涯吸引过来的庞大天力吞入腹中，然后再缓缓吐出。

周维清隐约看到从断天浪口中吐出的，似乎是一股灰色的气流。

见断天浪重燃生机，龙释涯才缓缓放下双手，道："老伙计，你可不要吓我，我好不容易才将你从生死线上拉回来，你现在死了，能甘心吗？恨地无环套装的设计图可就在你眼前啊！"

断天浪看了龙释涯一眼，眼中没有感激，反带着几分懊恼，道："都是你这老东西，要不是你非把我拉回来，我能知道恨地无环套装吗？说不定，我早就和你弟妹团聚了呢。你这一弄，我又要多活不少年。放心吧，我会注意的，只要我不想死，地狱想把我拉去，也没有那么容易。"

周维清恭敬地将一摞设计图递到断天浪面前。

周维清相信龙释涯，也相信龙释涯讲述的那个故事，但是，他并没有拿出所有的设计图，而是只拿出了全套设计图中的九张。

周维清尊敬断天浪，但是这件事毕竟没有得到呼延傲博的同意，因此，他留了一张设计图。

"师叔，这是恨地无环套装全部十张设计图中的九张。对不起，因为没有经过传给我这份设计图的老师的同意，所以晚辈不能将十张图全给您看。等我遇到呼延老师，获得他的同意后，晚辈再将最后一张设计图拿给您看。"

断天浪默默地点了点头，双手颤抖着从周维清手中接过了那九张设计图，眼圈一下就红了。

"多少年了，一千多年了吧，恨天无把和恨地无环终于能够重逢了！谢谢你，维清，你让师叔了却了最后一个心愿。

"调配恨地无环套装的凝形液所需的材料和恨天无把套装相差不大，师叔还有些存货，会尝试着制作出一套完整的恨地无环套装卷轴。只要老天允许我活到足够的年纪，我就一定能够成功。等我看到你穿上完整的恨地无环套装时，再死也不迟。"

听断天浪这么一说，周维清顿时大喜过望，因为这意味着，他身边将跟随着一位专门为他制作传奇级凝形套装的神师啊！

不用龙释涯提醒，周维清已经"扑通"一声跪倒在地，恭恭敬敬地给断天浪磕了三个头。

断天浪面带微笑，接受了周维清行的这一礼。

"孩子，我受你大礼并非接受你的感谢。力之一脉已经分开太多年了，我以力之一脉第六十一代掌门的身份，允许你认祖归宗，正式成为力之一脉的门人。"

"喂喂，老断，做人要厚道。"龙释涯闻言，顿时急了，唯恐自己的宝贝弟子周维清被抢走。

断天浪莞尔道："行了，龙胖子，你就别跟我来这套了，我还能真抢了你的弟子不成？不过，你也不能否认维清是我力之一脉的门人吧？虽然我不会收他为徒，但我还是会将一身所学传给他，至于他有没有精力练习，那就是他自己的事了。"

龙释涯惊讶地道："老断，你什么时候变得这么会耍赖了？"

断天浪哈哈一笑，小心翼翼地收起设计图，道："什么叫耍赖？我将自己这一身本事传给维清，学不学是他的事，我怎么耍赖了？懒得理你这老东西！

"好了，维清，给师叔找一个休息的地方吧，待我沐浴焚香之后，再好好看看这恨地无环的设计图。"

说到这里，断天浪的双眸中绽放出繁星般的光彩，身上迸发出的精神气息竟一点都不逊色于龙释涯。

周维清赶忙放出自己的独角魔鬼马，请龙释涯和断天浪上马。

虽然龙释涯胖了一些，但是周维清的独角魔鬼马极其壮硕，承载两人也毫无问题。

周维清则跟在独角魔鬼马身边，催动天力，三人朝着大军离开的方向追去。

由于需要拉马车，无双营行进的速度并不是很快，因此周维清他们很快就追上了大部队，有人主动让出了一匹魔鬼马给周维清。

龙释涯和断天浪自然引来了不少好奇的目光，龙释涯坐在独角魔鬼马背上，昏昏欲睡，断天浪则是一副若有所思的样子，两人都不理会外物。

时间不长，一行人便来到了西北集团军营的前方。

这么多人过来，自然被巡逻的士兵拦住了，周维清拿出神机给的令牌，让巡逻士兵去禀报。

不一会儿的工夫，第七军团方向有一队人马迎了出来。

无双营的所有士兵都将钛合金全身铠收了起来，只穿着军服。

周维清不会轻易暴露钛合金全身铠，论装备，整个中天帝国都未必有哪支队伍比他们无双营的好。

出来迎接他们的是熟人，只不过领头人的脸色有些难看。因为这位领头人正是十六团的团长神布，她嫡亲的妹妹神侬也跟在她身边。

这两姐妹看到周维清，脸色能好得起来才怪，要不是因为神机有严令，她们恨不得立刻就狠狠地揍周维清一顿。

"哟，这不是神布团长吗？你好、你好！怎么劳烦您大驾来接我们了？"看到神布，周维清也觉得有些好笑，暗想自己跟她们两姐妹这份仇是解不开了。

神布坐在战马上，神色冰冷，来到周维清面前，道："奉第七军团军团长神机大人之命，前来迎接周营长。神机军团长命令你们特别第一营驻扎在我们十六团旁边，地方已经空出来了，你们直接过去安营扎寨即可。"

周维清抱了抱拳，道："那就多谢了。"

周维清虽然嘴上说着感谢，但是脸色不太好看。神布明知道他已将特别营改名为无双营了，还用特别第一营来称呼，无疑是在讥讽他们。

神布掉转马头，道："那就跟我来吧，周营长，我必须提醒你，这里是西北大营，请你好好约束你的士兵，否则的话，军法处置。"

周维清呵呵一笑，道："神布团长请放心，我们无双营的兄弟都老实得很！"

周维清说话的声音很大，顿时引得无双营一众士兵大笑。

"你！"神布身边的神依就要发作，却被神布一把拉住，这才强行忍住。

神布冷冷地看了周维清一眼，驱使战马，朝军营方向奔去。

无双营扎营的位置正好在第十六团与第十七团之间，显然是特意为他们腾出了这么一片区域。

只不过，地方是空出来了，地上却留下了不少垃圾。虽说此时天气寒冷，不至于有什么味道，但一眼看去，总让人觉得不太舒服。

神布仿佛没看到那些垃圾似的，对周维清淡淡地道："周营长请驻扎吧，我这就回去复命了。"

周维清依旧是面带微笑，道："神布团长，那我就不送了。"

神布没再理会他，带着神依和亲兵转身离去了。

"老大，怎么办？"魏峰凑到周维清身边，低声问道。

周维清淡淡地道："这还用问吗？这里是军营，又不是垃圾场，这些东西属于谁的，就扔到谁那里去。"

说到这里，他提高声音，对众人道："现在，我颁布一条新军规，大家都给我听清楚了。从现在开始，没有我的命令，谁也不许擅自离开咱们无双营的营地，否则军法处置。

"但是，如果有人来我们的营地闹事，不论是谁，不论是什么原因，都给我揍，要是打输了，给咱们无双营丢脸了，你们就自己去找上官总教官领罚。现在安营扎寨，弄好了就喝酒！"

一听到"喝酒"两个字，无双营的士兵们顿时发出热烈的欢呼声。随后，大家就行动起来，清理营地，安营扎寨。至于那些垃圾，士兵们清扫了之后，分别扔向了十六团和十七团，一边各一半。

龙释涯神色古怪地看着周维清，不解地问道："小胖，你这军队还能喝酒？"

周维清嘿嘿笑道："我无双营和普通军队不一样，管理的方法自然也不同。老师，我先让人安排两顶最好的帐篷，方便您和师叔休息。"

龙释涯豪迈地笑道："让老断一个人休息就行了，我不用休息，我也喝酒去。对了，你给我找身军装，省得我穿成这样让人看了扎眼。"

"老师，这不好吧。"周维清为难地道。

龙释涯笑道："有什么不好的，我还在乎这些吗？和一群士兵喝酒，应该挺有意思的。"

龙释涯的身材确实"彪悍"，超大号的军装穿在他身上都绷得紧紧的，而且裤腿和衣袖还要去掉一截，才勉强算是合身。

对于多年没沾过酒的无双营士兵们来说，美酒比任何东西的吸引力都大，所以，不到半个时辰，安营扎寨的工作就完成了。

随着一坛坛美酒的泥封被拍开，浓郁的酒香顿时传遍了无双营的每一个角落。

虽然周维清准备了不少的酒，但是他早已吩咐下去，三到四人一坛，大家平均分，谁也不许喝太多。毕竟他们这么多年没碰过酒了，万一酒精中毒就不好办了。

"菲儿，我们也去喝酒啊！"周维清看向不远处的上官菲儿。

上官菲儿白了他一眼，道："为什么要和你喝酒啊？"她虽然嘴上这么说着，却依旧走到了周维清身边。

等上官菲儿走到自己面前，周维清一把拉住她的手，带着她走进了营帐。

营帐内的布置很简单，桌子上摆着四个简单的菜，周维清拉着上官菲儿走到桌子前，坐了下来，却没有把她的手放开。

"你干什么啊？"上官菲儿低着头，明显感觉自己脸上有些发热，挣扎了一下，想把手抽回来，但比拼力量，她不是周维清的对手，自然是挣脱不了。

周维清没有吭声，只是直直地看着上官菲儿。

"菲儿，谢谢你！"周维清终于说话了。

"啊？"上官菲儿吃惊地抬起头。

周维清看着她的双眸，道："那次在我危难之时，你承受着无比剧烈的痛苦，宁可失去生命也不放开我，我很感激。

"后来，你全心全意地帮助我修炼，为我准备特制的水和肉粥。你会想我所想，帮我调教无双营的那些士兵，你做的一切让我从心底觉得温暖，所以，我想趁这个机会，正式感谢你。"

上官菲儿怎么也没想到周维清会在这个时候向她表达感谢，她心里没有一点准备。

看着周维清，这平日里精灵古怪的浩渺小魔女此时和其他女孩子也没有什么区别，显得有些不好意思。

上官菲儿能够清楚地感觉到周维清身上透出的热情，更能感受到他心中的那份炽热和真诚。

"嗯，不用谢，我……"上官菲儿轻轻地点了点头。

就在这时，一个愤怒的哼声响起。这个声音来得太突然了，周维清和上官菲儿都立马变得警惕起来。

"谁？"周维清怒吼一声。

没有回音，没有动静，周维清和上官菲儿全面释放出天力，感受着外界的一切。

周维清更是直接释放出了黑暗之触这个能够增强感知的技能。

黑暗之触的黑暗触手能在顷刻间蔓延在半径四十米的范围内，不管敌人实力如何强大，只要在这个范围内，就会被周维清感知到。

然而，令周维清和上官菲儿惊讶的是，以他们的感知，竟然在帐篷周围没有发现任何人。

两人对视一眼，都看到了对方眼中的诧异，也自然明白对方和自己一样，没有发现敌人的踪迹。

"怎么回事？难道是我幻听了？"周维清疑惑地说道。

上官菲儿白了他一眼："难道我还会和你一起幻听不成？是真的有人，难道是你的老师？否则我们怎么会找不到那人。不用谢，我走了。"

上官菲儿说完后，转身就往门口走。

"菲儿，你别走啊！我们继续喝酒啊！"周维清追在后面喊着，可上官菲儿连头都不回。

看着落下的帐篷门帘，周维清喃喃自语道："这都是什么事啊！"

周维清悄悄地钻出帐篷，在帐篷周围寻找了一圈，还是没有任何发现，只看到自己那位体形圆滚滚的老师和无双营的士兵们混在一起，正在大口喝酒，大块吃肉。

肯定不是龙释涯老师，刚才那个声音十分清越且有些耳熟，和老师的声音完全不同；也不会是断天浪师叔，他正在研究恨地无环套装的设计图，没有时间乱管闲事。

可不是他们又会是谁呢？如果来人对自己和菲儿有敌意的话，恐怕也过不了老师那一关吧。

周维清一肚子郁闷无处发泄，心情变得沉重，无奈之下，他只得凑到士兵们之间，和大家一起吃喝起来。

此时无双营的气氛极其热烈，几乎所有人都在讨论今天的那场完胜之战。

他们不仅战胜了几乎不可能战胜的敌人，更重要的是，自身无损，这样的结果是他们从来都没有想过的。

而就在无双营驻地外不远处，一名黑衣人静静地站在那里，黑纱蒙面，从体形能够看出，这是一名女子，而且年纪不大。

"这个浑蛋周小胖，果然和菲儿在一起！他竟然还敢拉着菲儿的手。"黑衣人攥紧了拳头，喃喃自语道。

刚才周维清和上官菲儿听到的怒哼声其实就是这名黑衣人发出的，她不是别人，正是浩渺宫的继承人——上官雪儿。

上官雪儿来到北疆已经有一段时间了，她按照父亲所说的，没有急于带菲儿回去，而是在暗中观察周维清在做些什么。

这一观察不要紧，她越看越心惊。无双营的训练方法绝对是与众不同的，竟然全员都是弓箭手，而且他们的装备令出身于浩渺宫的她都感到惊讶，哪个国家会给自己的士兵配备钛合金铠甲？这要花多少钱才行？

更让她惊讶的是，在这无双营之中，体珠师的数量越来越多了。

她很快就联想到了浩渺宫觉醒天珠的秘法。

毫无疑问，这秘法是菲儿透露给周维清的，可是，周维清是从什么地方找到那么多珍贵天核的？就算是菲儿也做不到啊！

由于战凌天没有将周维清拜在六绝帝君门下的事情回禀，因此上官雪儿失去了判断的方向。

时间一天一天地过去，上官雪儿作为一个旁观者，清楚地感受到无双营的实力在不断提升，而且提升的速度十分惊人。

她渐渐明白了，周维清这是要打造一支完全由御珠师组成的强大队伍啊！

中天帝国也有一个这样的千人营，那里面御珠师的修为比周维清的无双营强得多，起码都是四珠及四珠以上修为，带队的中队长之类的军官，更是实力强大的天珠师，营长还是一位天王级高手。那个营算是中天帝国整个北方大军的撒手锏，轻易不会被派上战场。

但是，周维清训练无双营的方式和那个营又不同，他训练的都是弓箭手。

拥有凝形弓的弓箭手，只要距离合适，完全有机会解决同级别的御珠师啊！

如果不是上官雪儿知道周维清的目的是复国，而周维清未来又有可能成为她的妹夫，恐怕她早就出面阻止他了。

在这段时间里，唯一让上官雪儿觉得比较欣慰的是，自己那个古灵精怪的妹妹似乎和周维清之间真的没有什么，一个闭关修炼，另一个则每天训练士兵，在一起交流的时间少之又少，看上去似乎连朋友都算不上。

上官雪儿猜想，菲儿一定是和她的想法一样，留在周维清身边，最主要还是为了监督他。

有了这个想法后，上官雪儿就放心多了。她准备再观察一段时间，然后和菲儿见个面就回浩渺宫。

她是浩渺宫的继承人，肩上的担子比上官菲儿重得多。她还有很多事情要做，不可能像上官菲儿这样，过得如此轻松如意。

就在上官雪儿准备现身的时候，无双营与迅狼团的一战出现了。

上官雪儿看到无双营在准备战斗，立刻就打消了与上官菲儿见面的想法。

她决定再等一等，亲眼见证一下无双营的战斗力，等回去之后也好向自己的父亲回禀。

这一看不要紧，上官雪儿完全震惊了。

一万狼骑兵，最终损失了四成以上，无双营却毫发无伤。

这场战斗，除了无双营全都是御珠师弓箭手的情况令迅狼团措手不及之外，在战术安排上，也可以算得上是极为精妙。

不论是前期的射箭，还是周维清阻挡对方最强的天珠师，最后让三百空军断后，每一步都配合得十分完美。

上官雪儿深信，就算剩余的狼骑兵最后冲过来，结果也不会改变。利用地形的优势，无双营必定会给那些狼骑兵带去更为沉重的打击。到了最后，那个狼骑兵团很有可能会全军覆没。

上官雪儿发现自己还是小看了周维清。她不得不承认，虽然周维清看上去很讨厌，很狡猾，但是他的那份大局观，一般人都比不上，她亦是如此。

其实，无双营的强大战斗力还远在上官雪儿的判断之上，就算那些狼骑兵真的冲到了无双营阵前又能怎么样？难道无双营士兵们的近战实力很差吗？

无双营的士兵们都有天力，身体都经受过天力的改造，又接受过上官菲儿的近战指导，就算是面对强壮的狼骑兵，也绝不会吃亏。

周维清来到北疆还不到一年的时间，竟然就已拥有了这样强大的一支军队。

现在上官雪儿越来越明白父亲和大伯为什么那么看重周维清了，他们说得没错，和战凌天相比，周维清不论是在格局还是眼界上，都更加优秀。只要给周维清充足的时间和发挥的舞台，他一定会有不可限量的未来。

上官雪儿看完这场战斗后，决定尽快赶回去。她必须在第一时间将这边发生的事情汇报给父亲，好针对周维清制订接下来的计划。

连上官雪儿都觉得，像周维清这样的人才，一定要"绑"在浩渺宫的战车上，或许，在不久的将来，他就是浩渺宫战胜雪神山最有力的武器。

第150章
暴怒的周维清

在无双营大军朝西北集团军转移之时，上官雪儿悄悄跟着上官菲儿身后，一同离开了原驻扎地，可是，还没走多久，她便感受到空气中出现了强烈的天力波动。

于是，她悄悄回首，望向留在后面的周维清，结果她一眼就看到了龙释涯和断天浪。

对断天浪，她还判断不出什么，当龙释涯为断天浪疗伤，展现出吸收天地之力的强大实力时，她不由得大为震惊。

她万万想不到，周维清身边竟然还有这样一位强者！

她完全可以肯定，那个胖胖的中年人，修为应该和自己父亲、大伯在同一个级别，那可是天帝级的强者啊！

在浩渺大陆上，这个层次的强者用十个手指就能数得出来，看周维清对那位中年人的恭敬程度，他们的关系显然不一般。

上官雪儿决定去找菲儿问个清楚，她认为菲儿一定知道那人的来历，所以，她才悄悄地潜入了军营。

可谁知道，还没等她去询问上官菲儿，她就看到了周维清拉住上官菲儿表达谢意的一幕，还听到了两人之间的交谈。

她不禁怒哼了一声，而就在那时，她突然感受到一股强大威压气息，于是不敢停留，立刻从军营逃了出来。这也是周维清和上官菲儿找了一圈并没有发现她的缘故。

上官雪儿不知道那份威压气息从何而来，她是凭借浩渺宫秘法才勉强掩藏住自身气息的。

她可以肯定，如果自己再继续停留在无双营，必定会被那位天帝级强者发现。虽然她对自己的实力很有自信，但是面对天帝级强者，她根本没有取胜的机会。

上官雪儿心中有些茫然，对于妹妹和周维清之间的关系，她实在是头疼得很。

不行，无论如何必须带二妹回去，上官雪儿下定了决心。

她知道自己偷偷潜入军营是不行的，一定会被那位天帝级强者发现，只能通过正规渠道去见周维清和上官菲儿。

上官雪儿一边想着，一边下意识地攥紧了双手，对周维清生出一种浓浓的厌恶情绪。

周维清也不知道自己喝了多少酒，只记得很多士兵向自己敬酒，等他一大早从梦中清醒过来，外面的阳光已经晒在他身上了，暖融融的，很舒服。

周维清伸了个懒腰，爬了起来。他昨天和士兵们一起大喊大叫，与大家同乐，这种感觉还是相当过瘾的。

"报！营长，您醒了没有？"就在这时，帐篷外突然传来一个急切的声音。

"嗯？进来吧。"周维清疑惑地说道。

帐篷门帘被掀起，一名无双营士兵冲了进来，大喊道："营长，您快去看看吧，出事了，青狼快要不行了！"

"你说什么？！"周维清原本的惬意瞬间荡然无存，问道，"怎么回事？"

那名士兵应道："是十六团的人。我们早上起来后，不知道为什么，十六团的团长神布亲自带人来了我们这边，后来双方就打了起来，青狼被对方两名营长联手打成了重伤，就要不行了。现在兄弟们都很愤怒，正和十六团的人对峙呢。"

"他们这是在找不痛快！"周维清怒吼一声，闪电般冲了出去。

周维清培养无双营这些士兵容易吗？无双营刚刚有了点成绩，就出了这么大的事。

青狼的修为已经达到七珠，在体珠师中算是相当强的了，在一众中队长之中，他也能排得上名次。

在周维清眼里，无双营的每一名士兵都是他的兄弟，都是他未来复国的希望，现在听说有个兄弟要不行了，他能不急吗？

根本不用问，周维清看哪里人最多，就朝哪个方向冲了过去。

果然，无双营的士兵除了宿醉未醒过来的外，至少聚集了五百多人在那边。

那种剑拔弩张的气氛，周维清隔得很远就感受到了。

"怎么回事？让我过去！"周维清大喝道，顿时引得无双营的士兵们纷纷投来目光。

人群自动分开，为周维清让出了一条路，他快步前行，转眼间就到了人群的最里面。

此时，无双营的士兵们已是群情激愤，一看到周维清来了，立刻就有人嚷嚷了起来。

"营长，你可要为我们做主啊！十六团以多欺少，打伤了我们好多兄弟。"

"是啊！营长，你下令吧，我们马上冲过去。"

要不是魏峰和几名中队长在前面拦着，无双营的士兵们恐怕早就动手了。

"都给我住口！我一定给你们一个交代。"周维清怒吼道。

无双营的士兵们顿时都安静了下来，在无双营之中，周维清拥有绝对的权威。

在战场上，周维清永远都是自己去面对最强大的敌人，无双营的士兵们虽然都没有什么好脾气，但是对周维清这个营长是真心佩服。

魏峰一看到周维清，顿时松了口气，迎了上来，道："营长你可来了，你再不来，就要出大事了。"

周维清沉声问道："魏副营长，怎么回事？"

周维清回头看了一眼无双营的士兵们，大家都还是一身酒气，情绪极为激动，很多人甚至还拿着武器。

另一边，神布的脸色也十分难看。在她身后，十六团的十个营长竟然都在，他们头上羽毛的颜色证明了他们的身份。

在这是个营长身后，至少也有五百人，应该是神布的亲兵和十六团的一些精兵。

魏峰在周维清耳边低声道："昨天晚上，我们把垃圾扔到了十六团那边，他们今天早上一发现就过来找我们麻烦，而且来的是当初被我们收拾过的那些重骑兵，大家一言不合，就打了起来。

"兄弟们遵照你的命令，别人来我们的地盘生事，就打回去，我们打伤了他们不少人。不过，大家都还有些理智，算是留手了，对方应该没有重伤的。

"然后他们那边几个营长就带着人来了，我们这边的兄弟大都喝得醉醺醺的，结果双方又打了起来。我来晚了一步，青狼重伤，恐怕……"

周维清一眼就看到了躺在地上，奄奄一息的青狼，他的胸口明显塌陷了下去，口鼻处有血迹。

看到这一幕，周维清立刻感觉有一股热血猛然冲入了大脑之中，气息也明显变得粗重了。

"周小胖，你今天必须给我一个交代，不然的话，我们就上军事法庭。"神布看到周维清来了，立刻气急败坏地向他怒吼道。

魏峰这边说得很轻松，实际上，十六团那边一开始就过来了两个重骑兵中队。这些人虽然没穿戴装备，但是自诩个人实力强大，直接过来无双营找碴。

然而，无双营的士兵都是上官菲儿训练出来的，双方这一打起来，吃亏的是谁可就不好说了。

因为十六团两个中队的重骑兵全都被打了回去，其中骨折的就占了三分之一。

十六团何曾吃过这样的亏，几个营长一边让人通知神布，一边带着人过来了。

不过，他们一点便宜都没占到，因为无双营的士兵们太狠了，青狼虽然受了重伤，但是也打断了十六团两个营长的手臂。

要不是无双营的其他中队长赶来得慢，结果还不得而知。最后，神布和魏峰同时到达，才勉强稳住了场面。

无双营受轻伤的有四五十个，而十六团那边受伤的则超过了三百人，眼前十六团留下对峙的这些人，除了神布的亲兵以外，几乎个个都受了伤，样子要多狼狈就有多狼狈。

"你想要什么交代？"周维清冷冷地看着神布，双眼渐渐变红了。

神布并没有感受到什么，怒道："你们这群无赖，刚刚过来驻扎，就敢发起挑衅，而且整营宿醉，还打了我的人。你现在立刻把刚才打了人的士兵都交出来，让我处置，然后你自缚双手，跟我到军团长那边去认罪。"

"认罪？做梦！"周维清怒不可遏，朗声道，"无双营士兵听我命令，全体上甲开弓，等我命令！"

"是！"无双营的士兵们回答得整齐划一。

紧接着，无双营的士兵们转身朝自己的营帐冲去。他们不仅要穿戴铠甲，背上长弓，还要叫醒仍处于睡梦中的伙伴们。

区区一个十六团算什么？能比得上迅狼团吗？迅狼团都被他们打跑了，他们还会怕十六团？

"周小胖，你想干什么？"神布大惊失色，喝问道。她没想到周维清的反应竟会如此激烈，他居然真的要和自己火拼。

要知道，无论怎么说，双方是友军，一旦打起来，她这个团长绝对是罪责难逃，就算是神机也保不了她。

周维清冷冷地道："我要干什么？神布，我告诉你，我不管你有什么理由，现在我看到的，就是我的兄弟要死了。

"我现在给你两个选择，第一，我带人和你的十六团光明正大地打一场，大家各凭本事；第二，你把刚才打伤我这兄弟的凶手交出来，让我处置。"

"你做梦，你疯了！"神布此时心中也有些发慌。她看得出，周维清那样子绝不像是在吓唬她，她更没想到事情会闹得这么大。

周维清冷冷地道："没错，我是疯了！在战场上，面对万兽帝国大军的时候，我的兄弟都没有受伤，而今天你们竟伤了我兄弟！

"我告诉你，看在神机军团长对我还算客气的分上，我才给你第二个选择，否则你以为我会和你说废话吗？"

"你又算什么？一个小小的营长，竟敢和我们团长这么说话！你还知道尊卑吗？"一名彪形大汉从神布身边大步走了出来，一身重装铠甲护体，头盔上有象征着营级的橙色羽毛。

重装骑兵营的营长在任何一个团，都相当重要。他身上爆发出强烈的天力波动，手腕上有五对天珠，这竟是一名中位天尊。

眼看着对方走了出来，周维清没有再说话，而是右脚猛然跺地，冲了出去。

周维清身体似箭，朝对方胸口挥出一记直拳。

那名重骑兵营的营长见周维清如此嚣张，走出来就是打算教训周维清的。

在他眼中，无双营只不过是一群乌合之众而已，而周维清也不过是个营长，论级别，比他这个有副团长军衔的还差了半级。

见周维清竟敢抢先动手，他怒喝一声，猛然迎了上去。

他还是比较克制的，至少没有使用武器，右拳悍然朝周维清的拳头迎了上去。

"不可！"神布大叫一声，连六珠修为的她都在周维清手上吃过亏，更何况她这才五珠修为的副手！

可惜，她想阻止已经来不及了，她也没想到周维清会毫不犹豫地直接动手。

能够成为重骑兵营长的天珠师，毫无疑问，体珠必定是力量属性的。因为重骑兵最需要的不是技巧，而是力量。拥有绝对的力量，才能让他们与万兽帝国的大军正面碰撞。

周维清拥有的是绝对的力量，在同级别中，拥有恨地无环套装组件的他，在力量上几乎可以说是无人能敌。

虽然眼前这名重骑兵营长的修为比周维清高，但周维清距离五珠级别只差一重天力了，所以实际上两人的修为相差并不大。

况且，周维清被暗魔邪神虎血脉改造过身体，其力量又岂是普通力量属性的天珠师所能比的？

"轰——"

双拳碰撞，从表面上看，那位重骑兵营长是有优势的，因为他穿着重铠，拳头也包裹在铠甲内，而周维清挥出的完全是肉掌。

在这个时候，双方都已经将天珠释放出来了，但都没有使用凝形、拓印能力。

那名重骑兵营长一直在注视着周维清的左手手腕，想知道周维清意珠的属性，但是周维清的意珠被衣服掩盖着。

任何天珠师在使用凝形、拓印能力时，对应的体珠、意珠都会发出光芒，如果没有光芒亮起，就证明他没有使用凝形装备或拓印技能。

看到周维清的意珠没有发出光芒，纯粹比拼力量，这名重骑兵营长自然是信心十足。

可惜，他不知道的是，其实他是周维清六绝控技的试验品。

周维清确实没有使用拓印技能，但是，他拳头上悄然出现了一层蓝紫色的光芒，就如同拳套般套在他的拳头上。

双拳碰撞，剧烈的轰鸣声传来，就像是一个惊雷在耳边炸开了一样。

那名重骑兵营长拳头上的铠甲竟然被完全震碎了，他的手掌也变得焦黑，一整条手臂上的骨骼至少断裂了六处，整个人也被巨大的冲击力轰得倒飞了出去。

单纯比拼力量，他不可能是周维清的对手，更何况，周维清还用六绝控技之法释放出雷属性天力，并将之凝聚、压缩，再包覆在自己的拳头上。

这半年来，周维清练的都是这份控制力。这份控制力虽然在全力比拼下或许起不到决定性的作用，但是在双方试探实力的攻击下，有意想不到的效果。

神布是知道周维清的真正实力的，因此，当周维清一动手，她就朝着这边冲了过来。

可惜，周维清出手实在是太快了。

当那名重骑兵营长刚发出惨叫声时，周维清轰飞他的拳头已经伸展开来，变为手掌，掌心内凹，朝他的身体一挥。

刹那间，那名重骑兵营长倒飞的身体竟然在空中停顿了一下。

周维清追了上去，正好一把抓住那名重骑兵营长受创的右手手腕，释放出一股强横的吞噬之力，疯狂地吞噬着他的天力。

随后，周维清将那名连带铠甲总重量超过三百斤的重骑兵营长横向抡了起来，扫向神布。

这名重骑兵营长手臂有六处粉碎性骨折，此时再被周维清这么一抡，惨叫声直接被卡在了喉咙里，竟连叫都叫不出来了。

神布迅速冲来，碰到的却是那名重骑兵营长的身体，无奈之下，她也只得停下脚步，怒喝一声，打算从侧面冲过来。

直到此刻，与神布同来的十六团营长、亲兵们才反应过来，然而，当他们打算冲上来的时候，突然响起一连串急劲的厉啸声。

一排银光闪耀的羽箭"噗噗噗"地插在了他们前面的地上，就像是一堵不可逾越的墙，挡住了他们的去路。

尽管十六团的这些人都是久经沙场的士兵，但还是被这一股凛冽的杀气吓到了。

两百多名无双营士兵冲了出来，他们身上亮闪闪的钛合金铠甲，晃得十六团的士兵顿时花了眼。

十六团的配备比一般的团好得多，但能够穿上全身轻铠的士兵也只有神布的一个亲兵中队。

冲出来的无双营士兵们都穿着全身轻铠，那铠甲样式和中天帝国军队的一样，不过材质明显不同，带着发暗的银色光泽，给人一种十分结实的感觉。

十六团的人虽然看不出铠甲是什么材质的，但是能够猜到这些铠甲必定不是普通铠甲所能相比的。

此时，两百多名无双营士兵纷纷拉开长弓，光芒夺目的箭镞直指十六团的士兵。

双方距离仅五十米，在这么近的距离下，连有天力修为的天珠师都躲不开羽箭，就更不用说普通士兵了。

而且，军营中也没有太多闪避的空间，无双营这边一放箭，羽箭的杀伤力绝对会很大。

一时间，十六团的人都不敢动弹了。之前那一排羽箭显然是对他们的警告，一旦他们越过那排羽箭，无双营的士兵可能真的会放箭。

周维清自然知道神布准备从什么方向绕过来，他用右手继续拉扯着那名重骑兵营长，左手朝神布的方向拍出。

强烈的青色光芒透掌而出，周维清依旧没有直接施展技能，而是用了六绝控技之法。

青光一闪，神布就无法动弹了，这正是风属性的控制技能——风之束缚。不过，周维清这风之束缚不是拓印来的，而是凭借六绝控技模拟出来的。

自从那次见识龙释涯应用这个技能后，周维清便一边练习六绝控技的基本功，一边专门练习模拟这个技能。

现在周维清已经能够做到在天力足够的情况下，持续释放风之束缚，中间没有半分停顿，这便是六绝控技的精髓所在。

风之束缚是七星评价的技能，自然要消耗不少天力，不过，周维清现在并不是在释放自己的天力，因为他的右手还在持续吞噬那名重骑兵营长的天力。

周维清现在是完全将那名重骑兵营长的天力转化为自己的风属性天力，然后释放风之束缚，控制神布的行动。

中了第一个风之束缚后，神布还不以为意，她知道周维清有这个技能。在神布看来，两人之间的天力修为有差距，只要自己全力挣脱，这个技能最多也就能限制住自己一秒。

但是，她很快就发现了问题，因为周维清的第二个风之束缚竟然紧接着第一个就来了。

她还没有挣脱第一个，第二个就叠加而上，这令她的身体依旧处于僵硬状态。

周维清此时与神布的距离很近，他脸上露出一丝不屑，淡淡地道："神布团长，你以前不是我的对手，现在也不是。你还真的以为当初我赢你，只是靠运气吗？"

周维清连续使用了五个风之束缚后，将左掌往前拍去，释放出了一记掌心雷。

轰然巨响之中，神布的身体轻而易举地被周维清轰击得飞了出去。

虽然以神布的修为，中了这一掌还不至于受伤，但是那全身麻痹的感觉绝不好受，而且她还当着这么多人的面，被周维清一掌轰飞了。

神布愤怒到了极点，她忘了所有的顾忌，一落地就再次冲了上来，释放出自己所有的凝形装备，她手中的火焰剑光芒夺目，大有和周维清拼命的架势。

就在这时，一个如同山岳般的男子出现在神布面前，用他手中厚重的盾牌挡住了她的火焰剑。

"砰"的一声，神布只觉得一股强劲的反震力传来，身体不受控制地向后倒，接连跌退几步才站稳。

她看到的是一名身穿普通军服的高大男子。

此人面容刚毅，看上去三十岁左右的样子，脸上的线条在朝阳的照耀下显得格外分明。

他往那里一站，那份气势便是连周维清也比不上。他手腕上有六对天珠出现，手中握着一面巨大的重盾，那重盾甚至能将其无比魁伟的身体完全遮盖住。

在那重盾之上，六个凹槽晃花了神布的眼睛。

"滚开！"神布怒吼一声，挥舞着手中的火焰剑，猛然冲上去，疯狂地发起攻击。

毫无疑问，拦住神布的正是林天熬。

周维清这边动起手来，林天熬自然不会坐视不理。他第一时间赶了过来，正好挡住了神布的疯狂攻击。

林天熬的六珠组合凝形盾岂是神布能够破掉的？当初林天熬在面对天王级强者寒天佑的时候，都能阻挡他的进攻。

诚然，林天熬在攻击方面能力不足，但要说防御，他在同级别天珠师中绝对是首屈一指的。哪怕是圣地出身的那些人，单纯比防御，也无法与他相比。

林天熬手中的盾牌以很小的幅度移动着，步伐也不快，但是，他每一次移动，便正好挡住神布，不是正面挡住，而是从神布最不好发力的方向挡上去。

林天熬千锤百炼的防御技巧，不论是对人，还是对天兽，都有极佳的效果。

他修炼了这么多年，一直都在研究如何防御，早就将防御技巧练得炉火纯青了。

神布毫无保留地释放自己的天力，发动攻击，可是，在林天熬面前，她有一种力量无处可使的感觉。

林天熬也不还击，只凭借盾牌一次又一次地挡住她的攻击，让她根本无法接近周维清，甚至连上前一步都做不到。

"停手！"周维清大喝一声。

林天熬的六珠组合凝形盾的防御方式突然一变，一层刺眼的黄色光芒透盾而出，释放出一股强烈的震荡力，直接将神布推了出去。显而易见，之前他和神布在交手时，还一直有所保留。

神布愤怒地看向周维清，那名重骑兵营长此时已被周维清押在了身体旁边。

十六团这边的人无不露出愤慨之色，可是，无双营那边的士兵越来越多了。

令十六团的士兵感到惊骇的是，无双营的每个人竟然都身穿着同样的铠甲，张开长弓，羽箭直指这边。

看着无双营士兵们那充满杀机的眼神，还有箭镞上的森然寒光，除了派人回去叫援兵外，十六团的这些人谁也不敢妄动。

周维清冷冷地看向神布，道："神布团长，我再给你一次机会，立马交出那两个重创我兄弟的凶手！"

神布经过一连串的发泄之后，也渐渐冷静了下来。

她这是第一次见到林天熬，林天熬天衣无缝的防御给她留下了极其深刻的印象。

她觉得就算自己的师兄神机在这里，也未必能够攻破林天熬的强大防御。

"周维清，你敢向友军开弓，就不怕军法处置吗？"神布怒喝道。

周维清不屑地哼了一声，道："别跟我说什么军法处置，恐怕先受处置的是你。我问你，这里是谁的军营？这是我们无双营的军营，你们十六团的人过来闹事，我们只是正当防卫而已！

"你的人伤亡就是伤亡？我的兄弟死了就白死吗？而且，今天的事情是谁引起的？那些垃圾是谁留下的？我的话绝不会改变，我再给你一分钟时间考虑，如果你依旧不交人出来，那就别怪我手下无情。"

"你……"神布气得全身颤抖起来，一时语塞，她现在也不知道该怎么办才好了。

如果她就这么把自己的人交出去了，那以后她还怎么统率十六团？整个十六团向一个特别营认输，恐怕永远都会抬不起头。

可是，如果她不交人，这件事就会闹大，双方真的打起来，先不说谁能占上风，恐怕连她都会受伤。那周维清有浩渺宫的背景，就算是西北集团军军部恐怕也……

这个时候，神布觉得有些后悔，悔不该不听师兄的话。

神机早就告诫过她，让她不要再去惹周维清，周维清来自浩渺宫，不是他们能惹得起的。

神布、神依姐妹心中一直憋着一口气，所以才会来找周维清的麻烦，可谁知道，这次真的是下不了台了。

就在这时，一个有些醉意的声音响起："干什么？你们这一大早的，折腾个什么劲？"

一听到这个声音，周维清原本充满怒气的脸色顿时缓和了几分，转身看去。

来的正是周维清的老师，六绝帝君龙释涯，而且，还有一个人和他一起走了过来，是在无双营当箭术教官的木恩。

木恩给周维清递了个眼神，他和龙释涯是勾肩搭背走过来的，而且还有些摇晃，看那样子，两人分明就是喝多了。从表面来看，木恩的年纪比龙释涯还大。

"老师。"周维清向两人微微躬身。

龙释涯瞥了他一眼，没好气地道："一大早就扰人清梦，真讨厌。不过，维清，木恩是个好老师啊，难怪能把你小子调教得如此奸猾。"

龙释涯一边说着，一边用力地拍了拍木恩的肩膀，看那样子，两人就像是多年未见的老友。

第151章
天使的眷恋

周维清疑惑地看向木恩，心中暗道：木恩老师，你这是变的什么戏法？

不过，现在不是向木恩老师提问的时候，周维清也只能先将这份疑惑埋在心中。

听到周维清叫来的人"老师"，神布只觉得一股巨大的压力扑面而来，让她有些喘不过气。

这份压力是神布施加给自己的，因为她想到周小胖这个家伙如此"变态"，而他的老师们也在这军营之中，这实在是太可怕了！

虽然他们穿着普通军服，看样子还有些狼狈，其中一人腰部的衣服都已经被其肥硕的身体撑得开线了，可是，他毕竟是周维清的老师啊！

龙释涯走到周维清身边，醉眼蒙眬，头一歪，显然没有用天力去化解酒意。

"咦？这不是青狼那小子吗？昨天晚上他还和我喝得很豪爽，被老子灌倒了，怎么现在躺在这里装死？"

龙释涯一弯腰，将青狼一把抓了起来。

"老师，青狼快不行了，您……"周维清急切地说道。然而，他一句话还没说完，便不由得瞪大了眼睛。

青狼被龙释涯拉扯起来后，全身浮现出一层淡金色的光芒。

在青狼头顶上方，一个虚幻的金色光影渐渐成形，竟然是一个看上去十分可爱的天使。

紧接着，青狼的身体完全变成了金色的，就像被一层金箔包裹着一样。

"哎哟，疼死我了！"青狼发出哀号。

龙释涯另一只手在青狼胸口上一拍一吸，虽然动作看上去有些笨拙，但是青狼塌下去的胸膛居然重新挺了起来！

在金色光芒的包裹下，青狼整个身体开始轻微地颤抖起来。

"晚上记得过来陪老夫喝酒。"龙释涯笑道。接着他手腕一抖，青狼一个趔趄，踉跄退去。

奇迹在这一刻出现了，随着青狼踉跄后退，他身上的金光也随之消失。之前他还是一副奄奄一息的模样，仿佛随时都有可能没命，此时竟然能站稳了！

青狼自己也很惊诧，众人看他那模样，怎么都不像是将死的样子，要不是他嘴角处还有血渍，恐怕没人会觉得他受过伤。

"老师，太厉害了！"周维清大喜过望，恨不得冲上前抱住龙释涯亲上一口。

其实，在刚刚那种紧张的情况下，周维清有些骑虎难下。他之前在盛怒之下，说出了那一番狠话，已经没法收回了，否则他必将失去无双营兄弟们的信任。

如果真的和十六团动起手来，无双营肯定不会吃亏，但是，恐怕无双营在西北集团军中也待不下去了。

这和他原本的计划不符，但他没有后悔的机会，只能期盼着神布选择妥协。

然而，他提出的条件有些苛刻，神布妥协的概率实在是不大。

而龙释涯和木恩的出现，可以说正是时候。龙释涯一出手就治好了青狼，这样一来，双方之间如此对峙的最大矛盾随之化解了，事情自然也就有了转机。

"营长。"青狼喊了周维清一声。

青狼堂堂八尺汉子，眼睛竟然一下就红了。他早就知道周维清来了，也听见了刚才周维清说的话，只不过他身受重创，无法出声。

他万万没有想到，为了他一个人，周维清竟然愿意和整个十六团拼命。

在这一刻，青狼完全是发自内心地将周维清当成了自己的大哥，尽管他比周维清大得多。

周维清没好气地瞪了青狼一眼，道："你说你还能干点啥？打架还差点让人给打死，打不过你不会跑吗？滚到后面去，等这边事情处理完了我再收拾你。"

"是、是！营长，你怎么处置，青狼都认了，以后我这条命就是你的了，我绝对对你忠贞不渝。"

周维清差点笑出来，脸上紧绷的肌肉抽搐了一下，道："滚！谁要你的'忠贞不渝'！"

周维清这话一说出口，原本怒气冲冲的无双营士兵们顿时哈哈大笑起来。

青狼不由得涨红了脸，除了觉得尴尬之外，心中还生出一种强烈的满足感，似乎被周维清骂两句是一件很舒服的事情，他转身就准备跑到队伍后面去。

"等会儿再走。"周维清又叫住了他，道，"笨蛋，谁救了你的小命？"

青狼这才反应过来，"扑通"一声对着龙释涯跪下了，"砰砰砰"地磕头，道："多谢老祖宗救命之恩。"

龙释涯哈哈一笑，道："起来吧，有空了陪老夫喝酒就行，看你那熊样，跪什么跪？！"

青狼嘿嘿一笑，向龙释涯做出一个喝酒的动作后，便跑到后面去了。

此时，站在一旁的副营长魏峰知道该自己出面打圆场了，便没好气地对无双营的士兵们说道："你们干什么？老拉着弓不累吗？先放下，待会儿再说。"

他这一番话既缓和了气氛，又是在向十六团表示，这件事还没有完。

不远处，一阵急促的马蹄声响起。

听到马蹄声，周维清也暗暗松了一口气，他知道，今天是真的打不起来了。

随后，周维清将那名重骑兵营长推到了神布面前。这家伙的天力被周维清的吞噬技能吸得所剩无几，全身软绵绵的，无力反抗。

要不是周维清手下留情，此人的性命可能都不保。

吞噬技能不仅能够吞噬天力，还可以吞噬生命力，就看周维清想吞噬什么了，而之前那股将重骑兵营长拉回来的吸扯力，也是由吞噬技能幻化而来的。

经过这两天的两场战斗，周维清越来越觉得六绝控技奥妙无穷了。

谁说六绝控技现在不能帮自己了？那种对各种属性天力的精妙控制，和上官菲儿的近战技巧一样好用，而且在使用各种技能的时候，还能节约一些天力。

周维清修炼六绝控技才半年时间，而且龙释涯一直都没在身边指点他，都是他自己在摸索，他越来越期待练成这门绝学了。

神布的脸色极其难看，不过，她并没有发作出来，其目光始终落在龙释涯身上，似乎在打量着什么。

十六团那边突然让出一条路，第七军团的军团长神机在十余亲兵的簇拥下驱动胯下坐骑，快速来到近前，翻身下了马。

"怎么回事？都冷静点。"神机朗声道，他一来就感受到了这里剑拔弩张的气氛。

幸好神布还算聪明，在带人过来之前就让人去通知神机了，此时她看到大师兄来了，才微微松了一口气。

神机的脸色也有些难看，他之所以肯让特别营回归，无非是因为周维清和上官菲儿有浩渺宫的背景。

可谁知道，这特别营才回归一天，就带来了麻烦，而且看眼前的架势，麻烦似乎还不小。

面对神机冷厉的目光，周维清丝毫没有退缩，尽管他现在有些懊悔自己因为冲动暴露了无双营的实力，但事已至此，他想掩饰也不行了，索性嚣张下去，给十六团一个深刻的教训。

"怎么回事？神机军团长，那您就要问您的这位师妹了。"周维清冷冷地说道。

神机疑惑地看向神布，神布倒是不敢添油加醋，一五一十地将之前发生的事情在神机耳边简单地说了一遍。

听了神布的话，神机的脸色顿时变得更加难看了，他狠狠地瞪了神布一眼，小声地道："我都告诉你不要去招惹这些人，你怎么还闹出这种事来？要是闹大了，就算是义父也保不住你！"

随后，神机又看向周维清，道：“胡闹！你们当这里是什么地方？这是中天帝国西北集团军大营，你们都是一方统帅，竟然闹出这种事来！”

周维清冷笑一声，道：“神机军团长，我给您面子，刚才没有直接下令动手，现在您来了也好，可以主持一下公道。

“神布团长故意在我们的营地上留下垃圾，我只不过是让手下兄弟把垃圾还给他们罢了，谁料到今天一早，十六团的人就冲入我们军营闹事。如果我没记错的话，按照规矩，未经许可，任何士兵不得轻易踏进其他军营营地，还请军团长还我们一个公道。”

“你胡说，明明是你们的人先动手！”神布身边的一名营长怒喝道。

周维清不屑地道：“我的人先动手？那好，我问你，如果有人到你家里去，进门以后就骂你，你会怎么办？这里是我们无双营的领地，你们来到我的军营中闹事，我怎么知道你是不是万兽帝国的奸细化装的？”

神布也不是傻子，立刻道：“那你们全营士兵酗酒又怎么说？军营中不能喝酒，这是严令，别告诉我你不知道。”

周维清理都不理她，直接看向神机，道：“十六团私人我军营地，挑起事端这件事，只要军团长您给我一个交代，集体喝酒这件事，我也同样会给您一个交代。”

神布听了这话，不禁微微一愣，聚众闹事在军营中受到的惩处固然不轻，但双方毕竟没死人，想来后果也不会太严重，可无双营全营人酗酒，显然不是小事，身为营长，周维清是有可能上断头台的。

神机闻言，也大感为难，但在这个时候，他也很清楚自己必须得以尽可能公平的方式来处理这件事，要不是因为周维清和上官菲儿有浩渺宫背景，他早就下令抓人了。

这时，他不经意看到了无双营士兵们穿的铠甲，顿时感到有些吃惊，看铠甲的光泽，怎么那么像钛合金的啊！

"十六团闯入特别第一营闹事，团长神布管理无方，记大过。所有参与斗殴的人，都给我出列，每人四十军棍，立即执行。"神机当机立断，下达了命令。

如果青狼真的死了，周维清绝不会就此善罢甘休，不过所幸青狼被老师救了过来，无双营没什么损失，也就没有必要与对方结下死仇。

因此，对于神机下达的命令，周维清没有吭声，他看着十六团上百名士兵，包括两名营长被拉出来，由十六团的执法队打军棍，心中的怒气也消了不少。

无双营的士兵们皆露出了几分得意的神色，不过大多数人还是有些紧张的，因为不管怎么说，集体酗酒不是小事。他们都在静静地等待，看周维清如何处理这件事。

神布的脸色已经有些发青了，她眼睁睁地看着自己的下属被打，却毫无办法，气得险些吐血。

四十军棍下去之后，十六团大多数被打的士兵都爬不起来了，全是被抬下去的。

神布虽然明知道不应该继续针对周维清，但还是忍不住向周维清怒吼道："我的人已经受惩罚了，你的交代呢？你们全营一起喝酒，周围几个团的营地都能闻到酒味，你怎么说？你不会告诉我你失忆了吧？我看你怎么交代！"

周维清冷然一笑，道："既然我说了会给你们一个交代，就一定会给。来人，把昨晚我们的残羹冷炙和酒坛子抬上来，给神机军团长和神布团长过目。"

神机原本正恼怒于神布的纠缠，听了周维清的话后，不禁一愣，周维清真要给自己一个什么交代吗？要知道，在军营中喝酒可是大事，他刚才准备放周维清一马，要不是神布突然开口，他早就带着人走了。

在神机眼中，周维清他们是浩渺宫的人，再怎么样也不能将军法用在他们身上。

而神机看向周维清的时候，却发现周维清一副胸有成竹的样子，似乎并不惧怕。

不一会儿的工夫，一口口大锅和一个个酒坛子被端了上来。

昨天晚上，无双营的士兵们一边吃一边喝，还没来得及打扫收拾，此时锅里的东西呈白色，还有一些大块的肉和油混在一起。

看着一口口大锅和一个个酒坛子摆在面前，神机有些疑惑地看向周维清。

神布疑惑不已，问道："这和你们喝酒有什么关系？"

周维清不屑地看了她一眼，讥讽道："就你这智商也当上了团长，你也不想想，我们为什么这样大肆吃喝？我再问你，在军队中，什么情况才能喝酒？"

神布怒道："什么情况都不行，这是违反军规的。"

周维清哼了一声，不理会她，看向神机。

神机此时已经明白了几分，沉声道："只有一种情况可以喝酒，那就是战胜了敌人，而且还是大胜的情况下喝庆功酒。周营长，难道你们和万兽帝国的军队交手了？"

周维清应道："就在入驻之前，我们无双营突然遭遇了迅狼团的攻击。"

听到"迅狼团"几个字，神机和神布两人顿时脸色大变。

神机他们在北疆也不是一天两天了，和万兽帝国大军交手的次数很多，几乎每年都有极大的损失，甚至有时候会被逼退到天北城，又怎么会不知道声名在外的迅狼团呢？

那可是狼人族的主力精英团，为首的巴特勒更是一名有九珠修为的天珠师，极其凶悍，就算整个第七军团与他们正面作战，也很难讨好。

"你放屁，就凭你们这几个人，遇到迅狼团的袭击还不全军覆没吗？"神布不相信周维清的说辞。

周维清淡然一笑，道："不用你相信，事实胜于雄辩，狼骑兵的尸体现在还在那里，神机军团长可以派人去查看。

"我们只是带回来一部分战狼的尸体作为战利品而已，与迅狼团作战，我们歼敌四千余，这算不算是一场大胜？

"在战场上面对凶残的狼骑兵时，我的士兵没有受伤，回到这里，却被友军所伤。神机军团长，如果换了是你，这种情况你能忍吗？今天，幸好我的兄弟没有死，否则的话，今日之事绝不可能善了。"

神机看着周维清，神色复杂。他和神布一样，也完全无法相信这一切是真的。

无双营才多少人？满打满算也就一千多人，凭这一千多人，击溃了迅狼团，还歼敌四千余，这让他无论如何也不敢相信。

狼骑兵速度奇快，换成整个第七军团与之对战，除非对方中了伏击，不然绝不可能有这样辉煌的战果！

突然，神布脸色一变，拉了拉神机的袖子，而她的目光也下意识地锁定在了龙释涯身上。

神机虽然不明白师妹是什么意思，但是以他对神布的了解，自然知道她此时是在打退堂鼓了。

略微犹豫了一下后，神机对周维清道："周营长，这件事我一定会调查清楚的。如果真如你所说，无双营立下了如此战功，我一定会向军部为你请功，昨晚喝酒之事也不再追究。周营长，我先告辞了。"

神机没有继续停留，因为很多事情需要调查后才能下定论，而且他也感觉神布似乎有话对自己说。

他只好先离开这里再说，再这么对峙下去，传到别的军团那里，他也会丢面子。

周维清淡然道："那就不送了，不过我不希望以后再有其他军营的士兵到我们无双营中来捣乱，否则的话，再发生今天这样的事，神机军团长您就不要怪我了。"

神机点了点头，道："我会让各位团长约束手下的，告辞。"

神机带着神布，以及十六团一众将士快速离去。他们刚走出无双营军营，便听到背后传来一阵欢呼声。

神布的脸色顿时变得更难看了，要不是她的心理素质还可以，恐怕会被气得直接吐血了。

没错，无双营的士兵们现在很兴奋，周维清为了他们，不惜和整个第七军团抗争，这样的营长上哪里去找？

经过这一场风波后，周维清在整个无双营的威望提升到了顶点，士兵们一拥而上，将他高高地抛了起来，纷纷呼喊着"营长万岁"。

神机的心情很不好，但为了给神布留些颜面，他一直忍着没有发作。直到进了第十六团的中军大帐，屏退左右之后，他才怒喝道："神布，你怎么搞的！我不是告诉过你不要去招惹周小胖吗？你怎么就是不听！如果今天他真的动手伤了你，你让我怎么向义父交代？"

神布也知道今天这件事确实是自己的错，可她依旧忍不住反驳："都是那个周小胖，他实在是太嚣张了，我真的忍不了！师兄，就因为他们来自浩渺宫，所以我们就要事事隐忍吗？我真的快要忍不住了。"

神机冷冷地看着神布，道："忍不住？忍不住你就先退下来，待会儿你跟我回军团部，十六团这边，暂时让神依代你管理。"

神布闻言，顿时大吃一惊，道："师兄，你要免除我团长的职位？"

神机冷声道："以你现在的心理状态，已经不适合做一个团长了，你知不知道，你这样很容易害死手下兄弟？一旦发生内讧，就算是我也承受不起。

"军中最忌讳发生这种事，谁让你留垃圾在人家那边的，被人家抓住了把柄，别说他们是来自浩渺宫，就算不是，按照军规，我也不能处置他们，你明白不明白？"

神布露出委屈之色，道："我不明白，那他手下的士兵还喝酒呢，难道就这么算了？"

神机沉声道："看周小胖的样子，并不像是在说大话，那时候你拉我干什么？"

神布这才想起来，于是赶忙将之前青狼濒死，又被龙释涯出手救了回来的事情说了一遍。

听了神布的讲述，神机不禁倒吸了一口凉气，道："你确定？那个人施展技能时，背后可有光影出现？"

神布点了点头，道："有，真是太神奇了！按理说，光属性技能虽然也有治疗的效果，但是绝对比不上生命属性的治疗技能，可是那人一出手，无双营那个快死的中队长立刻就恢复了，似乎连断掉的骨骼都愈合了，简直是神技！

"如果那个人真的是一位超级强者，那么，无双营在面对迅狼团的时候，歼敌四千多也不是不可能吧，所以那时候我才拉住了你。"

神机在神布的注视下，半晌没有吭声，神色变幻不定。

"师兄，你倒是说句话啊，这件事难道真的就这么算了？"神布不甘心地问道。

神机猛地抬起头，道："当然不能就这么算了，走，你收拾一下，跟我去见义父。"

神布顿时大喜，她知道，义父最喜欢的弟子就是神机，只要神机出面，自己就有报仇的机会了。

"太好了！只要义父肯帮忙，就算他们是浩渺宫的又能怎样？义父一样能收拾他们，尤其是周小胖那个浑蛋。师兄，到时候你可要让我亲手收拾他才行，不然我出不了这一口恶气。"

"亲手收拾他？"神机冷冷地看着她，道，"如果你想死，千万不要连累我和义父，也不要连累你妹妹神依。"

神布吃惊地看着他，问道："师兄，你这是怎么了？"

"怎么了？你知不知道你所说的那个中年人施展的是什么技能？能够产生那种恢复效果，而且还有天技映像出现，只可能是光明属性技能中一个极强的技能——天使的眷恋。

"我不知道周小胖是如何拥有天技映像的，他不过才四珠修为而已，应该是投机取巧才拥有的，但是，天使的眷恋这个技能不一样，它除了不能让死人复活以外，几乎可以治愈所有的重伤，包括毒伤。

"那人能够举重若轻地施展这个技能，不仅要有天道力境界的修为，而且修为还不能太低。你知不知道你惹上了什么人？被周小胖叫作老师的那名中年人，很有可能是浩渺宫的一位长老，而且说不定是一位举足轻重的长老，他的修为很可能不低于天王级，是一位天帝级的强者。

"在整个浩渺宫中，天帝级强者一个手的手指就能数过来了，你有几颗脑袋，敢得罪天帝级强者？我带你去找义父，是请义父出面，带你去负荆请罪。浩渺宫这次是真的要动手了。"

听了神机的分析，神布的后背顿时冒出了一层细密的冷汗，整个人都有些呆滞了。

她也是天珠师，自然知道天帝级强者意味着什么。虽然她已经拥有了六珠修为，但对她来说，天帝级强者依旧是传说中的存在。

在整个西北大营之中，只有一位天王级强者，而天帝级强者，在整个中天帝国北疆大军中都找不出一位。

若周小胖真有这么一位老师，别说神布得罪不起，恐怕连北疆大军总指挥都得罪不起啊！那可是浩渺宫宫主级别才有的实力。

"师兄，我、我……"神布此时不知道该说什么才好，连"后悔"都不足以形容她此时的心情。

神机看着她那脸色苍白的样子，叹息一声道："早知今日，何必当初！不过你也不用太担心，毕竟我们双方是友军，那个周小胖虽然性格怪异了一些，但还是识大局的。否则的话，有那么强大的老师在场，就算他真的命令手下攻击你们，也没人能将他怎么样。

"只要我们表现出足够的诚意，这件事就应该还有挽回的余地，不过，你这十六团团长的位置恐怕是坐不稳了。走吧，我们这就出发，去见义父。"

周维清那边不知道神布和神机都被龙释涯吓住了，在一阵欢呼和喧闹之后，周维清宣布，给无双营的士兵们三天时间休息，让大家调整一下状态，然后再继续训练，而且训练的强度会增加。

如果在来这边之前，周维清宣布增加训练强度，或许还会有人抱怨，但是，有了和迅狼团的那一战，再加上今天早上发生的事，现在无双营士气高涨，凝聚力极强。每个人都以身为无双营的一分子而感到自豪，谁不希望自己变得更强，无双营变得更强呢？

更何况，在无双营，变强了还能得到一系列的奖励，因此，根本没有人发出什么怨言。

青狼这个中队长还是没能躲过周维清的惩罚，被打了四十军棍。

不过，在被打军棍的时候，青狼竟然生出了一种幸福之感。被狠狠地打了四十军棍后，他也还是一脸的笑容。

龙释涯将周维清叫到帐篷中，道："小胖，跟老师说说你的计划。"

周维清愣了一下，因为他拜龙释涯为师的时候，龙释涯说过不会帮他，怎么现在反而有兴趣听他说计划了？

龙释涯怎会看不出周维清心中的疑惑，没好气地道："让你说你就说，难道老师还会害你不成？我只是觉得你这无双营有点意思。虽然大家一个个都是无赖样，不过这样倒也痛快，我本就最讨厌装腔作势之人，譬如浩渺宫的那些家伙，当然，雪神山那老东西我也一样讨厌。"

周维清呵呵一笑，道："老师，我的计划是这样的……"

当下，周维清就将自己的计划简单地向龙释涯说了一遍。

"计划赶不上变化，我会根据具体情况进行调整，十年之内，我一定要拥有一支精锐之师，一支可以抗衡整个百达帝国的精锐之师。"

周维清的眼中闪着光芒，说到兴奋处时，他的情绪也变得亢奋起来。

龙释涯听着自己这个不到二十岁的弟子将一个个缜密的计划和安排说出来，心中不由得生出一种感觉，那就是震惊。

周维清的天赋显然不仅表现在天珠师修炼方面，或许，他的计划是有些理想化，但他的大局观和天马行空的想法足以令人钦佩。

龙释涯之所以对无双营感兴趣，不仅仅是因为无双营好玩，还因为他看出了无双营的潜力。昨天，他可是亲眼看到无双营如何击溃迅狼团的。

当迅狼团出现的时候，龙释涯都已经做好了出手的准备，只要无双营抵挡不住，他就会出手。

以他天帝级的修为，对付十万、百万大军不行，对付一个万人团，还是不在话下的。

尤其是龙释涯有六种属性，能够使用六绝控技模拟出绝大多数的技能，大规模击溃狼骑兵根本就不是什么难事。

这也是神机师兄妹将无双营战胜迅狼团的功劳全都归于龙释涯的原因，因为天帝级强者绝对有这个实力。

然而，当时龙释涯和断天浪惊奇地发现，无双营展现出的，竟然是如此不一般的实力与战术。

全员弓箭手，这就已经超出了常理，只有远攻没有近战，这放在任何一支军队的战术中都是不可能的，一旦被敌人近身，岂不是就会全军覆没吗？

第152章

邪魔变的最高境界

　　看到无双营弓箭手射出的羽箭的杀伤力，龙释涯和断天浪不得不感到震惊。随着一张张凝形弓上的箭射出，龙释涯一眼就看出无双营的千余人都是御珠师。

　　对于他这样的天帝级强者来说，御珠师本不算什么，和普通人并没有太大的区别，但是上千名御珠师聚集在一起，发挥出的力量相当惊人，这份力量以弓箭表现出来，更是如此。

　　其次是战术的应用，备有长矛和易燃物的壕沟有效地阻挡了敌人的冲锋，再加上周维清的强大实力，居然挡住了一名九珠修为的天珠师，这是龙释涯完全没想到的。

　　龙释涯原本不怎么喜欢周维清拥有那么多技能，但是真正见到周维清全力以赴战斗后，他才发现，周维清通过邪魔变将自己的技能整合得极好，而且周维清还能充分利用自己多种属性的优势，在敌人轻敌的情况下，发挥出最强的战斗力。

　　不过，即便到了那时候，龙释涯也没觉得无双营一定会赢，毕竟对方那时还有八千左右的狼骑兵。

虽然无双营这边都是御珠师，但是这些御珠师大多只有一两珠修为，狼骑兵们若是绕过火焰壕沟，来到无双营阵中，无双营的士兵们恐怕抵挡不住。然而，龙释涯很快就知道自己想错了。

无双营空军的出现，让龙释涯大为震惊，这是怎样的想法和潜力，才能建立这样的一支军队啊！

龙释涯立刻就想到，周维清背后一定有凝形师的支持，否则他哪来那么多凝形卷轴来建这样一支军队？

从空中射出的羽箭加上战矛，既有效地杀伤了敌人，又给地面上的无双营士兵们争取了充足的撤退时间。

最终，迅狼团不敢继续深入，强忍着耻辱撤退了。

这是一场完全属于无双营的胜利，无双营的每一名士兵完美地发挥出了自己的实力。

龙释涯从周维清那里知道，周维清来北疆的时间并不长，不到一年。在如此短时间内，周维清就组成了这样一支军队，若真的给他足够的时间，这无双营会变成什么样子呢？

龙释涯突然发现，自己已经有几十年没有期待过什么了，此时竟会期待看到无双营未来的样子，而更重要的是，这个无双营的营长还是他的弟子。

龙释涯一生都是独来独往，一个人在外闯荡，见过无双营在战场上的发挥后，他突然发现，原来在战场上指挥军队作战，也是一件很有意思的事，所以，他并不介意帮助自己的弟子使无双营变得更加强大。

"只计划收纳五六千人，会不会太少了？毕竟你要面对的，是浩渺大陆上的一流强国。虽然百达帝国不能和中天帝国比，但是它拥有的士兵至少有五十万，强者也不少，你凭五六千人，与这样一个国家抗衡，恐怕还不够吧。"龙释涯说道。

周维清笑道："如果是占领和侵略，当然不够，但只是打击的话，我认为足够了。对方的人是多，但只要我们的士兵够精锐，打击他们不成问题。我们人数少，最大的优势就是灵活。

"您也看到了，无双营的士兵在作战时，全都以远程攻击为主，我之所以给他们加上凝形羽翼，就是要他们遇到强敌的时候，打不过就跑。他们可以在极短的时间内转换战场，做到一天之内，在不同的地方作战。

"这样一来，只要那百达帝国没有与我们同级别的军队，想拦住或者歼灭我们，就不可能。"

龙释涯闻言，皱起眉头，问道："那你接下来打算怎么训练这五六千人呢？"

周维清应道："那个神机军团长答应过我，要将北疆特别营的士兵全都送过来，我估计到时候无双营的总人数就能达到四五千了。

"接下来，就是全力打造和精雕细琢无双营。我要确保他们每个人的利益都和我绑在一起，我也会帮助他们每个人提升实力。

"当团队作战的默契已经足够的时候，我们无双营继续成长的方向就是个人实力的提升。如果有一天，我们无双营的士兵全都能够达到体珠师、意珠师的巅峰修为，那么，无双营就能击溃任何一方敌人。"

从周维清眼中，龙释涯没有看到"野心"二字，他看到的，只是一股强烈的战意。

周维清没有野心，他要做的，也只是复国而已。这样的人，如果真的能够完成他的一切设想，最后他很可能将成就……

"小胖，你就按照你的想法去做吧，老师会一直支持你。在这个世界上，只要你敢想，就有机会，说不定，几十年以后，你将建立浩渺大陆上的第六个圣地。"

圣地？听到这两个字，周维清不禁愣了一下，他完全没想到老师会把他看得这么高。

周维清看着龙释涯一脸微笑的模样，不禁嘿嘿一笑，道："老师，如果我真的建成了圣地，那您可就是祖师爷了！"

"哈哈。"龙释涯虽然和周维清接触的时间不长，但是比很多天天和周维清在一起的人更了解周维清。

"你恭维我不是为了敲竹杠吧？你想都不要想，我说的支持你，只是精神上的，可不是物质上的。我的全部财产早就给了你了，你省着点用，养大军不行，养你这五六千人几十年还是不成问题的。"

周维清有些不好意思地道："老师，我不是管您要钱，您给我的已经够多了，只是，您也看到了，我们无双营虽然整体实力不错，但强者实在是不多，我们现在有几个一珠境界的天珠师，要是老师能够指点他们一下，那他们一定会终身受用不尽的。"

龙释涯没好气地道："就知道你这小子话里有话。那些人是天珠师不假，但一个个年纪比你还大，天珠刚刚觉醒，一辈子也不可能突破天王级了，你想让我白费力气吗？"

周维清呵呵笑道："只是简单指点一下嘛，就算您肯认真教他们，我还不愿意呢，我可是会吃醋的。"

龙释涯被周维清逗笑了，道："行了，我知道了，简单指点还用我吗？你是干什么的？还有浩渺宫的那个小丫头，指点他们足够了。"

说到这里，龙释涯正色道："维清，有一点我必须提醒你，你组建这样一支军队，必然会遇到一个问题，那就是他人的嫉妒。"

"嫉妒？"周维清不禁愣了一下，问道，"老师，为什么是嫉妒？"

龙释涯神情凝重，沉声道："你知道天邪教为什么一直被其他四大圣地打压吗？你以为真的是因为他们的邪魔变邪恶吗？拥有邪恶属性的人难道就不能做善事吗？

"天邪教之所以一直受打压，发展不起来，就是因为邪魔变的能力太强，引发了其他四大圣地的嫉妒。四大圣地唯恐天邪教日后发展起来，将他们踩在脚下。

"同理，你这无双营也是一样，你组建几千人的全御珠师军队，怎会不让人嫉妒？你这些手下的战斗力越强，某些人的嫉妒情绪就会越强烈。想解决这个问题，只有一个办法。"

"什么办法？"听了龙释涯的话，周维清也觉得在理，这可是老师的经验之谈。

龙释涯眼中光芒一闪，道："正所谓不招人妒是庸才。这个办法就是，你这个主导者，自身要足够强大。等有一天，你的个人实力达到我这个级别，那么，你这无双营才真有可能成为圣地。"

周维清笑道："那您来当这圣地之主，帮我坐镇。"

龙释涯听了周维清的话，觉得有些头疼，道："你想得美，我是看透你了，你这小子其实没有一点野心，要不是你的祖国出了这么大的事，恐怕你最多也就是自己修炼，根本不会想发展什么势力。"

周维清挠挠头，道："老师教训的是，不过，我还是很希望我的祖国能够变得强大。"

龙释涯道："好了，道理你自己都明白，也不用我多说。我刚才跟你说这些的意思，就是要你更加努力一些。

"你尽快提升实力，三十岁之前一定要突破到天王级，只有这样，你才有足够的力量去面对天王级之后举步维艰的境地。"

"是。"周维清赶忙答应一声。

龙释涯继续道："从现在开始，你每天跟我一起修炼八个时辰，剩余的四个时辰给你休息和处理公务。"

"八个时辰？"周维清惊讶地看着龙释涯，心想，这也太多了吧，跟随老师修炼八个时辰，这可不是简单的打坐。

虽然周维清也经历过三千锤炼那样的苦修，但那毕竟是有时限的，也是被逼出来的，看自己这位老师的意思，似乎以后都打算让自己这么修炼。

龙释涯理都不理他，淡淡地道："我们现在就开始。今天，就先说说你的邪魔变吧。"

周维清又一愣，老师不教自己六绝控技，怎么扯上邪魔变了？

龙释涯皱起眉头，道："你是不是觉得自己目前拥有的技能都已经运用得不错了？"

周维清挠挠头，嘿嘿笑道："还行吧。"

龙释涯淡然道："小子，你给我记住，骄傲使人退步，任何一种能力的提升都是没有尽头的，你看。"

龙释涯一边说着，一边将手腕一翻，掌心中瞬间多了一柄风刃，同时，以龙释涯形象为光影的天技映像也随之出现。

"你觉得我的这柄风刃怎么样？是不是已经达到了风刃的极致？"龙释涯问道。

周维清毫不犹豫地点头，道："当然了，这应该是能够媲美天神级技能的风刃了吧。"

龙释涯微微一笑，道："看着。"

周维清吃惊地看到，龙释涯的肌肤上竟然浮现出一层青色光芒，他整个人都随之变色，而且那青色光芒中还有几分金属光泽，他头顶上方的天技映像也随之变得清晰。

随着身体的变化，龙释涯掌心中的风刃也开始出现变化，体积快速增大。不一会儿的工夫，这柄风刃就比之前增大了一倍之多。

"现在呢？这柄风刃比之前那柄又如何？"龙释涯看着周维清，问道。

到了这个时候，周维清又怎会不明白龙释涯的意思。他恭敬地道："弟子受教了，只要不断地修炼，有更强的天力支持和技巧变化，任何技能的提升都是没有极限的。所谓的极限，只是我们自己的认知有限而已。"

龙释涯满意地点了点头，教导一个聪明的弟子，绝对是一件令人愉悦的事情。

"说说你对邪魔变这个技能的体会吧。"龙释涯悄然散去手中的风刃，那完全可以削平一座小山的恐怖风刃仿佛从来都没有出现过一样。

周维清点了点头，道："邪魔变这个技能源自血脉与邪恶属性的结合。当身体受到邪恶属性天力的刺激后，血脉中的一些不知名的力量受到引发，从而令邪魔变拥有者的身体瞬间得到增强，力量、防御、攻击都会随之提升，对外界的感知也更为敏锐，还可以利用血脉气息对一些实力较弱的天兽进行震慑。

"邪魔变的拥有者施展了邪魔变之后，往往在战斗过程中能够发挥出百分之一百二十的实力，而且，邪恶属性和黑暗属性技能的威力似乎会变得更强。譬如我的暗魔邪神雷，以我现在的修为，只有在施展邪魔变的情况下，其威力才能发挥到最大程度。"

龙释涯不动声色地问道："那你觉得，邪魔变的这些能力中，哪一种是最为重要的？"

周维清愣住了，一时间答不上来，在他看来，邪魔变的每一种能力都很重要，当他在战斗中用出邪魔变后，就算不考虑他的那些技能和自身力量，他也足以挑战比自己高一珠修为的对手。

也就是说，邪魔变让他无形中多了一珠修为，再加上他的众多强悍技能和神师级凝形装备，因此他才能经常越级战胜敌人。

虽然其中有运气的成分在，也是因为敌人轻视了他，但不得不说，邪魔变起了巨大的作用。不过，真让他去评价邪魔变的哪一种能力最有用，他还真说不出来，就连他当初看过的《邪典》中都没有记载。

"说不出来了吧。"龙释涯看向周维清，沉声道，"你给我记好了，邪魔变的能力中，最重要的并不是能够提升你战斗力量、防御之类的能力，而是提升你感知的能力。"

"感知？"周维清有些惊讶了，他确实没想到答案会是这个。

龙释涯点了点头，道："没错，就是感知。你仔细想一下，当你进入邪魔变状态之后，面对敌人的时候，是不是能够更容易感受到对手攻防的变化？你对自身技能的掌控会更加清晰，也能更容易发现敌人行动的破绽。"

周维清想了想，好像还真是这么一回事。

龙释涯冷笑一声，道："四大圣地之所以那么排斥天邪教，就是因为这份冰冷感知能力。你所说的，自身能力能够发挥出百分之一百二十，那并不是力量、防御、攻击和拓印技能带来的，而是冰冷感知能力带来的。

"在冰冷感知下，你对敌我之间实力对比的判断，对自身技能的选择，以及对战场上情况的判断，都要比正常时候清晰得多。在拥有冰冷感知能力的情况下，就算你的神志不够清晰，你也能突破极限，发挥出自身的战斗力。而你却忽视了这最重要的东西，所以说，你从来都没将邪魔变的真正威力发挥出来。"

周维清心中一动，道："天邪教的人为了拉拢我，给我看过他们的《邪典》，可是那其中也没有记载这方面的内容。"

龙释涯哈哈一笑，道："对于天邪教来说，如何锻炼冰冷感知能力是核心机密，除非你真的进入天邪教，否则不可能让你知道。虽然天邪教在五大圣地之中排名最末，但是其他四大圣地从来都不敢小看天邪教。

"天邪教中，拥有邪魔变能力的人并不多，才二十几人而已，而且修为达到天王级的，不过六七人。在这六七人中，任何一人对上天帝级强者，都未必会吃亏。

"按照正常情况，圣地至少要有天帝级强者坐镇，而天邪教没有，天邪教的教主不过是天王级巅峰修为而已。如果是我对上他，他在不惜一切代价的情况下，虽然不太可能战胜我，但还是有四成概率玉石俱焚。而天王级巅峰和天帝级巅峰的差距，你知道有多大吗？

"我可以准确地告诉你，就像你现在和天王级强者的差距一样。从天王级开始，每一个小境界之间都有很大的差别，更何况是大境界的差别，在这种情况下，邪魔变都能有那么恐怖的威力，现在你明白为什么其他四大圣地忌惮天邪教了吧。"

周维清此时觉得很庆幸，他并不是庆幸自己拥有邪魔变这个技能，而是庆幸自己有龙释涯这位老师，这能让他少走多少弯路啊！

"老师，那我要如何练习冰冷感知能力，将邪魔变的威力发挥到极致呢？"

龙释涯沉思片刻，道："我和天邪教教主交过手，惊走了他，那一战也让我有幸看到了邪魔变的极致威力。这邪魔变修炼到最高境界，就是没有邪魔变。"

"啊？"周维清眼睛瞪大，嘴微张，这个答案确实让他震惊了。

龙释涯道："所谓没有邪魔变，也可以称为永恒的邪魔变。也就是说，这邪魔变修炼到极致后，表面看去，你的身体没有任何变化，但是你的身体已经能够稳定在邪魔变状态下。

"这是邪魔变的极致，至于如何达到，恐怕只有天邪教的人才知道。你也可以自己摸索，或许，等你拥有天王级修为后，会找到一些窍门，但是真正提升冰冷感知能力的奥妙，在精神力的修炼上。

"人的感知力强弱，是由精神力的强弱来决定的。邪魔变中的冰冷感知其实就是通过身体变化，令你的精神瞬间集中，感知力暴增，因此，修炼冰冷感知能力的核心就是提高精神力。

"当世四大圣属性，时间、精神、神圣和邪恶，我一个都没有，而你有两个，想修炼精神力，最好的办法就是处于精神力场之中，不断受到精神冲击，由弱到强，让精神力变得更强。"

周维清听到这里，不禁有些疑惑，问道："老师，既然如此，雪神山神圣天灵虎一脉有神圣、精神两种圣属性，那他们的感知力岂不是很强？应该不比邪魔变差吧。"

龙释涯有些惊讶地道："你小子还知道神圣天灵虎！我要说的就是，你想提升精神力，还真的要上一次雪神山，我和那雪神山主有几分'打'出来的交情。

"至于你的问题，很好解答。没错，雪神山神圣天灵虎一脉的感知力也很强，但是，他们是通过精神力场增强感知的，而且他们是通过这份感知直接发动攻击的，而邪魔变的冰冷感知能力则主要是用于辅助，关键在于'冰冷'二字，邪魔变拥有者能够在最冷静的情况下运用自己的感知。可以说两者各有千秋，毕竟，精神属性也是圣属性之一。"

周维清苦着脸道："我总不能上雪神山，找一个神圣天灵虎一起修炼吧。"说到这里，周维清突然想起了天儿，但他清楚，以他现在的实力，还没资格前往雪神山。

龙释涯呵呵一笑，道："修炼冰冷感知能力，还有一种更简单的方法，但进度慢一些，那就是你尽可能地多处于邪魔变状态中，用心感受那种状态下感知力的变化，然后平时修炼时多模仿。

"我的六绝控技分为几大境界：第一个境界是模拟，也就是你现在勉强入门的境界；第二个境界是压缩，这个你也略懂皮毛，只不过你的修炼并非循序渐进，这一点不好。

"所以，我要求你在接下来的时间里，先要将模拟修炼到极致。也就是说，你的修为在什么境界，就要能将此境界你所拥有的属性技能全部模拟出来，并且随意控制、转换。"

周维清道："老师，那后面还有什么境界？"

龙释涯道："模拟、压缩之后，就是拟控。通过压缩，你所模拟出的技能威力自然会提高，星级评价也就会随之增加，在这个时候就要修炼对技能的控制了。

"模拟技能时，对控制力的要求很高，不仅仅是模拟的时候要控制，进攻的时候你也要让所有技能成为你身体的延伸部分。如果你能完成这第三个境界，那么，六绝控技才算是有所小成。

"接下来就是第四个境界——升华，这其中的奥妙之处就更多了。升华也可以说是进化，让技能不断进化。到了那个时候，就不是模拟所有的属性技能了，而是必须有所选择。

"对于我们天帝级修为的人来说，其实真正使用的技能并不多，只有少数那么几个而已，但是，我们使用的每一个技能都经过了千锤百炼，有千变万化。面对强者，你有再多的技能，没有使用的机会又有什么用呢？因此，到了天王级修为以后，任何技能追求的都是瞬发。

"说得简单一点，比如你有一个天神级技能，我只有一个五星评价的技能，但我们对战之时，我在第一时间就用我的技能解决了你，你那天神级技能还有用吗？因此，真正的强者，追求的都是瞬间释放自己的技能威力。强者之间的战斗，不仅仅是控制自己的技能，同时还要控制对手，让对手使不出蓄力技能。"

毫无疑问，对周维清来说，龙释涯讲述的这些都是新知识，令周维清茅塞顿开，也让他明白了真正的强者之路要怎么走，未来要如何进行修炼，等等。

"老师，还等什么？您现在就开始指点我修炼吧。您看这样如何？我在邪魔变状态下修炼六绝控技，这样既修炼了邪魔变，修炼您的六绝控技又能事半功倍，只要我记下在邪魔变状态下六绝控技的变化，平时使出来应该问题不大。"

龙释涯哈哈一笑，道："孺子可教也，这就是为师要你去做的事。你的休息时间，就是你的天力无法维持邪魔变状态后的冥想时间。"

"是。"

龙释涯开始正式指点周维清修炼了，至于训练无双营士兵的事情，周维清自然还是交给上官菲儿、天弓营七大神箭手以及魏峰等人去处理了。

开始亲自指导周维清修炼后，龙释涯更加觉得周维清天赋异禀。

或许，在自身协调能力和控制能力上，周维清算不上最出色的，但是他极其聪明，只要龙释涯稍微点拨一下，他几乎都能理解，还能够举一反三，并立刻应用到修炼之中去，他总是能够用最简单的方式进行修炼。

另一个让龙释涯觉得吃惊的，就是周维清的天力恢复速度。

周维清的不死神功随着他的天力达到十九重，有了显著的提升，十九个气旋全力运转，令他的天力恢复速度比同级别天珠师快了许多。

天力耗尽后，周维清几乎只需要不到一刻钟的时间，天力就能立刻恢复如初，而且，他已经开始尝试在邪魔变状态下，尽可能在保持冰冷感知的同时节省天力消耗。

这听起来似乎很难，实际上，周维清做的就是尽可能地减弱邪魔变对身体的增幅，少了这一部分增幅，天力的消耗自然也就少得多了。

他的十九重天力几乎可以支持他维持邪魔变状态近半个时辰，这已经完全超出了龙释涯的预期。

而有了龙释涯的亲自指点，再加上邪魔变的冰冷感知状态，周维清修炼六绝控技之法可以说是突飞猛进，用"一日千里"来形容都不算夸张。

转眼间，一周的时间过去了。

当周维清沉浸在六绝控技不断提升的喜悦中时，一个好消息传来了。

北疆中北集团军、东北集团军的特别营士兵已经到了，神机亲自带人将他们护送到了无双营，一共是三千七百人。其中中北集团军那边送来的就有两千多人，毕竟中北集团军是整个中天帝国北方三个集团军中，最大的一个集团军，总兵力几乎是西北集团军和东北集团军的总和。

为了处理新来的三千多特别营士兵，上官菲儿找到周维清，问他该怎么办。三千七百人，这个数量已经超出了周维清的预料，他立刻召集无双营的高层们开会。

无双营的高层依旧是原来那些人，天弓营七大神箭手只来了划风一个人，再加上林天熬、上官菲儿、魏峰和十名中队长，大家都聚集在周维清的营长大帐中。

此时每个人都是一脸喜色，无双营现在算是扬眉吐气了，十六团再没人敢来无双营这边闹事。而且，无双营的人去军部领取任何物资，也都是一路绿灯，绝没有人敢为难。现在又来了三千七百人，无双营无疑会变得更加壮大。

那天神机带着神布去见了他们的义父——西北集团军副总指挥，那位睿智的副总指挥并没有带他们来赔礼道歉，而是催促中北、东北两个集团军将特别营士兵加速送过来。

毫无疑问，这才是无双营最为需要的，而且他还专门拨过来一些军饷，并且表示无论无双营需要何种物资，只要是西北集团军这边仓库有的，都可以第一时间予以支援。

迅狼团士兵和战狼尸体早就找到了，这更让神机他们肯定了龙释涯的强大实力，并且做出了浩渺宫要插手北疆战事这种错误的判断，所以他们才对无双营几乎是无保留地进行支持。

"营长，咱们无双营这次补充了人以后，可就有半个团的兵力了，哈哈。"十个中队长中，修为达到八珠的体珠师，名为猛犸的第一中队长兴奋地说道。

周维清哈哈一笑，道："你是在盘算你的中队又要扩大了吧？"

猛犸嘿嘿一笑，道："老板，你也知道，我们第一中队可全是咱们无双营的精兵，全都是空军，这次来的新兵，记得优先补充给我们啊！"

其他几名中队长闻言，顿时就不乐意了，你一言我一语的，似乎有抢人的意思。

"行了，都安静点。一中队、二中队、三中队，你们现在都已经有这么多空军了，我们最优秀的士兵都在你们那边，还抢什么抢？我的目标是要让无双营无弱兵。魏副营长，你记录一下，接下来有几件事要麻烦你处理。"

"是。"魏峰瞪了几名中队长一眼，向周维清恭敬地行了一个军礼。

周维清沉声道："第一件事，对新来的三千七百人进行详细的登记，包括有多少人是体珠师，修为如何，有多少人拥有天力，天力等级如何，属性如何，等等，都要进行详细登记和造册。没有天力的就退回去，让神机军团长处理。"

魏峰点了点头，道："没有天力的应该是极少数，毕竟，北疆不论是哪个集团军的特别营，情况都差不多。要是没有一点底气，他们怎么敢在军队里闹事？不闹事自然也就不会进特别营了，登记工作已经在进行了。"

周维清点了点头，道："如果遇到麻烦，让菲儿总教官跟你去处理。菲儿，没问题吧？"

上官菲儿瞥了他一眼，淡淡地道："有皮痒的那就再好不过了，我就喜欢治他们这毛病。"

一听这话，营帐内除了划风和林天熬以外，其他人都变得紧张起来，特别是那些中队长，顿时老实了许多，因为他们都被上官菲儿"治过病"。

魏峰继续道："现在麻烦的是，这三千多人过来，确实有不少不听话的，有些实力也相当不错，要不是有第七军团在周围驻扎了两个团压着，恐怕他们已经闹事了。"

第153章
上官姐妹

周维清微微一笑，道："还是老办法，诱之以利嘛。登记的时候，老老实实让我们登记的，每人发一个银币，不要多，一个银币就可以了，闹事的就打，但是别打残了。

"登记之后，按照他们的修为进行划分，将他们平均分配到十个中队去，同时，我们的编制也要有所改变。由于我们无双营具有特殊性，我们增加一个编制，以后你们十个中队长都变成大队长，每人手下带五个中队，每个中队一百人。怎么选拔中队长，就不用我教你们了吧。

"无双营原一千五百人，每人负责带两三个新兵，先不急着训练他们，而是先给他们讲讲咱们无双营是怎么发展到现在这种程度的。还有咱们无双营的规矩和奖惩制度，都给他们说清楚了。"

猛犸疑惑地道："老板，有这个必要吗？"

这些原属特别营的人，都喜欢称呼周维清为"老板"，因为老板会发薪俸给他们。

周维清瞥了他一眼，道："当然有必要，这叫思想教育。思想教育至少要进行十天，然后再让这些新兵看着咱们营的人训练，他们不用参加训练，这个也持续十天。"

魏峰将周维清说的话都一一记下了，有了实践的证明，魏峰现在对周维清信服得很。

周维清继续道："十天之后，进行全军大比武，给我狠狠地'教训'一下这批新兵。魏副营长，你去向第七军团要一笔军饷，用来做全军大比武后的奖励。

"菲儿，你在新兵中选几个表现出色的，给他们凝形卷轴，再选几个有天力但本命珠还没觉醒的，帮助他们觉醒本命珠。我要用一个月的时间，让新来的三千七百人完全融入无双营。全军大比武之后，你们就开始带着他们一起训练。

"林大哥，军械、铠甲方面，按照我们原本的计划继续进行，卷轴方面，让云离和豆豆也加快些速度。"

林天熬点了点头，道："铠甲和卷轴一直按照你的要求在不停地制作，这半年来存了不少货，凝形翼卷轴还不太够。不过，在今年万兽帝国大军来袭之前，给这些新兵都配上凝形弓和钛合金轻铠，应该问题不大。"

周维清原本对无双营的设想就是五千人，因此，给原有的一千五百人配备好装备后，他也一直在打造装备和制作卷轴。

上官菲儿皱了皱眉，道："时间太短了，最多再过两个月，万兽帝国那边就会打过来，我们的药物是足够了，但是想帮所有本命珠没有觉醒的人成功觉醒本命珠，恐怕有些困难。"

周维清点了点头，道："尽力而为吧。魏副营长，这件事你辅助菲儿，让药物产生作用，有十二重以上天力修为就够了。

"还可以从咱们原本的人手中选人，由菲儿负责，全军大比结束后，在最短时间内，帮所有人觉醒本命珠。

"告诉这些新人，他们的功勋还不够，是因为特殊情况才预支给他们这样的奖励的，以后会从他们的薪俸和功勋里扣除。"

"是。"魏峰再次应道。

周维清微笑道："其他的就按照我们原本的方式进行，装备、训练一定要跟上。万兽大军来袭之时，将是我们无双营展现实力之日，告诉弟兄们，平时多流汗，战时少流血。这次与万兽帝国大军作战，军功累积排名前五十的，我带他们进城去吃香喝辣。"

"吃香喝辣？军功前五十你就只带人家去吃香喝辣啊，你也太小气了吧。"上官菲儿有些不满地说道。

周维清不理会上官菲儿，继续道："事情都交代清楚了，大家一起努力吧。魏副营长，还是由你和划风老师、菲儿、林大哥几位商量着处理一些临时的问题，没有特别重要的事就不用来问我的意见了，我这两个月努力冲击一下五珠。"

说完这句话，周维清不等上官菲儿发作，就使出一个空间平移，直接消失，跑去找龙释涯修炼了。

上官菲儿见周维清不理会自己，十分生气，恶狠狠地道："周维清，你浑蛋！"

在无双营中，威望最高的无疑是周维清。正是因为周维清的到来，才带给了无双营一系列的变化，让一个被放逐的特别营变成了现在的无双营，是周维清让特别营的士兵们有了吃饱穿暖，提升实力的机会。

而除了周维清之外，威望排名第二的就是上官菲儿，哪怕是魏峰和天弓营的七大神箭手，也无法与她相比。

无双营所有士兵的近战训练都是在上官菲儿的指点下进行的，他们对她的信服不仅仅是因为她的实力，也因为她毫无保留的传授。

半年多以来，在上官菲儿的指点下，虽然无双营的每一名士兵都经历了许多痛苦和磨炼，但他们的实力有了天翻地覆的变化。

上官菲儿没有发作的对象，就回自己的营帐去了，因为她还要赶快回去进行一系列的布置，好完成周维清交代的任务。

来到无双营这么久，上官菲儿也经历了前所未有的忙碌。她能坚持下来，并且乐在其中，可不仅仅是为了帮助周维清。

出身于浩渺宫的上官菲儿，从来都不认为女子比男子差，只是以前在浩渺宫她没有发挥才能的机会而已。

她本就是表现欲望很强的人，自从来到无双营之后，她便一直陪伴在周维清左右，和众人一起将原本一盘散沙的特别营变成了现在强大的无双营。几乎每一天她都能看到无双营的成长，这令她觉得很满足，很有成就感。

这是属于她的领域，她之前的所学在这里得到了充分的应用。虽然与她朝夕相处的这些人像是一群"无赖"，但是他们没有浩渺宫的人那么谨慎和战战兢兢。

虽然这些人也怕她，但那是一种带着尊重的惧怕，而且，私下里这些人也都成了她的朋友。她对无双营的期待一点儿也不比周维清少，也极愿意让无双营变得强大起来，真正做到举世无双。

周维清布置了一系列任务之后，又做了"甩手掌柜"，不过，没有一个人因此而有怨言。

虽然看上去周维清似乎没做什么，但他的大局观和计划，以及天马行空的想法，绝对可以算得上是一名优秀的统帅。

一名统帅的责任是什么？统帅的责任就是挖掘人才、指挥人才，让团队具有足够强大的凝聚力。在关键时候，统帅是整个团队的精神支柱，这就已经足够了。

毫无疑问，周维清在这些方面做得极好，尽管他没有军事基础，但是凭借着这种大局观，他将无双营经营得越来越好。

上官菲儿掀开帐篷的门帘，正准备跨入，突然，她原本因为思考而有些恍惚的目光顿时变得冷厉起来，随后她沉声喝道："谁？"

她没有释放出凝形装备，而是全速运转天力，与此同时，她还做出了一个集攻防于一体的动作，随时准备应变。

"进来。"一个带着几分怒意的声音传来。

对于上官菲儿来说，这个声音她听了近二十年，无比熟悉，而这个声音的主人，恐怕是上官菲儿现在最怕见到的。

上官菲儿快步走入帐篷，一眼就看到和她一样，穿了一身中天帝国军装的上官雪儿站在那里。在上官雪儿冰冷的容颜上，一双清澈且带着寒意的美眸正怒视着她。

"姐，你、你怎么来了？"上官菲儿能感觉到自己在问出这句话的时候，声音明显有些颤抖。

"我怎么来了？你说呢？我要是再不来，恐怕你就真的要做出出格的事了！"上官雪儿的声音里满是怒气，上官菲儿还真是第一次见到这样的上官雪儿。

她们两姐妹是一起长大的，虽然两人的年龄差了连半个时辰都没有，但是从小开始，上官雪儿就表现出了她做姐姐的气度，不论什么事，都会让着上官菲儿。

但在一些关键时刻，一旦上官雪儿发怒，上官菲儿就会乖乖听话。在浩渺宫，连上官天阳、上官天月兄弟都治不了的小魔女，唯独惧怕这个姐姐。上官菲儿怕的不是上官雪儿的实力，而是怕上官雪儿不理她。

以往在浩渺宫的时候，两人关系最僵的时候也只是一方不理另一方，此时上官雪儿这样呵斥她，还是第一次。

"姐，你说什么啊？！"上官菲儿虽嘴上否认着，但脸顿时变红，心脏也不争气地快速跳动起来。

上官雪儿冷哼一声，道："我说什么？那天晚上我都看到了，还用说什么吗？！"

"那晚原来是你？"上官菲儿顿时觉得自己被泼了一盆冰水。

"姐，我错了。"上官菲儿委屈地低下了头。

上官雪儿的脸色略微缓和了几分，她和上官菲儿感情很深，以往上官菲儿犯错被她抓住时，总会这样老老实实地承认错误，而每当这个时候，她就会原谅上官菲儿。

她好久没有和妹妹交流了，此时再次听到妹妹说出这一句熟悉的话，她也就心软了。

"菲儿，你知不知道，你这是在玩火？他是冰儿的未婚夫啊！你怎么能任由他拉住你的手？"上官雪儿咬了咬牙，终究还是强压着心中的不忍，说了出来。

听着上官雪儿的话，上官菲儿俏脸上的红晕渐渐退去，变得一片苍白，轻咬下唇，道："对不起，姐，但事情不是你想的那样的。刚开始的时候，我只是因为好奇，想替咱们姐妹去报复他，可是，看他承受着国破家亡的痛苦，我又有点同情他了。

"后来，他凭借一己之力组建了无双营，并且将无双营变得越来越强大，我就想着帮他实现他的计划，我……"

说到这里，上官菲儿的娇躯轻轻颤抖着，双手也攥得紧紧的。

看到上官菲儿委屈的样子，上官雪儿再也忍不住了，上前几步，搂住了上官菲儿。

上官菲儿则顺势扑入上官雪儿怀中，放声大哭起来。

看着妹妹哭得如此伤心，上官雪儿原本已经到了嘴边的责备话语也说不出来了。她轻轻抚摸着妹妹的背，咬牙切齿地说道："都是周维清这个浑蛋的错，我恨不得杀了他！"

"不、不要。"听到姐姐的话，上官菲儿几乎是瞬间收住哭声，紧紧地抓住上官雪儿肩膀，惊恐地看着她。

"你……"看着妹妹这副模样，上官雪儿叹了一口气，道，"菲儿，你真是无可救药了。"

上官雪儿眉头紧皱，觉得很为难。她完全不知道该如何面对自己的两个妹妹，原本准备好的话此时都说不出来了。

其实，上官雪儿一点野心都没有，在她看来，哪怕是浩渺宫宫主的位置，也远远没有亲人重要。她之所以那么努力地修炼，就是为了让大伯和父亲高兴，也是为了保护这个家不被外敌所伤。

"姐，你说我该怎么办啊？我心里真的放不下这里的一切。我好几次鼓起勇气离开他，离开无双营，可是，当我走出军营的时候，那种强烈的失落感仿佛要将我撕碎，我不得不走了回来。

"我很喜欢无双营，喜欢这里的人，虽然这里的每个人都有很多缺点，但是大家都很真诚，不论心里想什么，都会立刻表现出来，不会藏着心机。和咱们浩渺宫的人相比，他们显得很真实，我真的不想离开这里。"

看着上官菲儿那可怜兮兮的样子，上官雪儿沉默了。

上官菲儿低声道："是父亲让你来带我回去的吗？"

上官雪儿摇了摇头，道："父亲只是让我来监督周维清，并没有要我带你回去。"

"真的？！"一听这话，上官菲儿立马就变得雀跃了，道："太好了，真是太好了！姐，你最好了！"

她一边说着，一边猛地在上官雪儿脸上亲了一口。

上官雪儿被她亲得脸上一红，道："别闹。虽然父亲没有让我带你回去，但是我这次来也有监督你的责任。我已经来了一段时间了，之前你还能和他保持距离，可那天是怎么回事？"

上官菲儿轻叹一声，道："我也不知道他为什么会感谢我，我也觉得很突然。"

上官雪儿忍不住道："那个家伙真的就那么好吗？他值得你这样帮他吗？"

上官菲儿毫不犹豫地点了点头，道："真的，姐，虽然小胖有时候很坏，可他表现出的一切都在不断感染我，让我觉得自己应该帮他将无双营变得更好。"

上官雪儿深吸一口气，长叹一声，道："菲儿，你回家吧，必须回去。"

"不，我不走！"上官菲儿疾呼道。

上官菲儿看着姐姐眼中的异色，低着头道："姐，我怕我这一走，就再也见不到小胖了，而且，无双营这边还有许多事情需要我处理，我真的不能走啊！"

上官雪儿再次搂住她，道："傻丫头，你必须回去才行，你已经帮他够多了。"

听着上官雪儿的话，上官菲儿张着小嘴，吃惊地看着她，思考着如何说服自己的姐姐。

妹妹突然没了声息，上官雪儿觉得有些奇怪，只见妹妹皱着眉头，似乎在思考些什么，于是问道："菲儿，你准备什么时候回去？"

"啊？"上官菲儿从思考中惊醒，赶忙应道，"姐，我短时间内还不能回去，总要等这边的事情进行到一定程度才能走，做事情可不能半途而废。"

上官雪儿坚持道："那也得有个时间。"

上官菲儿道："我们这边刚接收了一批新兵，再过两个月，万兽帝国大军就发动进攻了，小胖说，这是磨炼我们无双营的大好机会。在这个关键时刻，我怎能离开呢？这样吧，等这次万兽帝国的进攻被打退了，我就回去。"

上官雪儿听她说得也有道理，思考片刻后，缓缓点了点头，道："那你一定要说话算数，时间到了就回去。"上官雪儿太熟悉妹妹的性格了，此时硬要她回去肯定是行不通的。

上官菲儿一本正经地道："姐，我听你的，万兽帝国被打退后，我一定回去，但是，我有一件事要拜托你，好不好？"

上官雪儿得到了上官菲儿的保证，顿时放松了几分，下意识地道："你说吧。"

上官菲儿露出一个甜甜的笑容，道："姐，如果我离开了，无双营的兄弟们就没人管了。你实力比我还强，我要是走，就悄悄地走，到时候你来接替我这个总教官的位置，但是别让小胖发现了，这样做，一是继续帮我管住这里的士兵，另一个也是为了冰儿好好地监督他。"

上官雪儿听了上官菲儿的话，并没有觉得有什么不妥。

上官菲儿和周维清在一起的时间长了，受到他的感染，说话的水平比以前高多了。

她先是诚恳地答应了姐姐的所有要求，然后才提出这么一个小小的条件，而且说得好像一切都是为了她和上官冰儿一样。上官雪儿自然没有听出什么端倪。

"好吧，我就帮冰儿看住他。"上官雪儿答应了下来。

"姐，那你现在还潜伏在军营里吗？"上官菲儿问道。

上官雪儿摇了摇头，道："我怎么会在这里？我都是在军营附近观察你们。我带了足够的食物。"

上官菲儿嘻嘻一笑，道："不要啦，你就留下吧，住在我的帐篷里。小胖最近又闭关了，是不会发现你的。咱们姐妹这么久没见了，人家想和你说说悄悄话嘛。"

上官雪儿有些无奈地点了点头，道："那好吧，你这丫头啊，让我说你什么好。我留下也行，不过，你必须将你这些日子和那周小胖在一起发生的事情都告诉我，让我看看，他凭什么能让你这么心甘情愿地帮他。"

上官菲儿笑道："没问题，我都告诉你。可惜这里没地方，不然我真想和你切磋一番。虽然我来到这边以后，自己修炼的时间少了，但或许是因为在这边心情愉悦，每天指点那些士兵修炼，我自己也有了更多的体会，我要突破七珠了哦，快追上你了。"

"那你可要努力了，现在估计你还不行。"上官雪儿一边说着，一边微微闭上了双眼。

一股柔和的气流从上官雪儿身上散开，顷刻之间就弥漫在了整个帐篷内。

帐篷里的空气似乎变成了水，微微荡漾着，而那股柔和的气流轻轻地包裹着上官菲儿的身体。

没有特别强烈的天力波动，但上官菲儿感觉自己如同陷入了沼泽一般，十分难受。

"你已经领悟了浩渺无极？"上官菲儿惊讶地问道。

　　上官雪儿轻轻地点了点头，道："我的天力修为差不多快追上战大哥了。"

　　上官菲儿无奈地道："你真是专门为修炼而生的，我觉得我的天赋不比你差多少，可怎么就是不能追上你呢？没关系，虽然我追不上你，但是小胖一定行。"

上官雪儿惊讶地道："那周维清有希望超过我吗？"

上官菲儿点了点头，道："不是有希望，是一定能。"

听她这么一说，上官雪儿顿时有些不服气。

身为浩渺宫宫主的继承人，她自幼就是同龄人之中的佼佼者，可以说，在五大圣地所有的圣地之主继承人中，她算是极为优秀的。

周维清没有圣地传承，虽然天赋不错，但是要说能够超越拥有浩渺无极套装的自己，上官雪儿是说什么也不相信的。

上官菲儿自然了解上官雪儿此时心中的想法，笑道："姐，你还真的别不信，我原来对他也很不服气，但是，经过这些日子的观察，我不得不承认，小胖这家伙简直就是一个怪物，因为他修为的提升速度实在是太惊人了。"

上官雪儿眉头微皱，道："你倒说说看，他的提升都体现在哪些方面？"

上官菲儿看向上官雪儿，道："你还记得当初在天珠大赛的时候，他是什么级别吗？据我所知，那时他的天力修为才达到三珠级别不久，算是刚刚进入天神力境界。

"可是现在呢？他的天力达到了十九重，马上就要冲击五珠了。他这次闭关，也是为了突破到中位天尊级。

"对你来说，中位天尊级当然不算什么，可是你想想，从三珠到五珠，他才用多长时间？不过一年左右而已，你在他这个级别的时候，有没有这种速度的提升？"

听上官菲儿这么一说，上官雪儿顿时心中一惊。

一直以来，上官雪儿从没有将周维清看成是和自己同级别的存在，最多只是因为周维清的意珠拥有六种属性而感到惊讶，觉得他天赋不错。

此时听上官菲儿这么一说，她回想起来，确实如此，不过一年左右的时间，周维清的天力就提升了不止六重，而且马上就要冲击五珠了。

要知道，天珠师越往后修炼，就越难提升。

上官雪儿自问在三珠级别的时候，提升速度并不逊色于周维清，可到了五珠的时候，她的提升速度就远远比不上周维清了。

现在上官雪儿有七珠修为，虽然看上去周维清与她相比还差很远，但是，经过妹妹的提醒，上官雪儿立刻注意到了这一点——上官冰儿曾经说过，周维清的天力觉醒，不过也就是四五年的时间。

在如此短暂的时间内，他的天力从无到有，提升到了现在接近五珠的修为。周维清只比她们三姐妹小两岁，天知道两年以后，他能提升到什么境界。

上官菲儿见姐姐眉头紧锁，接着道："想明白了吧，小胖的那个不死神功极其变态，虽然我们都没法修炼，而且觉得和自残没什么区别，但那像是为他量身定做的。凭借这门功法，我可以肯定，在达到九珠级别之前，他的提升速度恐怕都不会减缓。

"也就是说，再过四五年，或许都用不了这么久的时间，他就能够拥有上位天宗的实力。说不定他真的能够在三十岁之前就突破到天王级，那可是大伯当初都没有做到的啊！姐，你想想，四五年之后，你能肯定自己会达到天王级吗？而且，我们还比他大一点呢，所以我才说，他以后一定能够追上你的修为。"

上官雪儿看了扬扬得意的妹妹一眼，淡淡地道："天力修为并不能代表一切，而且这只是你的预测。"

上官菲儿嘻嘻笑道："姐，看来你还很不服气啊！比实战，虽然你有浩渺无极套装，但是那家伙也有恨地无环套装啊！在凝形装备上，他确实逊色于你，可是，传奇级凝形套装之间的差距又能有多大呢？

"你可别忘了，他还有邪魔变和六种属性的意珠，论实战能力，现在我都不敢说一定能胜他，就算是赢，恐怕也要付出一定的代价，这还是在我很了解他各种能力的情况下。你虽然比我强，但是你在完全不清楚他能力的前提下，就算能够赢他，恐怕也会付出一定的代价。"

上官雪儿突然扑哧一笑，道："菲儿，你知道你现在像什么样子吗？"

上官菲儿愣了一下，道："像什么？"

上官雪儿道："现在的你，就像是护住自己小鸡的老母鸡。你这么向着他，先不说他现在的修为追不上我，就算他比我强了又怎么样？反正他也不是我们的敌人。"

"姐，你竟然说我像老母鸡，我……"上官菲儿一边说着，一边假装恶狠狠地朝上官雪儿扑了过去。

上官雪儿和上官菲儿两姐妹在这边聊着天，另一边，周维清也开始了他的闭关。

其实这次闭关并不是龙释涯要求的，而是周维清主动提出来的。

经过龙释涯的指点，周维清越来越感觉自身有很多不足。表面上看去，他天赋惊人，但是，只要敌人随便抓住他的一个破绽，就会立刻让他陷入万劫不复之境。

这次无双营又补充了这么多力量，令周维清感觉自己肩头上的责任更重了。

他虽然嘴上不说，但心里是这样想的，突破五珠，是他目前的修炼目标。

龙释涯和周维清住在一顶帐篷里，每天周维清修炼六绝控技的时候，他都会给予周维清详细的指点。

在龙释涯眼中，周维清对修炼的执着远不如自己，想当年，他为了提升修为，不知道付出了多少努力。

但是，龙释涯又不得不承认，周维清在悟性上的表现比他出色，再加上周维清天赋极佳，修炼速度极其惊人。

龙释涯自问对周维清的要求已经很严格了，可是，周维清几乎每天都能带给他惊喜。

六绝控技之法在周维清手中已经渐渐成形，这些天以来，至少在第一重境界模拟上，周维清已经基本上能模拟出五珠以下的技能了。

这并不是说周维清要去模仿每一个技能，模拟技能主要锻炼的是六绝控技之法的千变万化能力。

正所谓万变不离其宗，只要找到了其中的窍门，模仿任何技能就会有事半功倍的效果。

两个月突破五珠，在周维清看来，一点都不难。他的不死神功确实厉害，正如上官菲儿说的那样，他的天力提升速度一直都没有减缓过。

天力的提升，越往后越困难，但是，由于周维清每提升一重天力，自身的死穴气旋就会随之增加一个，吸收外界天力的能力也会大幅度增强，因此弥补了天力提升上的困难。

周维清原本还担心天力修炼到三十六重，应该如何突破天王级，因为他没有修炼过高级的功法，但是，现在他不需要担心了，因为有了龙释涯这个老师，他还需要担心什么呢？至少在突破天王级之前，龙释涯都不会轻易离开他。

周维清继续闭关，每天都在邪魔变状态下修炼自己的各种技能，提升冰冷感知能力，感受冰冷感知的奥妙之处。

与此同时，他的天力和六绝控技之法都在不断地进步，可以说他既提升了天力，又练习了技能施展，两不耽误。

这便是周维清对比其他天珠师最大的优势所在，也是他的修为能够逐步追上上官姐妹的原因。

无双营的发展很快就进入了正轨，按照周维清制订的一系列计划，外来的三千多名士兵，在金钱、食物、装备等的诱惑下，很快就被顺利地安排到了各个大队。

周维清的招数，一个接一个地用在这批士兵身上，潜移默化地影响着他们。

无双营的训练并不在军营之中，每天训练前，都是全体出营，直接跑步到二十公里外的空旷地方去训练。

如果别的军队贸然出营地，肯定会受到军部的关注和批评，但自从神机发现龙释涯的存在后，就无人敢为难无双营了，可以说，无双营基本不受任何势力的约束。

当新兵们第一次看到无双营的每个人都身穿全身钛合金铠甲，拥有凝形弓的时候，他们皆震惊不已。

现在的无双营不像当初的特别营那样，什么都没有，现在想征服这些新兵，比那时候容易多了。

看着无双营的老兵们凭借凝形弓击中千米外的目标，再看到无双营空军集体升空的情景后，要说这些新兵不心动，那是不可能的。

而且，周维清提出的思想教育也起到了极为重要的作用，新兵们听着无双营的一个个传奇故事，逐渐对无双营产生了认同感。

对付这些新兵，绝不能一味地打压，唯有诱之以利，循循善诱，才能得到理想中的效果。

事实证明，周维清做的这一切是非常成功的，在短短一个月的时间内，无双营基本整合完毕。

通过全军大比武，无双营的五千三百名士兵，算是真正意义上地融合在了一起。

五千三百人，目前一共分为十个大队和一个特种大队。

特种大队由天弓营的神箭手们亲自指挥，而原本十个大队的大队长在全军大比武后换了四个下来。

在三千七百多名新兵中，实力强的有很多，毕竟他们大多数都来自中北集团军，有些甚至还是从魔鬼军团过来的。

其中表现最勇猛的，是一个名叫磊子的新兵。

磊子今年二十七岁，原来是中北集团军特别营的营长，没错，就是营长，他也是一名天珠师，修为竟然高达六珠！

哪怕是在圣地，磊子也算是极其出色的人才了，而他还是一个自由修炼者。

磊子的意珠属性是土，体珠属性是力量，按理说，他就算不像林天熬那样，当一名纯防御型天珠师，也应该以修炼防御能力为主。

可是，这家伙完全反其道而行之，他追求的是进攻，竟然创造出了许多土属性技能中的攻击技能。

他虽然没有凝形装备，但是给自己的意珠都拓印了技能，他甚至还用自身的控制力自创了两个技能。

他的这份天赋，可以说是很不俗了，而他原来之所以被送到特别营，是因为得罪了人。

磊子在去特别营之前，是中北集团军中，一个全部由御珠师组成的营中的佼佼者，而且在那个营里，他是一个中队长。

因为他重伤了那个营的营长的弟弟，所以才被送去了特别营。他如果不是因为有多年累积的军功，恐怕连性命都保不住。

这样的一个人来到无双营之后，自然是光芒大放。

磊子也没想到，自己离开了一个全部由御珠师组成的营，去了特别营，现在竟然又来到了一个同样是全部由御珠师组成的无双营。

目前看来，无双营虽然士兵的个体实力不能与他原本那个营相比，但是在士兵数量上远远超过了那个营。

在全军大比武中，磊子先后击败了几个接受过上官菲儿指点的大队长，态度十分嚣张。

在获得全军大比武的冠军之后，他竟然提出要挑战周维清，而且，他的要求是当无双营的营长。

所有的新兵都十分兴奋，因为他们也想看看，无双营的营长到底有多强。而老兵则纷纷为磊子默哀，原因很简单，磊子想挑战周维清，一定要先过上官菲儿这一关。

上官菲儿是那么好对付的吗？

很快，磊子就发现，同样是六珠，在上官菲儿面前，他连一点机会都没有，比拼起来他毫无还手之力。

刚开始的时候，他还很不服气，认为是上官菲儿有神师级凝形装备才赢他的，可当上官菲儿收起神师级凝形装备，甚至连拓印技能都不用，仅凭借近战能力一次又一次地击败他后，他终于被打得服气了。

现在，磊子已经接替了猛犸的职务，成了无双营第一大队的大队长，猛犸则做了他的副手。

猛犸也没啥不服气的，自己技不如人，只能让贤。

不过，磊子心中还是憋着一股劲，他对上官菲儿服气，并不代表他对周维清这个营长也服气。

毕竟，自从他们来了以后，周维清就没露过面。

和磊子情况类似的，还有三个人，他们全都是天珠师。

虽然这三个人的修为不如磊子那么高，但也替换了三个大队长，成了新的大队长。

经过这次全军大比武，上官菲儿的威望得到了进一步的提升，不仅仅是因为她自身实力够强，更是因为老兵们对她十分感激。

如果没有上官菲儿传授给他们近战技巧，恐怕这次十个大队长中，至少有八个要被替换。

是上官菲儿传授给他们的实战技巧和半年多以来的苦修，才让他们能够战胜对手，保住自己的职位。

当然，这次全军大比武也给无双营的所有军官提了个醒，他们的职位并不牢固，在无双营中，只看实力。

这无疑是公平的，谁有实力谁就上位，这让无双营的所有士兵在训练过程中都格外卖力。

除此之外，无双营对于新兵的装备也绝不小气，虽然他们还没有建立军功，但是都以欠债的方式给每个人配了装备。

两个月的时间一转眼就过去了，无双营的士兵们经过这两个月的训练，实力有了明显的提升。

同时，各个大队也根据战斗力的不同，重新进行了划分。

而全员拥有凝形翼这个目标一时半会儿还是实现不了的，虽然这种卷轴的制作已经十分熟练了，但是，不论是制作卷轴，还是凝形成装备，都需要时间。

第155章
雪神山主

新来的士兵们开始逐步凝形他们的凝形弓，其中一部分运气好的已经凝形成功了，没有凝形成功的士兵，也都配有硬弓。

而最让新兵们感到震惊的，是整个无双营中实力最强的一百人，以上官菲儿为首，帮助拥有天力但本命珠没有觉醒的新兵觉醒本命珠这件事。

现在无双营全部的五千多名士兵都已拥有了自己的本命珠，这是何等震撼的事啊！

完成这些后，上官菲儿甚至累得生了病，休息了足足三天才完全恢复过来。

到了这时，上官菲儿在无双营中的威望，隐隐超过了两个月没有现身的周维清。

新兵们都十分感激上官菲儿，可以说，她现在已经是无双营所有士兵心中的女神了。

无双营的发展还需要时间，现在这五千多人还远远无法达到原本那一千五百人的实力。

他们需要时间，可是，时间又不会等人。

根据探子回报，万兽帝国方面已经展开行动，今年的战争马上就要开始了，无双营也将展现真正的实力。

白雪皑皑，几乎覆盖了整座山峰，这里的天气尤为寒冷，温度在零下四十摄氏度左右，连呼出的一口热气，都会立刻变成细小的冰碴儿，坠落一地。

在这座白雪皑皑的山峰顶端，有一座巨大的古堡。

古堡同样呈白色，似乎是由冰块雕刻而成的，当有阳光照耀的时候，从远处望去，这座古堡似乎被一层金光笼罩着。

在大雪山上，只听得见寒风呼啸的声音，这里是整个万兽帝国的核心所在，也是万兽帝国所有人心目中最高的神殿——雪神山。

没错，这里就是五大圣地之一的雪神山，当世第一强者雪神山主就在此地。

没有人敢轻易来这里，更不敢冒犯这里的主人。

在万兽帝国，雪神山主就是神一样的存在，而且，他有天神级修为，在所有天珠师知道的强者中，他是唯一一个修为达到了天神级的强者。

雪神山主进入天神级境界已经有几十年了。

传闻，如果不是浩渺宫人多势众，联合了血红狱和有情谷这两大圣地，再加上浩渺无极套装和浩渺宫的财力，恐怕雪神山早已是天下第一的圣地了，更是早就带领万兽帝国统治整个浩渺大陆了。

万兽帝国有这么一句话：在万兽帝国每个人的心中，都有一座雪神山。可想而知，雪神山在万兽帝国有着怎样的地位。

可是，在雪神山上，此时正有两个人在艰难地向山顶攀爬着。准确地说，并不是两个人一起攀爬，而是一个人背着另一个人在攀爬。

这两个人都有着极为强壮的身体，隐约能够看到他们身上的青灰色毛发。

在艰难攀爬的那个人看上去年纪不小，一对特殊的耳朵表明了他的种族。

他是狼人，没错，就是狼人，在他的额头上，竟然有一缕金色的毛发，这更加突显出他身份尊贵。

而在他背上的，也是一名狼人，身材比他还要强壮几分，模样跟他有几分像。

只不过，他背上狼人的脸色十分难看，双目紧闭，整个身体都在不停地颤抖。

显然，这名狼人之所以颤抖，并不是因为冷，而是他脸上正交替闪烁着的黑、灰、蓝三色光芒造成的。

这名狼人不是别人，正是迅狼团的团长，也是狼人族的继承人——狼王之子巴特勒，此时背着他的老狼人，是狼人族的狼王巴图鲁。

那天，迅狼团大败而退，巴特勒来不及懊恼，因为他必须面对自己糟糕的身体情况。

刚中了周维清的暗魔邪神雷时，巴特勒还没有想太多，虽然他感觉那股进入体内的能量十分诡异，但是，那股能量毕竟只是由修为仅四珠的周维清注入的。

任周维清的攻击再强，巴特勒认为以自己的天力修为，最多也就是消耗一些天力，肯定能逼出自己体内暗魔邪神雷的三属性能量毒素，因此，巴特勒回到自己的营帐后，立刻开始逼毒。

然而，他很快就意识到了不对，因为，他的天力竟然无法对体内的诡异能量产生任何影响。

他的修为确实高，自身九珠级别的天力能够大幅度延缓三属性能量毒素的发作，但只能延缓，不能完全解毒。

巴特勒骇然发现，随着时间的推移，他体内的毒素虽蔓延得并不快，但始终在不断地侵蚀他的身体，而他的天力也随着毒素的侵蚀而逐渐变得衰弱。

不论他尝试何种方法，都无法逼出体内的毒素。

要知道，他是狼人，而且拥有狼人族王族血脉，身体素质远比人类强得多，可即便是这样，三属性能量毒素的侵袭也令他快承受不住了。

巴特勒的手下发现巴特勒快不行了，不敢怠慢，赶忙将巴特勒送回了狼人族。

狼王巴图鲁顾不上责怪儿子，找来了全族医生为巴特勒治疗，可是，暗魔邪神雷的毒岂是那么容易解除的？

虽然狼王巴图鲁有不少孩子，但是真正有出息的，就只有这个大儿子巴特勒。

而且狼王已经老了，他本想再过几年就将狼王之位传给巴特勒，可谁知道眼下居然出了这种事？

他顾不得心疼迅狼团的损失，只希望自己的儿子能好起来。

为此，巴图鲁找到了兽人族中几个强大的种族，甚至连皇族都找了，但是，在检查了巴特勒的身体后，他们给巴图鲁的回复全是摇头，因为没有人能够解这种怪异的混合能量剧毒。

一个月的时间过去了，眼看巴特勒的身体状况一天比一天差，最终，巴图鲁在恳求了万兽帝国的皇族后，获得了登上雪神山求援的资格。

在兽人们的眼中，他们的雪神山主是无所不能的。

为了儿子，巴图鲁不能不来，哪怕是因此会受到雪神山主的责怪，他也心甘情愿。

巴图鲁的修为和巴特勒一样，都是九珠，他终其一生也没能进入天王级强者的行列。

雪神山实在是太冷了，越向山顶进发，温度就越低，这和山下面万兽天堂温暖如春的天气截然不同。

雪神山足有六千米高，甚至比天珠岛还高。

巴图鲁虽然是天珠师，但是要背着儿子，还要不断用天力维持巴特勒的生命，眼看两人就要到山顶了，却举步维艰。

"站住！"一个低沉而富有磁性的声音突然响起。这个声音不大，但在巴图鲁听来，如同炸雷。

巴图鲁有些吃惊地抬起头，这才发现，在自己前方不远处，不知道什么时候多了一个人。

那人穿着雪白色的长袍，在这白雪皑皑的世界，一头自然卷曲的金红色头发十分显眼。

他身材修长，看上去并不是特别壮硕，但他站在那里，就像是这个世界的中心一样。

看到那一头如同火焰一般的金红色头发，巴图鲁的身体不由得颤抖了一下。

在整个万兽帝国，只有一个种族拥有这种颜色的头发，那就是当今狮人族的皇室血脉，神圣地灵狮。

万兽帝国有一个规矩，雪神山的山主只能来自两个种族，一个是神圣天灵虎，另一个则是神圣地灵狮。

神圣地灵狮也有着高贵的血统，只不过神圣天灵虎一脉强大了许多代，所以很多人已经忘记神圣地灵狮也是能够继承雪神山主位置的。

如果神圣天灵虎是雪神山主，那么神圣地灵狮就会是万兽帝国的统治者，反之，如果神圣地灵狮是雪神山主，那么神圣天灵虎就会成为万兽帝国的统治者。

巴图鲁不用问也能猜到眼前这位的身份，能让巴图鲁无法发觉来人动静的，在雪神山的神圣地灵狮皇族中，只有一个人。

"您、您是狮心王子殿下吧，狼人族巴图鲁，见过王子殿下。"巴图鲁一边说着，一边恭敬地向他口中的狮心王子行礼，然后将背上的巴特勒放了下来。

听到"巴图鲁"三个字，狮心王子的神色缓和了一些，道："原来是狼王，你的事，父亲已经传信给我了，我是特意在这里等你的。"

兽人的性格大多很直率，一听这话，巴图鲁顿时感激涕零。

为了他们父子，万兽帝国未来的最高统治者竟然在这里等候，就算巴图鲁明知道对方是为了拉拢自己，心中依旧充满了感激。

"殿下，怎好让您在这里等候？我、我……"巴图鲁的眼睛已经有些红了。

狮心王子淡淡地道："狼王，老师一定已经知道你们来了，他老人家不喜欢等人，你们的事我已经向他汇报过了，赶快跟我来吧。"

狮心王子一边说着，一边接过了巴图鲁手中的巴特勒。

与此同时，一层淡淡的金红色光芒从狮心王子手上蔓延到巴特勒身上，巴特勒的脸色顿时就好看了几分。

听到雪神山主同意见自己，巴图鲁"扑通"一声跪倒在地，朝雪神山山顶的方向恭恭敬敬地磕了几个头后，这才站起身，在狮心王子的带领下朝山顶奔去。

狮心王子一直将狼王父子带到了雪神山城堡内的雪神殿之中，雪神殿是雪神山主处理日常事务的地方。

雪神山主平日很少出现，现在雪神山内部很多普通事务都是由狮心王子在处理。

虽然狮心王子的修为在雪神山的强者中还排不上名次，但是他的身份特殊，再加上他又是年轻一代中的佼佼者，年仅三十岁左右，修为就达到了八珠，而且距离九珠也只差一重天力了。

他身为雪神山主的亲传弟子，又是万兽帝国国主的继承人，可以想见，只要不出现意外，他必定能够突破到天王级甚至是天帝级。

"狼王请在这里稍等，我去请老师。"狮心王子对巴图鲁说道。

"多谢殿下。"巴图鲁感激地说道。有了狮心王子释放的神圣治疗，巴特勒的情况暂时稳定了下来。

狮心王子只去了一会儿便回来了。他看着巴图鲁充满希冀的眼神，道："老师马上就出来，稍后老师如果有所询问，凡事不要夸张，实事求是地说就行，尽量简短，老师最不喜欢话多的人。"

"是、是。"巴图鲁连声答应，别看狮心王子只是几句指点，但对巴图鲁来说，相当重要。

等了足足半个时辰后，突然，巴图鲁觉得周围的空气中似乎出现了一些奇异的变化，他下意识地将目光从儿子痛苦的脸上挪开，却发现不知什么时候，雪神殿内又多了两个人。

这两人都穿着一袭白衣，左侧的是一名女子，一头银白色长发披散在身后，眼眸是紫色的，眼神显得有些淡漠，似乎对一切都漠不关心。

如果仔细看，就会发现她漂亮的眼眸中竟然没有半分神采，整个人宛如一具行尸走肉。

这名女子是略微靠后站立的，另一人则是一名看上去和狮心王子年纪差不多的青年，他有一头只有寸许长的银发，其紫眸的颜色很深，纤尘不染的白衣上没有任何装饰。

令狼王巴图鲁惊讶的是，这名白衣青年身上竟然没有展现出任何气势，容貌和其身后的少女有些相似。

此时，狮心王子看向那名白衣女子，眼神显得有些复杂，一时间竟然忘记了开口。

那名白衣青年眉头微皱，扫了狮心王子一眼，并没有展现什么气势，而狮心王子则像是触电般地清醒过来，恭敬地道："拜见老师。"

巴图鲁大吃一惊，因为他从未见过万兽帝国至高无上的雪神山主，也万万没想到雪神山主竟然如此年轻！

谁能想到雪神山主，天下第一强者雪傲天竟然这么年轻？！

巴图鲁不敢怠慢，"扑通"一声双膝跪地，"砰砰砰"地朝着雪傲天磕起头来。

"够了。"雪神山主雪傲天淡淡地说道。

他一边说着，一边抬手轻轻一招，原本躺在巴图鲁怀中的巴特勒就已经飞了起来。而巴图鲁根本连半分反抗的念头都没有，他也没有感受到半分天力波动，好像就是周围的空气将他怀中的儿子带走了一样。

巴特勒转眼间就飞到了雪神山主雪傲天面前，整个身体与地面平行，飘浮在空中。

雪傲天扫视了巴特勒的面庞一眼，轻咦了一声，道："奇怪的能量。"

听到这几个字，狮心王子才彻底将目光从那名白衣女子身上挪开，脸上露出震惊之色。

居然能令老师产生疑惑，那股怪异的能量真的这么强大吗？在他看来，自己的老师雪傲天是无所不能的啊!

雪傲天缓缓抬起一只手。巴图鲁发现他的手就像是用冰块雕刻而成的一般,极为通透,根本不像人的手。

雪傲天将手按在巴特勒的额头上,刹那间,巴特勒整个人完全变成了金色的。

巴图鲁跪在地上,双目一动不动地看着巴特勒。此时他的心已经放下了,雪神山主肯出手,还有什么事解决不了呢?

但是巴图鲁的心很快又悬了起来,因为他看到,被万兽帝国各族尊称为"老神仙"的雪神山主竟然皱起了眉头。

站在一旁的狮心王子更震惊了。老师以前也替人疗过伤,任何伤势在他强大的精神力面前,只需要看上一眼就能确诊,可老师这一次看了这么久,似乎还有些疑惑,狮心王子还是第一次见到这种情况。

金光消失,雪傲天缓缓收回手,道:"真是奇怪,我也是第一次见到这样的混合能量,难道是天邪教的人?看看吧。"

雪傲天一边说着,一边再次伸出手,按在了巴特勒的额头上。

一团极为特别,令空气扭曲的淡金色光芒悄然浮现,与此同时,在雪傲天背后,一道高大的虚幻光影随之出现,那光影竟然就是雪傲天的样子!

如果周维清在这里的话,一定能够认出这是自创天神级技能的标志,他的老师龙释涯也十分擅长这种技能。

很显然,雪傲天的这种自创天神级技能和龙释涯的是有区别的。雪傲天施展出这个技能后,全身上下都笼罩着一层淡淡的金色光芒,显得十分神圣。

雪傲天的手收了回来,但是,他在巴特勒眉心正中位置上,留下了一个金色光点。紧接着,雪傲天的双目之中浮现出两道金光,直直地射入了巴特勒的眼中。

巴特勒的身体瞬间剧烈地颤抖起来，仿佛在承受什么痛苦一样。

巴图鲁爱子心切，忍不住站了起来。

狮心王子看了巴图鲁一眼，道："狼王少安毋躁，老师自有分寸。"

巴图鲁这才反应过来，就算雪傲天要杀了巴特勒，自己又能有什么办法呢？反抗只会给狼人族带来毁灭性的灾难啊！

巴图鲁赶忙重新跪下，表现出一副诚惶诚恐的样子。

"在这里了。"雪傲天自言自语道。

突然，之前印在巴特勒眉心正中位置上的金色光点大亮，一道光束射出，照耀在空中，竟然形成了一个圆形的画面。

巴图鲁吃惊地瞪大了眼睛，因为他还从未见过如此奇景。

包括站在雪傲天身边，双目无神的女子在内，所有人的目光都落在了那个圆形的光影画面之上。

画面由模糊渐渐变得清晰，一名赤裸着上身，有着完美肌肉线条的青年出现在了画面之中。

这个青年正高高跃起，右脚如同战斧一般下劈，他的背后有一个紫色的虚幻光影。

毫无疑问，这个青年是巴特勒记忆之中的人，画面也是以巴特勒的视角呈现在众人面前的。

雪神山主雪傲天凭借他那无上的修为，借助自创的精神属性技能，竟然让当初那一战的画面重现。

"啊——"一声惊呼从那名白衣女子口中传出，她的身体几乎是不受控制地剧烈颤抖着。

雪傲天微微愣了一下，眉头微皱，温和地道："天儿，你怎么了？"

是的，这个站在这里，有着一头银发的白衣女子，正是当初悄然离开周维清的天儿。

而那光影画面中出现的青年，正是凭借着暗魔邪神雷击退了巴特勒的周维清啊！

突然看到周维清出现在那个光影画面之中，天儿又怎能不惊讶呢？她下意识地用手捂住自己的嘴，但是，泪水还是不受控制地奔涌而出。

雪傲天眉头微皱，没有再理会女儿。光影变幻，之前漏看的画面在他的控制下又重新展现了一遍。

狮心王子的双手不知道什么时候已经握成了拳头，以他的聪明才智，又怎会看不出天儿肯定认识画面中的那个青年呢？狮心王子就是天儿口中的未婚夫。

雪神山主雪傲天只有天儿这一个女儿，而且他是老来得女，自然无比疼爱天儿。

但是，按照雪神山的规矩，女子是不能继承雪神山主位置的。在狮心王子发誓放弃万兽帝国王位，未来的万兽帝国帝王从虎族中选拔之后，雪傲天就定下了狮心王子与天儿的婚事。这件事在万兽帝国是绝对的机密，只有几个当事人才知道。

可谁知道，天儿竟然为了逃避婚事而离家出走了。

她好不容易才归来，雪傲天和狮心王子却发现，天儿变得心事重重，整日闷闷不乐。

雪傲天只有这么一个女儿，自然也就没有因为天儿离家出走而过多责备她。

狮心王子也不计前嫌，为了雪神山主的位置，再加上他也是真心喜欢天儿，所以忍了下来。他向雪傲天表示，自己依旧愿意娶天儿为妻。

时间过去了半年多，订婚仪式也已经完成了，无论天儿怎么反对，甚至是以死相逼，也未能改变雪傲天的主意。

雪傲天每天将女儿带在身边，他始终相信时间会改变一切，相信狮心王子古樱冰这样出色的人才，早晚都会打动女儿。

雪傲天已经定下了他们的成婚之日，婚礼将在三个月后举行。

"这是龙魔娲女的龙魔禁。"雪傲天神色凝重，沉声说道，"轻敌永远是大忌。九珠对四珠还被对方算计了，巴图鲁，你怎么教的儿子？"

虽然雪傲天没有展现出任何气势，但巴图鲁还是被吓得出了一身冷汗。

"邪魔变，龙魔禁，还有黑暗、邪恶、雷三属性的组合技能。是三属性能量毒素。"说到这里，雪傲天双眼微眯，对狮心王子道，"樱冰，你安排巴图鲁去休息，三天后再来接他的儿子。"

暗魔邪神雷的剧毒能够令天王级强者上官龙吟束手无策，却难不住拥有神圣属性的天下第一强者雪傲天，但巴特勒中毒时间不短，想彻底化解毒素，还有些麻烦。

巴图鲁激动得也不知该说些什么，只是跪在那里，朝着雪傲天不断地磕头。

光影画面消失，天儿就像是丢了魂一样，怔怔地站在那里，身体一动不动。

下一刻，光芒闪烁，她和雪傲天就被一层柔和的光芒笼罩了，紧接着两人便消失不见了，一起消失的还有陷入昏迷的巴特勒。

直到他们完全消失，狮心王子古樱冰才猛然挥出一拳，空气中发出一声爆鸣，他的身体更是因为愤怒而剧烈地颤抖着。

"浑蛋，一定是那个浑蛋！"古樱冰此时愤怒到了极点，一步上前，一把拉起狼王巴图鲁，怒吼道，"告诉我，你儿子是在什么地方见到的那个人？将一切说得详细些，一个细节都不要放过。"

巴图鲁被狮心王子古樱冰突然的暴怒吓了一跳，不敢怠慢，赶忙将自己知道的一切都说了出来。

"中天帝国北疆西北军团，好，很好……"狮心王子古樱冰将牙齿咬得咯咯作响，暴怒之下，他仿佛全身有血气要喷出似的，眼中也闪烁着愤怒的光芒。

雪神山城堡最深处，在一个几乎密闭，由冰块雕刻而成的房间中，雪神山主雪傲天和女儿天儿悄然出现，而巴特勒却不知去向。

此时的天儿，身体依然在颤抖着。

她半年多没有见过周维清了，刚刚突然看到周维清的影像，她的心又怎么可能平静呢？

她低着头，不敢去看自己的父亲。

"是因为他吗？"雪傲天淡淡地问道。

天儿没有回话，只是轻咬下唇，不敢吭声，心中不由得生出一丝恐惧之意。

"是不是他？"雪傲天的声音明显变得严厉了几分。

天儿"扑通"一声跪倒在雪傲天面前，泪流满面，颤声道："父亲，求求你，放过他吧。我嫁给古大哥，我再也不去找他了，好不好？求求你，放过他吧。"

天儿很清楚，如果她的父亲真的想除掉一个人，哪怕对方是圣地之主，也未必能够逃脱，就更不用说周维清了。想找到周维清，对于雪傲天来说，再容易不过。

"起来吧，我不会动他，也不会怪你。"令天儿感到极为意外的是，雪傲天竟然叹息一声，脸上露出几分怅然之色，将她扶了起来。

雪傲天手指轻弹，天儿脸上的泪水也消失了。

雪傲天看向天儿，道："傻丫头，你为什么一直都不肯告诉我他的情况呢？早知道是这样，父亲也不会那样苛责你了，这件事确实不能怪你。"

"啊？"天儿此时完全不明白自己的父亲在说什么，呆呆地看着带着几分愧疚之色的父亲。

雪傲天道："难怪你会被他吸引，这并不是你的错，而是你们拥有的属性决定的。没想到，这个世界上竟然真的有同时拥有邪恶与时间两种属性的人，而且他的邪恶属性还是初代觉醒的。

"你和他各具有两大圣属性，再加上他在邪魔变状态下拥有的也是虎类变异血脉，自然而然会对你产生吸引力。和他在一起，对你提升修为一定大有益处。"

天儿下意识地点了点头。

她此时才想起，自己刚和周维清在一起的时候，确实是如此，就是因为他身上有一股特殊的气息吸引着自己，而且和他在一起，自己的修炼速度也提升了。

她曾经还想过，等到自己快要突破天王级这个瓶颈的时候，再好好利用他一下。

雪傲天叹了一口气，道："可惜了，要是早十年让我遇到他就好了，那样的话，我甚至都不会反对你们在一起。"

天儿顿时目瞪口呆，她怎么也想不到，父亲在看过了周维清的影像后，态度竟然会有如此大的转变。

"他多大年纪了？"雪傲天想了想后，问道。

天儿回过神来，应道："十八岁吧。"

雪傲天露出几分惊讶之色，道："才十八岁？"

他的眉头渐渐紧锁，似乎遇到了什么为难的事情，眼中光芒闪烁，不知道在想些什么。

天儿并没有对父亲态度的转变抱什么奢望，在她的记忆中，只要是父亲决定了的事情，就从没有更改过。

"父亲，您真的不会为难他吗？"天儿试探着问道。

雪傲天点了点头，道："这对我们雪神山来说，对你来说，都是一个契机。如果你早一些将他的情况详细告诉我，或许你和樱冰的婚事还有挽回的余地，但现在你们已经订婚了，这件事就比较麻烦了。"

"什么挽回的余地？"一听这话，天儿顿时转悲为喜，激动地问道。

雪傲天解释道："他拥有邪恶与时间两种属性，而你拥有神圣与精神属性，如果你们在一起修炼，说不定在三十岁之前就能突破到天王级。

"如果是那样，你们两个将来都有可能进入天神级，甚至是突破到我也未曾达到过的更高境界。

"如果你早点说明他的情况，带他回来，我或许可以收他为徒。虽然我们雪神山的规矩是传男不传女，但是，如果你能有晋升天神级的可能，万兽帝国几大种族又能说什么？"

天儿完全呆住了，她怎么也想不到，父亲竟然会说出这样的一番话。

很显然，在父亲心中，周维清的天赋十分重要，父亲甚至可以为了周维清的这份天赋，违背神圣天灵虎与神圣地灵狮之间的约定。

"父亲，我现在就去找他，带他回来好不好？"天儿急切地问道。

雪傲天摇了摇头，道："不行，已经晚了。人无信不立，你和樱冰已经订婚，再过不久就要正式结婚了。你这个朋友虽然天赋异禀，但是他毕竟只有一个人，除非他拥有足够的势力能够震慑地灵狮那边，并且公平地从樱冰那里抢走你，否则的话，我也不能改变已经做出的决定。"

天儿刚刚燃起的希望又消失了，因为周维清背后哪有什么势力啊？

就算他和浩渺宫有关系，可浩渺宫与雪神山是死敌，浩渺宫怎么可能帮他，并向雪神山示好？

雪傲天叹息一声，道："好了，你也不要想太多了，回去吧，准备好做新娘。樱冰是真心喜欢你的，你逃婚影响了他的声誉，他都不嫌弃，这样的丈夫你还有什么不满意的？去吧，我要修炼了。"

天儿在离开的时候，又变得无精打采的了，看得雪傲天一阵皱眉。

不过，雪傲天倒是对周维清产生了极大的兴趣，他很想见一见这个拥有极佳天赋的年轻人。

但是，以雪傲天的身份，他又总不能让女儿偷偷摸摸地和周维清在一起修炼。

第156章
五珠

"营长，神机军团长请您去开军事会议。"魏峰对周维清说道。

三天前，周维清结束了闭关修炼，整个人都瘦了一圈。

上官菲儿看到他的样子后，都有些心疼，这两天已经给他炖了几次营养肉汤了。

周维清结束闭关后，首先了解了一下这段时间以来无双营的发展情况，和他预计的差不多，无双营的训练已经步入正轨。

虽然现在的无双营和他心目中的"举世无双"相比，还有不小的差距，但是练成一支强军，本就不是一件一蹴而就的事情。

"让我去开会？"周维清有些疑惑。

自从上次的事情以后，第七军团的人再也没有来"骚扰"过无双营，神机也没找过他。

魏峰点了点头，道："可能是因为万兽大军的事。据说今年万兽大军来袭，规模比往年大，目前局势很紧张，军部方面正在考虑是退回到天北城全面防御，还是正面迎敌。"

周维清眉头一皱，道："全面防御怎么行？那天北城周围的小城市和村庄岂不是要遭殃？好吧，我这就去。"

周维清一边说着，一边换上自己的营长铠甲，跟着魏峰走了出去。

才出大帐，他们就看到一个人走了过来。

那人身材极为壮硕，双目炯炯有神，一头黑发只有寸许长，一身钛合金铠甲穿在身上，显得气宇轩昂，不过他全身散发着一股匪气，就像是一头蓄势待发的猎豹。

看到魏峰和周维清，那人竟没有表现出半点恭敬之色，而是继续大步走了过来。

"魏副营长，这位是？"来人明显有些好奇，一直在看着周维清头盔上的黄色羽毛。

魏峰呵呵一笑，道："磊子，我给你介绍一下，这位就是咱们无双营的周营长。

"营长，这是咱们通过全军大比武上来的第一大队大队长磊子，猛犸现在是他的副手了。"

"哦？欢迎你加入无双营。"周维清一脸和气地道。

磊子看到这个比自己年纪小不少的憨厚青年主动伸出手，心中顿时多了几分轻蔑之意，暗想：凭他也配做无双营的营长？

磊子握住周维清的手，皮笑肉不笑地道："周营长，我来咱们无双营也有一段时间了，我认为您定的所有军规都很棒，让我们成了一个整体。不过，您定的规矩对您自己是否也有用呢？如果我打赢了您，是不是我就能做营长了？"

来了两个月，三千多新兵已经完全融入这个集体之中，无双营的各种训练方式令磊子这样桀骜的人都不得不佩服，但是，他对周维清这个营长始终有着几分好奇之意。

如果营长周维清也有足够强大的实力的话，就算了，可此时磊子看到的只是一个憨厚的青年，他心里的那份不服气顿时冒了出来，忍不住要立刻挑战周维清。

魏峰沉声道："磊子，别胡闹！周营长还要去第七军团开军事会议呢。"

磊子瞥了魏峰一眼。其实磊子的实力超过魏峰，只是他对副营长这个位置没什么兴趣，想着倒不如自己带着一个大队，所以才没有挑战魏峰。当然，他对魏峰也没有表现出半分惧怕或恭敬之意。

磊子撇了撇嘴，道："魏副营长，你这就不对了，既然是军规，就要一视同仁。要是我赢了他，那我就是营长，这开会也应该是我去才对。"

他们这边在说话，路过的一些士兵有看到、听到的，都悄悄凑了过来。老兵们自然认识周维清，新兵皆觉得好奇。

磊子在无双营的地位不低，训练也很努力，尤其是性格彪悍，而且他还干过一件令所有人佩服的事。

这家伙竟然主动追求上官菲儿，虽然最终被上官菲儿打得满地找牙，但他也是唯一一个有这份勇气的人，因此，在无双营，尤其是在他那个大队，他的声望相当高。

看着磊子桀骜不驯的模样，周维清脸上的笑容丝毫不减，他握着磊子的手晃了晃，对魏峰道："没关系，也耽误不了多长时间。"

周维清又转向磊子，道："你要挑战我是吧？可以。你赢了，无双营营长的位置就是你的，但是，向我挑战是有代价的，如果你输了怎么办？"

当周维清在说这些的时候，魏峰看着周维清微笑的样子，不禁一阵发冷，他和周维清相处快一年了，还是相当了解周维清的。

周维清越是笑得开心，表现得越是憨厚，就表明他心中越是胜券在握。

磊子哼了一声，道："输了，任你处置就是。"

磊子本就是天不怕地不怕的个性，他在心中暗想：总教官揍了我，都没能把我怎么样，你还能如何？

周维清向磊子点了点头，道："好，那来吧。"周维清一边说着，一边松开了磊子的手。

就在周维清松手的一瞬间，磊子猛然上前一步，伸手直接向上一抬，抓向周维清的咽喉。

磊子之前能够成为中北集团军特别营的营长，完全是靠自己"打"出来的。

他虽然才二十七岁，但绝对是身经百战，实战经验很丰富，而且他追求的是实战效果，只要能够克敌制胜，不论什么方法都可以。

因为速度太快，周维清都有些没反应过来，只能一歪头，闪过磊子的这一击。

磊子右手横扫，直接切向周维清的脖子。

与此同时，磊子全身的天力已经迸发而出，耀眼的白色光芒透掌而出。他没有使用技能，用的是纯粹的天力。

两人的距离本就很近，磊子的天力一出，几乎就直接接触到了周维清的脖子。

如果这一掌打实了，恐怕周维清就会受重创。

磊子右手的手腕上，六颗冰种翡翠体珠闪烁着耀眼的光芒。他本就是六珠修为的天珠师，而且，他比刚来无双营的时候实力更强了。

就在磊子认为自己这一掌偷袭成功，打算收回几分力的时候，他突然发现自己的手动不了了。

周围的空气似乎突然变成了有形之物，束缚了他的手掌。虽然他的手只是很简单地被阻挡了一下，但是他手上的攻势也随之停住了。

周维清就借助这一瞬间的工夫，整个人转了过来。

面对磊子的手掌，周维清没有闪躲，而是猛然低头，用额头朝磊子的手掌撞去。

与此同时，周维清的右手朝磊子的方向一抬，一道银光瞬间切向磊子的脸。

磊子抬起左手，一面土盾凝聚成形，挡住了周维清的攻击，而他的右手也和周维清的额头撞击在了一起。

"砰砰"两声，磊子手上的土盾破碎，右手处顿时传来一阵剧痛，一股巨大的冲击力带着他整个身体旋转起来，让他险些摔倒。

"小心了。"周维清的声音在他耳边响起。

紧接着，磊子就看见一柄青色的风刃，一个蓝紫色的光球，和一柄银色的光刃分别从不同方向朝他的身体飞来，速度看上去并不快，但那股巨大的压力瞬间传遍了他全身。

三属性意珠？磊子心中一阵骇然。

虽然他看到周维清左手手腕上的天珠只有五颗，比他还少一颗，可对方拥有三种属性，技能肯定比自己多得多，而且刚才那一下碰撞，对方的力量也不是他能够相比的。

顾不得多想，磊子脚尖点地，身体快速后退。

战胜敌人之前必须先保全自己，这是战场上的生存法则。

磊子的后退并不是随意的，他每后退一步，脚下之前所站的位置上就会立刻冒出一根土刺，准确地扎向周维清同时发出的三个技能。

然而，令磊子震惊的是，周维清那三个看上去很不起眼的技能像是活的一样，竟然轻松地绕过了那些土刺，速度依旧不快，却始终追着自己而来。

磊子还是很有眼力的，他一眼就看出那三个技能都是经过压缩的，任何一个落在自己身上，自己都不会好受。

因此，在这三个技能的逼迫下，他只能不断后退。

周维清没有去追击磊子，而是双手接连甩动，又有三道光芒追了上去。一道光芒是灰色的小旋涡发出的，一道是墨绿色的光球发出的，还有一道是呈三角形的符号发出的。

这些技能从周维清手上发出，都是没有任何准备时间的，完全是瞬间发出的。先后六个技能，竟然分属于六种不同的属性，而且这六个技能的攻击方向都不同。

魏峰站在一旁，看到周维清双手的食指有节奏地律动着，而飞出去的六个技能像是有一根丝弦在后面连接着一样，始终受周维清的指挥，不断闪避开磊子的土刺，追着磊子越来越近。

磊子终于被激怒了，一直被这样追击的感觉绝对不好，他已经被完全压制住了。

他怒吼一声，不再后退，身上突然出现一层褐色的岩石铠甲。

是岩石化铠技能！

磊子右脚猛然踩地，刹那间，一根土刺从地下蹿出，推动着他的身体不退反进，宛如炮弹一般朝周维清冲来。与此同时，一共十六根土刺从周维清脚下的各个方位冒出，全面刺向周维清。

周维清脸上的憨厚笑容依旧不减，只做了一个十分简单的动作——右脚抬起再落下。

轰然巨响声中，在周维清身体周围，包括他的脚下，所有刚刚冒出地面的土刺竟然全部消失了！

强大的力量配合天力的震荡，土刺被震散，无法形成攻击。与此同时，空中那原本追着磊子的六个技能，也发生了变化。

青色的风刃与灰色的旋涡接触在一起，那风刃是按照旋涡旋转的方向和速度融入旋涡中的。

其他四个技能则分散在四周，如同观众一般，看着那混合着青色光芒的灰色旋涡挡住磊子的去路。

磊子现在就算是想闪躲也不可能，而且，在他眼中，那么一个小旋涡也造成不了什么威胁。

紧接着，刺耳的摩擦声响起，风刃只是一星评价技能，就算是压缩了的风刃，也不过是两星而已。

岩石化铠的评价则要高得多，按道理说，风刃无论如何也不可能突破岩石化铠的防御。

然而，伴随着那刺耳的摩擦声，磊子只觉得胸前一凉。

他骇然发现，自己胸口的岩石铠甲居然挡不住那风刃的急速切割，很明显，风刃的威力被那灰色旋涡增强了。

不好！

躲是躲不开了，这个时候，磊子朝空中怒吼了一声。

他不顾自己胸前的风刃，双手举起，一时间，耀眼的黄色光芒在空中爆发，数十块巨大的石块在空中凝聚成形，朝周维清狠狠地砸了过去。

落石术是土属性技能中一个非常实用的群体攻击技能，虽然是磊子仓促间使出来的，但是威力相当强。

在磊子施展完这个技能的同时，一股令他如坠冰窖的感觉瞬间传遍了全身，他往前冲的势头也减缓了。

他低下头，正好看到之前追逐过他的蓝紫色小光球不知道什么时候也已到了胸前，从风刃切开的岩石铠甲缝隙中钻了进来。

"轰——"

磊子全身闪耀着蓝紫色的光芒，被直接轰上了天。

他没有觉得太疼痛，只觉得有一种强烈的麻痹感，再加上体内那股冰冷的寒意，他整个身体顿时变得僵硬了。

好强的控制力！这是磊子心中此时唯一的想法。

他这样的战斗型天珠师，面对周维清发出的一些低评价技能，竟然落得如此狼狈的下场。

磊子并不认为自己输了。

他的落石术已经发动，那是反败为胜的契机，就算对方能够应对，在控制那么多技能的情况下，也必然会措手不及。只要有时间让他逼出那股寒意，解除麻痹，他就还有翻盘的机会。

不过，被轰飞的磊子也看到了足以用"神奇"二字来形容的一幕。

他的落石术发动的三四十块石块，在飞行了不到五米后，竟然全都停在了空中。

原因很简单，每一块石块前面，竟然都多了一面小小的风盾。

在正常情况下，风盾想挡住落石术，自然是不可能的，因为落石术的评价足有五星，但是，如果是几十面风盾，分散开来抵挡石块呢？结果就截然不同了。

那些石块不仅被拦了下来，而且还被风盾包裹着，缓缓落地，没有发出任何声响。

周维清施展的风盾，不过是两星评价的技能。经过龙释涯的教导，周维清才明白，低星级评价技能并不是毫无作用的，威力小确实没错，但是对天力的损耗也小。

如果使用这些低评价技能便能得到想要的效果，那为什么要用威力强的技能，消耗更多天力呢？

经过这两个月以来的修炼，连龙释涯都说周维清的六绝控技算是小成了。

周维清此时施展起六绝控技来，自然是得心应手。

他所施展的这些技能之所以能瞬间爆发，是因为这些技能根本不是拓印的，而是直接通过天力凝聚、模拟成的。

磊子重重地摔在地上，闷哼了一声。

而周维清并没有让六个技能都落在磊子身上，这些技能虽然本身威力都不大，但是在周维清巧妙地运用下，即使伤不到磊子，也硬生生破了磊子的攻势。

论实力，磊子因为没有足够的凝形装备，修为也只是比魏峰略高，面对装备齐全、技能众多的周维清，他怎么可能有机会？

磊子在地上打了一个滚，跳了起来，在他浑厚的天力催动下，身上的麻痹感已经解除，冰冷之意也被逼出了体外。他一抬头，就看到周维清正笑眯眯地看着他。

磊子虽然输了，却还是想不明白自己究竟是怎么输的，对方只不过是用了几个小技能而已，居然让自己这么狼狈，这完全是因为自己神经过敏所致的。

磊子不服气，极其不服气，他可不是什么正人君子，一招落败就会认输。

他低吼一声，猛然向下一蹲，双拳狠狠地砸向地面。

随着"轰隆"一声巨响，一条"土龙"带着强烈的震荡波升腾而起，气势汹汹地朝周维清冲去。

这是磊子所拥有的最强技能——土龙转生。

周维清左手上的变石猫眼意珠亮起，手掌向前一拍，一团银色光芒飘出，准确地烙印在了那"土龙"额头正中的位置上。

周维清本已不打算再和磊子缠斗了，只是凭借六绝控技之法，想战胜天力修为高于自己的磊子，还需要费一番功夫。

"噗"的一声轻响，那气势汹汹的"土龙"的额头上被开了一个大洞，当那团银光消失的时候，整条"土龙"轰然溃散。

磊子还没反应过来，便骇然发现，周维清不知道用了什么方法突然出现在了他面前，他想反抗，却发现自己无法动弹。

在绝对迟缓加风之束缚的双重作用下，就算磊子的天力修为比周维清高，三秒之内也挣脱不了。

紧接着，磊子又被一个具有多重麻痹效果的雷电疾击中。

在身体麻痹的情况下，磊子清楚地看到周维清抬起左手，按在了他的眉心正中位置。

一股令磊子恐惧的黑暗力量被强行灌入了他的头脑之中。

磊子只觉得一阵恍惚，几乎是一瞬间，他就已经判断出，这是一个黑暗封印技能。

不能被封印！被封印了就成了他的奴仆啊！磊子的精神力疯狂地挣扎着，顽强抵抗着。

然而，在这个时候，他看到了一双紫红色的眼眸，两道紫红色光芒射入他的双眼，他原本在进行抵抗的精神力瞬间就溃散了。

紧接着，他感觉自己额头上时而一阵冰凉，时而一阵火热。

在周维清指尖处冒出的一滴鲜血的作用下，一个符号已经烙印在了磊子的额头上，正是血祭·暗之印记！

按照正常情况，周维清想用血祭·暗之印记封住一个人，必须让对方心甘情愿才行，否则很容易受到反噬，尤其是磊子的天力修为还在周维清之上。

但是，凭借着龙魔封神霸道技能产生的精神冲击，他硬是压制住了磊子的精神力，血祭·暗之印记得以一举施展成功。

这两个技能的配合是龙释涯教周维清的，在龙释涯的指导下，他现在完全可以控制龙魔封神这个技能，施展出强大的精神冲击波，这就相当于一个技能有了两个作用。

面对比自己天力修为高的对手，他可以冲击对方的精神力，面对比自己天力修为低的，他能控制对方。

收回左手，周维清向魏峰招了招手，道："魏大哥，我们走吧。"

磊子还呆呆地站在那里，数分钟之后才回过神来，他下意识地抬手去摸自己的眉心，心中充满了痛悔。

被封印了，自己竟然就这么被强行封印了，怎么会这样……

其实磊子完全是被周维清打蒙了，周维清刚才那一连串的技能也消耗了一些天力。

周维清刚刚将空间割裂凝聚于一点，破掉了土龙转生。

土龙转生这一技能有七星评价，而空间割裂有十星评价，因此基本弥补了双方之间天力的差距。

更何况周维清还凭借他提升了的强大控制力，将空间割裂这个技能的威力凝聚于一点了，所以破掉那"土龙"毫无问题。

紧接着，周维清又用出了空间平移，接近磊子，然后施展了绝对迟缓、风之束缚、雷电疾三个强大的控制技能，再加上龙魔封神这种接近天神级的技能，最后才是血祭·暗之印记。

别说是磊子，就算是换一个凝形装备俱全的六珠天珠师，能抵挡住周维清的攻击的概率也不大。

当然，周维清并不是真的想让磊子成为他的追随者，只是想给桀骜不驯的磊子一个教训而已，如果他出手不狠一点，以后说不定人人都要挑战他，那他岂不是会很烦？

因此，他快速地击败了磊子，也是为了给新兵们一个警告。

第七军团指挥部。

当周维清和魏峰来到这里的时候，指挥部内已经站满了第七军团的将领，而且个个身份不一般，最起码都是副团长级别的。

周维清和魏峰的到来并没有引起这些人的注意，此时其他人都在听神机训话。

不过，神机倒是一眼就看到了周维清，严肃的脸上顿时多了一丝微笑，他向周维清点了一下头后，才继续说话。

神机虽然十分忌惮周维清的身份，但在这个时候，他也不会搞什么特殊化，因为那样反而不好，容易暴露周维清的身份。

周维清也向神机点头示意，然后在一众将领的后面站定。

由于发现了神机的神色变化，前排的那些将领都下意识地回头看了周维清一眼。别人还好，神布看到周维清的时候，脸色却明显变了，飞快地扭过头去。

令周维清感到有些讶异的是，他竟然从神布的脸上看到了一抹奇怪的红晕。

周维清眨了眨眼睛，向身边的魏峰低声问道："老魏，神布似乎有点不对劲啊！她看到我怎么会脸红？"

魏峰低笑一声，道："营长，就算你再聪明，也猜不到原因。"

周维清愣了一下，道："难道她喜欢上我了？不会吧，就算我有那么大魅力，她应该也不会喜欢我吧！"

魏峰竟然"扑哧"一声笑出声来，朝周维清摇了摇头。

站在靠后面的几名将领回头看向他们，脸上纷纷露出了几分怒色，在他们眼中，这两个品级最低的营级军官，来到这军团指挥部已经相当奇怪了，居然还敢偷笑喧哗。

周维清就跟没看到他们的眼神似的，低声问道："快告诉我，到底怎么回事？"

魏峰嘿嘿笑道："自从在我们无双营吃亏之后，神布老实了一段时间，而林兄弟呢，每天都会一个人在营地外修炼战技。

"有一天，他恰好碰到了神布。因为这两人交过手，神布不敢找你报复，一见到林兄弟，就和他大打出手了，结果自然是她被林兄弟给收拾了。

"她知道林兄弟每天都在那里修炼，于是每天找他打上一场，不过林兄弟也没有伤她。久而久之，不知道怎么回事，似乎他们两人的关系就有点……"

周维清顿时瞪大了眼睛，惊讶地道："这真是打死我也猜不到啊！这样也行？"

因为惊讶过度，周维清说话的声音也不禁变大了几分，这一次，大部分将领都回过头来，一个个怒目而视。

神机也听到了周维清的声音，眉头微皱，道："周营长，请到前面来。"

周维清收起震惊的情绪，大步上前，当他从神布身边经过的时候，还十分怪异地看了神布一眼。

"神机军团长。"周维清向神机微微行礼。

神机向他点了点头，向其他将领道："我给大家介绍一下，西北军团的特别营已经正式改名为无双营，这位是无双营的周小胖营长。无双营作为我们军团的独立营，也将参加今年的大战，他们营全部由弓箭手组成。虽然周营长为营级，但他的无双营已经有五千多士兵。"

神机这么一说，在场的将领们才恍然大悟，难怪一个营级军官也能来参加高层将领会议，原来是指挥的士兵够多。

神机道："今年的形势很不乐观，以往每年，面对万兽帝国大军的劫掠，都是中间集团军那边的压力最大，但今年我们这边的压力也不小。

"据我们的探子回报，目前，在西北边境，已经出现了万兽帝国集结的十七个团的兵力，这是前所未有的。要知道，万兽帝国总共只有五十八个整编团。

"可以说，他们这次是倾巢而出，而我西北集团军除了常驻的第四、第七、第八三个军团的三十余万兵力以外，还有第九、第十两个驻扎在天北城的军团，再加上预备役军团，总兵力达到六十余万。尽管我们的兵力几乎是对方的四倍，但是，这一战的情况很不乐观。"

听着神机讲述着双方的实力对比，周维清心中不禁大为震惊，难怪每一年万兽帝国都能从中天帝国这边获得一些好处，这实力的差距确实是相当大啊！

虽然不能说万兽帝国的一个团能够与中天帝国的一个军团相比，中天帝国这边应该也有一些实力强的团，可就算是这样，以这边六十多万大军，能够抵挡住万兽帝国十个团就不错了。

在平原作战，万兽帝国大军无疑能够将战斗力发挥到最大程度。

这次万兽帝国派出了十七个团，如果经过几场大战，西北集团军想抵挡住他们的进攻恐怕会非常艰难。

"十七个团？老大，探子会不会搞错了？每年我们西北集团军要面对的万兽帝国团，有六七个就不少了，怎么今年翻了一番还多？"一名站在前排，头盔上有黄色羽毛的将领吃惊地说道。

神机沉声道："错了？我也希望是错了，但事实摆在眼前了。

"今年的形势有些奇怪，中北集团军那边要面对的万兽帝国大军，也不过只有十五个团而已，东北集团军那边更是只有五个。宝珀帝国和翡丽帝国也都是各自面对万兽帝国五个团，唯有我们，要面对最多的敌人。

"万兽帝国这次出动的四十几个团中，有超过三分之一的兵力都聚集在我们这边。现在集团军军部已经向中北集团军那边传去消息，希望他们能够抽调一部分兵力过来支援我们。"

神布道："军团长，这恐怕很难吧，他们那边压力也很大，还不如从东北集团军那边抽调。"

神机没有吭声，大帐内的气氛也变得沉重起来，因为他们都知道，调来援军的可能性极小。

万兽帝国军队的作战能力实在是太强了，就算只有五个团，也绝不能小觑。

况且大家都是军部将领，谁愿意抽调自己的兵力去帮助别人抗敌呢？万一因为将自己的兵力抽调走了，导致自己的防区出现危险，那可是大罪。

半晌后，神机沉声道："现在军部还没有决定是否撤回天北城，我们在等待命令的同时，要做好充分的战斗准备，因为万兽帝国大军随时有可能展开行动。

"大家也用不着气馁，告诉你们一个好消息，中北集团军那边已经答应将御珠营暂时借调给我们，这样一来，无论如何我们都能够抵挡一阵了。"

随后，神机又对自己的防区进行了一系列的部署，无非就是挖战壕，进入战备状态，随时准备作战等，还有周维清听不懂的一些军事部署。

"好了，今天就到这里，大家回去要做好兄弟们的动员工作，随时准备战斗。"

"是。"一众将领严肃地行了军礼后，退出了大帐。

周维清却被神机叫住了："周营长，你留一下。"

"军团长，您还有什么吩咐？"周维清停下脚步。

神机看着周维清，犹豫片刻后，试探着问道："周营长，不知道令师尊是否还在你的军营之中？"

周维清何等聪明，神机这么一问，他立刻就明白了神机的意思。他淡然一笑，道："不好意思，神机军团长，我的老师是世外高人，是不会参与这种战争的。"

"不过，我们无双营现在是西北大营的一分子，若是有需要，我军愿意随时参战，执行任何军事任务。"

神机眼中明显流露出一丝失望，淡淡地道："多谢周营长支持，你们无双营都是弓箭手，待到两方交战之时，请周营长和无双营为我军主力压住阵脚即可。"

对于无双营，神机并没有抱太大的期望。

虽然他也看到了无双营和以前相比，实力有了极大的提升，但无双营毕竟只是由一群无赖组成的，他可不敢轻易让这支军队踏上战场，万一出了什么问题，很有可能会影响整个军团。

神机看重的自然是周维清的老师，如果没猜错的话，周维清的那位老师应该是一位天王级强者，甚至是一位天帝级强者。

如果有那样一位了不得的强者加入，至少能威慑对方一个团的兵力，关键时刻或许还能成为第七军团的撒手锏。

不过，看眼前这样子，他想利用那位强者似乎并不太容易。

压住阵脚？

听到神机的这句话，周维清顿时有些失望，看神机的意思，似乎并不打算让他们无双营作为军团主力之一参战。不参战如何能够锻炼无双营呢？

就在两人各怀心事之时，外面突然传来一个急促的声音。

"报——"

第157章
两大强族的到来

"进来。"神机沉声道。

门帘被掀起，一名斥候飞速冲入，单膝跪倒在地，急匆匆地道："启禀军团长，万兽帝国两个团已经进入我国境内，遇到了一股不知从何而来的外来势力，双方正在交战。"

一听到这个消息，神机不禁愣了一下，问道："外来势力？哪来的外来势力？"

"属下不知，那些外来的人似乎很强悍，面对万兽帝国两个团的兵力，他们采取防守姿态，竟然没有被迅速歼灭，而且他们还赶着许多大车，看上去像是在迁徙。"

周维清突然心头一震，脸色瞬间大变，失声道："不好！难道是他们？！"

就在这时，外面传来一声娇叱："闪开，否则别怪我不客气！"

"是菲儿。"周维清也顾不得去理会神机了，转身就冲出了指挥部，正好看到上官菲儿强闯阻拦，将神机的一众亲兵打倒，冲了过来。

一看到周维清，上官菲儿立刻急切地说道："小胖，不好了！乌金族和狂战族的族人到我们无双营原来的驻扎地去找我们，却碰到了万兽帝国两个突进团，双方已经交战。消息刚传过来，快想办法！"

自己的猜测被证实了，周维清不禁眉头紧锁，那可是万兽帝国两个团，而且，这次也不像上次时那样有退路。

想救出乌金族和狂战族，就要和对方拼到底，先不说对方有没有援兵，单单是与万兽帝国两个整编团死拼，也不是什么容易的事。

只思考了片刻，周维清就露出了毅然决然之色。

此时，神机也从中军大帐中走了出来，挥退了自己的亲兵，上前问道："周营长，怎么回事？"

周维清沉声道："被围的是我们无双营的人。神机军团长，请你借我五千匹战马，行不行？"

看着周维清的灼灼目光，神机不禁暗吃一惊：无双营的人？外来的，还赶着车，这是怎么回事？而且，周维清只是向他借战马，而不是借兵去援救。

"神机军团长，事态紧急！"周维清急促地大喝道。

周维清突然发现，没有马真是不行，以无双营士兵们的修为，长时间飞行还远远不行，看来，必须尽快给无双营配备战马。

神机眉头紧皱，道："周营长，调动五千匹战马不是小事，我必须向上面请示。"

"救人如救火，你知不知道？我们走！"周维清大怒，一拉上官菲儿，和魏峰一起掉头就走，飞快地朝无双营方向冲去。

护在神机周围的亲兵都瞪大了眼睛，暗想：这无双营的营长怎么敢这么嚣张？

神机毕竟是一方统帅，他很快就冷静了下来，立刻叫人将他的战马牵过来，亲自到西北集团军军部汇报情况去了。

周维清一边向无双营赶，一边向魏峰问道："老魏，我们现在有多少匹战马？"

整个无双营的内务都是魏峰在管理，魏峰根本没有犹豫片刻，立刻答道："魔鬼马十八匹，战马六百匹左右。"

"这么多？"听了魏峰的话，周维清不禁一喜。

魏峰道："我们当初从十六团那边弄来了一百多匹战马，而且木恩前辈和罗克敌前辈几次去要物资的时候，也弄回来了一些战马。"

一些？那可是近五百匹战马啊！"流无"二人组依旧是那么厉害。

"太好了，回去以后，立刻传令各大队的大队长、副大队长、中队长、副中队长，全体集合。

"所有配备有凝形双翼的士兵全体集合，带足羽箭和战矛，我们立刻出发。魏大哥，等我们出发后，你带着其他士兵后续支援。"在这个时候，为了救援乌金族和狂战族，周维清已经顾不得下什么详细的命令了。

他虽然早就想好了要通过这次与万兽帝国的大战来磨炼自己的无双营，但是没想到这一战来得竟然这么快。

"是。"魏峰答应了一声。

一回到无双营，周维清的命令立刻传达了下去。无双营士兵们集合的速度极其惊人，才一刻钟的时间，周维清要的士兵就已经集合完毕。

周维清站在无双营的空地上等待他们集合。刚得到消息的时候，周维清心中只有焦急，经过一段时间的调整，此时他已经冷静下来。

他的性格属于那种比较感性的，但绝不会因为感性而失去理智，这也是他刚才要求集合的是拥有飞行双翼的无双营空军的原因，因为一旦遇到无法抵挡的强敌，至少还能够全身而退。

"营长。"魏峰快步冲过来，向周维清行了一个军礼，"报告营长，第一大队全体五百名空军集结完毕，请指示。"

周维清点了点头，道："全体上马，准备出发。"

魏峰道："是。"

不过，魏峰没有立刻传令，而是压低声音道："要不要将特种大队也带上？"

所谓的特种大队，都是由天珠师和意珠师组成的，以意珠师居多，平时由划风亲自指挥，现在已经有两百余人了。

周维清摇了摇头，道："不用了，你带着他们跟随大部队一起支援我们。大概在距离集团军一百里处埋伏好，不要过于突进，也不要离集团军太近。"

因为过于突进，很可能会被敌人干掉，但如果离西北大营太近，对方又未必会追过来。

叮嘱了魏峰后，周维清跨上自己的独角魔鬼马，无双营的一众强者和第一大队的全体五百名空军也骑着战马，众人风驰电掣般冲出了军营，直奔北疆而去。

这次跟着周维清出来的，可以说是无双营的全部主力，上官菲儿、林天熬、天弓营七大神箭手，以及各个大队的大队长、中队长。

周维清并没有将小队长也带上，是怕魏峰指挥大军的时候出现问题。

无双营现在有十个标准的大队，十名大队长，五十名中队长。

这些人的修为普遍都在体珠六珠及以上，甚至还有几名天珠师，可以说是无双营目前的中坚力量。

加上第一大队的全体士兵，这五百多人的战斗力几乎相当于整个无双营力量的三分之一。

周维清没有去打扰正在营帐中修炼的龙释涯，先不说龙释涯已经明确表示过，不会帮他处理这些事情，这种事他也不好意思去求老师。

从无双营这边得到前线探子传来的消息，到周维清带兵出发，只用了不到半个时辰的时间。

这么多精兵出发一刻钟后，无双营大军也在魏峰的带领下，全体快速出动，朝北方奔去。

在这个时候，无双营每天严酷的训练就展现出了效果，集合速度之快，军容之严整，绝不是第七军团那些团所能相比的，而且，无双营绝对可以称得上是西北集团军中战斗欲望最强的队伍。

神机急匆匆地回到自己的军团指挥部后，立刻下令，让旗下所属各个团的轻骑兵、重骑兵全体集合，出战。

他将消息向西北集团军那边汇报后，被自己的义父臭骂了一顿，因为他连这种向无双营示好的大好机会都没能抓住。

万兽帝国大军还没到真正发动的时候，最多只是试探性地进攻。

再说了，谁知道周维清口中那些被围的是什么人？万一是来自浩渺宫的人呢？

因此，神机得到了他义父的命令，立刻带领自己军团的全体骑兵支援周维清。

第七军团的配备相当不错，全军轻骑兵足有一万人，重骑兵也有四个营，骑兵总数高达一万四千人，比起一般的军团来，至少要多了三成。

除了第七军团之外，西北集团军军部还派出第八军团的五个团作为后援，向前线出发。

不过，等到第七军团的骑兵从这边集合出发时，无双营那边的步兵都已经走了近一个时辰了。

周维清一边向前疾驰，一边向探子了解情况。

乌金族和狂战族来得确实不是时候，两族虽然都不是什么大族，但加起来也有上万人之多。

这上万人浩浩荡荡地从翡丽帝国边境出发，沿着北疆与万兽帝国接壤的地方直奔中天帝国边境而来，光马车就有近千辆之多。

他们赶到无双营原驻扎地的时候，极其不巧地碰到了万兽帝国先遣的两个团。

这两个团分别是由狼骑兵组成的狼骑兵团和一个比狼骑兵团更强的独角兽团，都是骑兵团。

这两个团本来行动的目的是扫清本国边境上中天帝国的侦察小队，同时为万兽帝国大军的前进做准备。

但乌金族和狂战族行动起来实在是太显眼了，在万兽帝国的那两个团看来，近千辆马车简直就是一块巨大的肥肉，他们又怎么会放弃呢？

因此，他们凭借着高速行军的优势，迅速将乌金族和狂战族包围了起来。

无双营留在那边的探子一发现不妙，立刻就派人回无双营汇报情况了，那边的具体情况现在不明。

"魏大哥，独角兽团是什么情况？"周维清向魏峰问道。

魏峰神色显得很沉重，道："独角兽团十分强大，论速度，他们逊色于狼骑兵，不过论战斗能力，他们强于狼骑兵。

"独角兽的样子和魔鬼马有些类似，只是更加高大。每一只独角兽都拥有天赋技能——滑翔，虽然它们不能真正飞起来，但是强壮的独角兽可以凭借背后不大的双翼滑翔近百米。

"独角兽人被称为最具有战斗技巧的兽人，他们拥有比狼人更强大的力量，擅长使用长矛。独角兽骑兵的滑翔冲锋，就连我们这边的重骑兵都抵挡不住。

"而且，独角兽骑兵本身还是弓骑兵，其骚扰能力比狼骑兵还要厉害。在整个万兽帝国，独角兽团也只有两个，没想到这次竟然被我们碰上了一个。"

"还是弓骑兵？"周维清一听这话，眉头顿时皱了起来。因为对方有弓骑兵就意味着，哪怕有无双营空军在，己方也不是绝对安全了。

但是，周维清又不得不救乌金族与狂战族，现在他只能寄希望于这两族自身足够强大，能够暂时抵挡住万兽帝国那两个团的攻击，唯有配合他们先击退那两个团，无双营这边的救援才有可能全身而退。

两百多里的距离在骑兵眼中不算什么，一个时辰的疾驰就足以到达目的地了。

肃杀气氛勃发，呼喊声震天，远处的场面实在是有些混乱，以至于周维清他们看不太清楚那边的具体情况。

"无双营所属，准备战斗！尽量节省天力！"周维清大喝道。

距离越来越近，当周维清终于能够看到战场上的一些情况的时候，无论是他，还是无双营的士兵们，都不禁大吃一惊。

战斗并不是在无双营原本驻扎的山包上进行的，乌金族和狂战族也没有撤入无双营在这边建造的地道之中，而是在平原地形上被万兽帝国那两个团围住了。

无双营的人之所以感到吃惊，是因为从战场上的形势来看，万兽帝国的那两个团似乎并没有占到什么便宜。

上官菲儿向周维清道："我先上去侦察一下。"说着，她便展开凝形双翼，冲天而起，飞了过去。

战场上实在是有些混乱，他们从这个方向很难看清全部的情况，只能看到双方在如火如荼地拼斗着。

不一会儿的工夫，上官菲儿就回来了，脸上满是震惊之色。

"乌金族和狂战族将他们的马车聚集在了一起，老弱妇孺都在由马车组成的战阵内隐藏着。

"两族大约有四千多名士兵将这些马车围在中间，承受着万兽帝国两个团的进攻，不过看样子伤亡似乎不大，反倒是狼骑兵团和独角兽团的伤亡多一些。乌金族和狂战族族人的战斗力极为强悍。"

能够让上官菲儿评价为"强悍"，可想而知乌金、狂战两族必定给她留下了相当深刻的印象。

听她这么一说，周维清不禁大喜过望，朗声道："兄弟们，我们的伙伴正在遭受万兽帝国的攻击，凝形弓准备。"

划风喝道："一字长蛇阵！"

这些人不愧是无双营最精锐的士兵，全体都有三珠及三珠以上体珠师修为。他们催动着胯下战马，迅疾地一字排开。

那边，万兽帝国的两个团也早就发现周维清这边的骑兵了。

万兽帝国军队从来都没将中天帝国的骑兵放在眼里。狼骑兵两个百人中队疾驰而来，朝周维清这边发起了冲锋。

无双营曾经面对过狼骑兵的进攻，战斗经验丰富，没有任何人慌张，大家反而觉得无比兴奋。

"凝形弓准备。"划风的声音不大，却能让己方的每个人都清晰地听到。

五百余张凝形弓几乎是同时张开，一支支有钛合金箭镞的长箭在阳光的照射下，闪耀着幽幽寒光。

"放！"待敌人进入己方五百米范围后，划风才下达发射命令。

刺耳的呼啸声几乎瞬间就震撼了全场。

以霸王弓为基础改造而成的凝形弓在射箭时，发出令人心悸的声音，连另一边的主战场都为之迟滞了片刻。

在刺耳的呼啸声中，冲锋的狼骑兵那边不断有人倒下，凝形弓附带的爆破效果和穿透效果完美地发挥了出来。

五百多人同时射击，不会混乱，都是一箭射人，一箭射战狼。

一轮下来，那冲锋的两百狼骑兵，竟然只剩下十几人了。

这十几人要么是运气好的，要么是比普通狼骑兵战斗力强得多的中队长。

"划风老师，这边您指挥，我要冲进去与两族联络。"周维清向划风交代一声，催动胯下独角魔鬼马，直接朝那十几名狼骑兵冲了过去。

呼啸声吸引了主战场上万兽帝国两个团的注意，他们亲眼看到狼骑兵两个中队几乎全军覆没，一时间陷入了震惊之中。

周维清不是一个人冲出去的，上官菲儿和林天熬分别在他两侧，跟随着他一起发起了冲锋。

第一大队的大队长磊子这会儿心情很不错，因为在刚才放箭的时候，他收到了周维清的传音。周维清对他说，只要他在今天这一战中表现好，就会收回他身上的封印。

三匹魔鬼马组成一个最小的三角阵冲了过去，那十几名狼骑兵也确实彪悍，眼看周围倒了一地的同伴，并没有被吓傻，而是口中喊着"图噜噜"，迎着周维清三人冲了过来。

周维清三人没有任何停顿，双方几乎是一错而过，哪怕是划风这么好的眼神，也没看清楚周维清他们是怎么做到的，那十几名狼骑兵连带着他们的战狼瞬间倒地而亡。

上官菲儿跟随在周维清身边，此时也是惊讶不已。

她离得近，自然看得很清楚，当双方即将接触的时候，周维清说了一句"我来"。

紧接着，上官菲儿就看到，一柄柄寸许长的细小风刃浮现出来，然后每一名狼骑兵的咽喉和他们战狼的咽喉处都多了一柄风刃。

即便是对方那两名三珠级别的中队长，都没有反应过来，直接倒地而亡了。

压缩风刃，这是六绝帝君传授给他的绝技吗？上官菲儿心中暗暗想着，小胖变得更强了，强大到连自己都有些摸不透他的实力了。

万兽帝国那两个团的反应极快，眼看狼骑兵两个中队就这么完了，他们也意识到了这突然出现的骑兵不好对付。

在周维清他们听不懂的几声吆喝声中，一个营的独角兽骑兵调转方向，直奔他们这边而来，正面迎上了周维清三人。

双方距离瞬间拉近，这还是周维清第一次看到独角兽骑兵的样子。

独角兽已经不能说是马了，它们身材壮硕，尤其是肩膀部位，能够看到坚实的肌肉。

它们头上的独角长达一尺，独角根部足有成年人的拳头那么粗，尖端锋利。

独角兽的样子看上去和周维清的独角魔鬼马有点像，只是没有魔鬼马身上那样的鳞片，而且肋间生有长约一米的翅膀。

独角兽骑兵身高都超过一米九，皆穿着黑色重铠，手持长达三米的战矛。

眼看双方即将接触，独角兽骑兵中的十余骑突然加速，紧接着，那十几只独角兽竟然腾空跃起，张开双翼，滑翔着朝周维清三人冲撞而来。

因为他们是斜向下方滑翔的，再加上冲势，所以他们的速度至少加快了百分之五十，带着强大的冲击力和一往无前的气势而来。

为首的一只独角兽格外巨大，它背上坐着的独角兽骑兵也比一般的独角兽骑兵健壮得多，只是周维清并没有在他手上看到本命珠。

周维清双手一抬，随着暗金色光芒闪耀，双子大力神锤就出现在了他掌中。与此同时，他胯下的独角魔鬼马似乎也受到了对方的刺激，猛然加速往前冲，带着周维清脱离了三角战阵，直接迎了上去。

那强壮的独角兽骑兵将手中战矛直指周维清，眼看双方即将碰撞的一刹那，他的战矛突然向后缩了半米，看那意思，似乎是想躲过周维清挥出的锤子。

与此同时，周维清听到独角兽骑兵口中喊了一句什么，紧接着，他和独角兽身上都亮起了一道白光，对方手中战矛宛如一道闪电，再次刺向周维清。

周维清不禁暗暗吃惊，这独角兽骑兵果然有其特别之处。他虽然心中这么想着，但手上没闲着，右手哭锤已经横向抢了过去。

比拼力气，周维清从来没有怕过谁，哪怕越级比拼也是一样。

作为恨地无环套装的继承者，如果有一天，他能够穿戴上全套套装，那么，他就会是这个世界上力量最大的人，到时候连天神级的雪神山主在这方面都比不上他。

在战场上，纯粹的力量有时候比技巧更好用，因为它更加直接。

伴着一声巨响，那本来对自己力量有着绝对自信的独角兽骑兵只觉得双手虎口骤然一热。

一股巨大的力量硬生生地扫开他的战矛，而周维清的另一个锤子则是狠狠地砸下，正好命中他的独角兽头。

周维清的双子大力神锤虽然是一虚一实，但是虚实之间可以任意转换，只要不是同时砸中目标，就很难判断出哪一个是虚锤，哪一个是实锤。

周维清一锤撩飞对方的战矛，另一锤顺势就砸了下来，那独角兽的角虽然坚硬，但是怎么能和周维清手中的重锤相比呢？

"噗"的一声，独角兽额头上的独角和它的整颗头颅都被砸碎了。独角兽骑兵的虎口被周维清一锤震裂，身体就势往前冲，周维清锤头一扬便解决了他。

这些虽说起来慢，但都是在双方交错的一刹那发生。

上官菲儿和周维清的战斗方式又不一样，她双脚钩在自己的马鞍上，整个上身向前倾斜，一双护臂爪闪耀着森然寒光。

独角兽骑士的战斗技巧虽然不错，但是和上官菲儿相比，还是差得很远，最终独角兽骑士被上官菲儿解决了。

林天熬的战斗方式最为简单，岩石化铠，连带他的坐骑有一部分也包裹在铠甲内。随着强大天力的注入，他就那么硬生生地撞了过去。

不论是对方的骑士还是对方的独角兽，与他碰撞的结果只会是筋折骨断。

三个人，周维清在中间，将双锤挥舞起来，有万夫不当之勇，再加上两侧有上官菲儿和林天熬的护持，三人就像一把尖锥，"捅进"了独角兽骑兵的阵营之中。

骑兵冲锋的速度很快，独角兽骑兵冲锋时的阵形是最适合破防的三角战阵。

可是，他们的三角战阵的尖端被周维清三人"削"掉后，阵形竟然就这样被破开了。

第一个被周维清干掉的，就是独角兽骑兵营的营长。

独角兽人一族，虽然骑兵强大，但是他们在万兽帝国的地位不算太高，最主要的原因就是这个种族没有天珠师。

因此，尽管他们骑兵的战斗力远胜狼骑兵，但是在万兽帝国的地位不如狼人族。

周维清展开双锤，横冲直撞，凡是碰到他的双子大力神锤的，非死即伤。

三个人就这样从千余独角兽骑兵的战阵中冲出了一条路，直奔主战场而去。

骑兵冲锋最需要的就是气势，独角兽骑兵再精锐，被三个人扰乱了战阵，气势自然就变弱了。

而就在这个时候，无双营第一大队射出的凝形箭也带着刺耳的呼啸声到了。

两个中队不行，一个营就行吗？更何况还是一个没了气势的营。

在无双营射完五轮箭后，一个独角兽骑兵营全军覆没。

作为无双营最精锐的一支队伍，第一大队自组成以后，第一次在战场上展现出了他们的威力。

这边的情况终于引起了万兽帝国那两个团主力的重视。

一个营加两个中队的兵力在几次呼啸声响起过后就那么没了，除了一些独角兽四散奔逃之外，居然连一个活人都没留下来，更是没能进入对方箭阵的两百米范围内。

在万兽帝国与中天帝国战斗的历史上，这种情况还从未出现过。

巴特斯，狼骑兵团的团长，是曾经被周维清以暗魔邪神雷重创的巴特勒的亲弟弟，和巴特勒相比，虽然他的修为低一些，却更加勇猛。

巴特斯一发现这边不对劲，就立刻想起了自己的兄长巴特勒率领迅狼团在这边吃了大亏的那一战。

巴特勒刚回到族里的时候，神志还是清醒的，他将那一战的情况详细讲述给了自己的族人听。

巴特斯虽然粗豪一些，但是他可以肯定，此时自己一定是碰上那个重创了兄长的迅狼团的弓箭兵营了。

因为，之前迅狼团落败的地方好像就在这附近。

对方只出现了五百人，还有一千人呢？巴特斯马上又想到了这一点。

他的后背不禁直冒冷汗，因为他清楚地记得兄长说过，迅狼团全团冲锋发起攻击，却被干掉了四成。

"坎波拉，这边交给我们团，你带着你的团先去将那些弓箭手解决了，也用弓箭射他们，不要一味地冲锋。"巴特斯对身边独角兽团的团长说道。

两人本来一直在观战，并没有加入战斗之中。

"那些是什么人？好厉害的弓箭，五百米外都能杀死我的士兵。"独角兽团的团长坎波拉此时也是惊怒交加。

要知道，他们独角兽人一族一共只有两个团的兵力，在短短时间内居然就少了一个营的兵力，他怎能不心疼？！

"我怎么知道是什么人？他们有弓箭，你们独角兽骑兵没有吗？你们不是号称'天生的弓箭手'吗？赶快去歼灭他们，我向军部为你请功，快去。"巴特斯急忙道。

虽然从实力上来看，独角兽团在狼骑兵团之上，但是论个人的地位，巴特斯身为七珠天珠师，比坎波拉高多了。

兽人天性好战，坎波拉又没从巴特斯这边得到有用的消息，于是不疑有它，他口中发出了一声长啸。

坎波拉手下的独角兽骑兵迅速集结，在他的指挥下，朝无双营第一大队的方向冲了过去。

坎波拉之所以这么痛快就答应带兵出来，是因为另一边的战斗也不轻松，乌金族和狂战族比他们想象中难对付多了。

这两族的人还是人类吗？简直比兽人还强悍，一个个力大无穷、钢筋铁骨，他们身上明明没有铠甲，但战矛扎上去，却只能在他们皮肤表面上留下一些痕迹。

尤其是那些高大的女士兵，自身防御力之恐怖，就连熊人族恐怕都无法与之匹敌。

双方缠斗了这么长的时间，倒下的，绝大多数是万兽帝国两个团的士兵。

乌金族和狂战族的士兵们虽然身上的伤痕不断增加，却依旧勇猛地挡住了两个骑兵团一次又一次的冲锋。

继续消耗下去，万兽帝国两个团歼灭拥有强大力量的两大强族并不是什么难事，毕竟两族只有不到四千士兵，装备又极其简陋，没有铠甲，缺乏武器，很多人都是临时抢了狼骑兵和独角兽骑兵的武器来应战。

不过，万兽帝国两个团付出的代价也相当大。

战斗到现在，这两个团已经折损了差不多两个营的兵力，而且还不知道要付出多大的代价才能结束这场战斗。

之前巴特斯和坎波拉就一直在想，人类什么时候变得这么难对付了。

巴特斯让坎波拉带人去对付无双营的其他士兵，他这边也没闲着，带着手下四名营长冲了出去。

周维清三人扰乱了之前那个营的战阵后，又十分巧妙地从侧面插入了主战场之中。

周维清的双子大力神锤的威力实在是太恐怖了，他根本不需要使用天力，他的天力只要支持着双子大力神锤，再加上缓解肌肉的疲劳就足够了。

凭借着不死神功的强大恢复能力，他天力消耗的速度还没他恢复的速度快，要知道，现在他已经冲破了二十处死穴，修为达到了五珠级别。

兽人的战斗力强大是相对于普通人类而言的，面对天珠师，他们并没有什么优势。

巴特斯不能眼睁睁地看着自己的族人死去，所以他立刻带着手下四名强者冲了上来。

第158章
炼狱天使

狼骑兵没有给周维清造成很大的压力，所以周维清一直在观察战场上的情况。

此时他们已经深入敌军之中，周围都是狼骑兵，身上的钛合金铠甲上也有狼骑兵的斩马刀留下的一个个痕迹。

"啊——"周维清大吼一声，身上爆发出一股强悍而冰冷的气息。

这一声怒吼，让整个战场上几万人都清楚地听到了。距离周维清较近的战狼，皆是四肢一软，扑倒在地了。

暗魔邪神虎的强大威压之力，在这个时候被周维清发挥了出来，他这么做，也是为了给乌金族和狂战族减轻压力。

进入邪魔变状态后，周维清身上的钛合金铠甲都被撑开了。他索性甩掉铠甲，露出一身坚实的肌肉，虎皮魔纹光芒大放，更显狂霸之姿。

紧接着，周维清又用出了暴风突袭技能，他手持双子大力神锤，就像是压路机一样，硬生生地往前冲，一路上，至少有二十多名狼骑兵被撞飞了。

是他……

巴特斯看到周维清的身体出现邪魔变变化的一瞬间，就想起了兄长巴特勒的描述，毫无疑问，这个用双锤的家伙应该就是伤了兄长的那个小子。

对于兄长巴特勒的毒伤，巴特斯耿耿于怀，不过，他可不会像自己的兄长那样轻敌。

"巴图鲁刀阵！"巴特斯大喝一声，没有再继续冲上去。

兄长巴特勒有九珠修为，都被那个人类青年暗算了，自己的实力远不如兄长，如果也中了那剧毒怎么办？

狼骑兵听到巴特斯的命令，原本有些散乱的阵形重新变得严整起来。

紧接着，狼骑兵齐声怒喝"图噜噜"，然后将手中带着一股特殊气息的宽厚斩马刀飞掷而出，从四面八方斩向周维清。

这是狼骑兵对付天珠师强者的一种战斗方式。

一名天珠师再强，天力也是有限的，从理论上来说，就算是天神级强者，也有可能被围攻而受伤。

那一柄柄斩马刀上带着狼人士兵的图腾之力，充满了血腥和狂躁的气息。

狼人族中那些天珠师掷出的斩马刀也夹杂在其中，周维清他们一不小心就会被砍伤。

周维清冷哼一声，抡起双锤，同时，一道青光透锤而出，令他身体周围升起一团青色气旋。

只见一柄柄斩马刀被青色气旋卷起、抛飞，重新回到了狼骑兵的战阵之中。

有些运气不好的狼人士兵被刀刃砸中，当场就受了伤。突然，随着一声巨响，一柄斩马刀竟然强行破开了周维清的青色气旋。

虽然周维清反应很快，用锤柄磕了一下，但是那柄斩马刀的力量极强，而且上面还附带着强烈的风属性技能。青光一闪，那柄斩马刀就落在了周维清的肩膀上。

不死神罩的护体功效在这个时候显现了出来。

周维清被斩马刀命中的地方亮起一层白蒙蒙的光，化解了绝大部分的攻击力，进入邪魔变状态后，他强韧的肉体也化解了一部分力量，可就算是这样，周维清的肩头上还是出现了一道血痕。

虽然这道血痕在邪魔变的状态下正在快速愈合，周维清也没有感到疼痛，但他还是大吃了一惊。

在邪魔变状态下，他有冰冷感知能力，却没发现这一刀的不同，可想而知，这刀上附带的技能应该有类似无声箭的能力。

而且投掷这柄刀的人尚和他有些距离，居然还能够破开他的重重防御，让他受伤，恐怕对方至少是六珠修为的强者。

这一刀正是巴特斯扔出的。

他在不远处扔出这一刀，果然伤到了周维清，可惜的是，周维清的伤势并不重。

不过，在刀阵之下，周维清也根本没有找到巴特斯的机会。

巴特斯在心中冷笑，技能再强，也只是个体的力量，面对大军也一样要受伤。

周维清这边三人似乎陷入了窘境，另一边无双营第一大队却是另一番景象。

根本不用周维清指挥，划风也知道这一仗该怎么打。

他们必须救援乌金、狂战两族，但是，前提条件是要尽可能保存无双营的实力，尽可能少折损士兵。

眼看独角兽团发起冲锋，无双营凝形弓的威势再次展现。

如果是在五百米以外射箭，独角兽团凭借着他们自身的技巧和强大的力量还有抵挡住的可能，但刬风将他们放行到五百米之内才下令放箭，只是一轮齐射，就让数百名独角兽骑兵倒下了。

此时敌人众多，无双营顾不上去射杀独角兽，而是以射杀敌方骑兵为主，因为没有了骑兵的指挥，那些独角兽便不会主动发起攻击。

独角兽的速度确实快，尤其是它们的滑翔能力，能够瞬间将速度提升到不可思议的程度。

无双营第一大队只放了五轮羽箭，独角兽团就冲到了三百米范围内，基本上达到了独角兽骑兵们长弓的攻击距离，一支支羽箭开始从独角兽骑兵这边射出。

然而，令独角兽团长坎波拉大怒的是，无双营的人掉转马头就跑，丝毫没有硬拼的意思。

最可恨的是，这些人一边跑，还一边回头放箭，持续攻击独角兽骑兵们。

论综合战斗力，独角兽自然在战狼之上，可纯粹比拼速度，独角兽除了可以滑翔冲锋以外，还不如战狼，当然，还是比普通战马快得多。

但是，速度再快也是有限的。无双营这边全力催动战马狂奔起来，他们想追上这三百米的距离，也不是一时半会儿能做到的。

更何况无双营的士兵们箭术极佳，冲在最前面的独角兽骑士总是被射倒，这就让追击的速度慢了一些。

坎波拉只能寄希望于己方的弓箭能给对方造成一定的伤害。

独角兽团配备的长弓质量精良，能在三百米外命中目标。但是，很快坎波拉就愤怒了，原因很简单，无双营的士兵们根本就没打算闪躲独角兽骑兵们射出的箭。

先不说双方的箭术有差距，单是被箭命中后截然不同的效果，就足以令坎波拉气得吐血了。

独角兽骑兵被对方的凝形箭射中后，就算不殒命也会失去战斗力，可无双营那边呢？

武装到了牙齿的无双营第一大队根本不需要理会独角兽骑兵射来的弓箭，他们甚至还用自己手中的圆盾护住了马屁股。

双方之间距离两三百米，钛合金铠甲的防御力又岂是普通弓箭能够破掉的？

无双营的士兵们无比开心，因为敌人随便射箭，已方却毫无损伤，这种感觉实在是太爽了。

他们且战且退，独角兽团的伤亡数字飞速攀升，因为凝形弓绝不是轻易挡得住的。

虽然独角兽骑兵身上也有铠甲，但是他们的铠甲怎么能和钛合金全身铠相比呢？

独角兽骑兵和当初狼骑兵的冲锋方式完全不同，他们没有尽量收缩阵形来降低伤害，反而是向两侧延伸开来，就像一只巨大的爪子抓向无双营那边。

"射马，给我射他们的马！"坎波拉气急败坏地怒吼道。

就这么一会儿的工夫，他又失去了一个营的兵力，怎能不愤怒？！今天这一战，他的团居然损失了超过三个营的兵力！

坎波拉的计策终于得逞了，射马这策略一出，无双营且战且退的战术的效果开始变弱。

因为战马没有配备钛合金铠甲，虽然划风带着拥有魔鬼马的十八人断后，他们的魔鬼马也有圆盾护住马屁股，但是，依旧有无双营士兵的马匹被射中而倒地。

这个时候，无双营第一大队的战斗力完全表现了出来。

每当有人的马被射倒，旁边的同伴立刻就会将这名士兵拉上自己的马背，因此，倒下的只是一匹匹战马，没有一名无双营士兵被落下。

"老大，这样下去不行，总会有来不及救援的。"衣诗沉声向划风说道。

天弓营七大神箭手杀伤的敌人最多，他们一箭射出去，至少会解决两个敌人。

划风看向木恩，木恩也向他点了一下头。于是划风朗声道："全体下马，以马匹为遮挡，近战。"

众人没有听错划风的命令，划风说的确实是近战，而不是升空。

周维清要磨炼无双营的士兵们，单单磨炼大家的远程攻击能力是远远不够的，因为敌人在熟悉了无双营之后，未来必定会有针对无双营远程攻击战术的方法，所以近战是不可避免的。

只有通过实战，才能让这些士兵将他们平时训练的近战技巧融会贯通，从而提升无双营的整体战斗力。

第一大队的士兵们纷纷拉住自己的战马，翻身跃下。

他们将马匹扯在身旁，用来阻挡独角兽团的羽箭，同时不断用凝形弓还击。

虽然他们很舍不得这些战马，但这是战场，并不是训练场，牺牲在所难免，保住自身性命才是最重要的。

看到对方竟然下马还击，坎波拉不禁大喜过望，对方才几百人，这下看他们还往哪里跑。

独角兽团久经沙场，不需要坎波拉下命令，独角兽骑兵们便迅速形成一个包围圈，将无双营第一大队包围了起来，然后发起了强有力的冲锋。

独角兽强大的冲击力再加上独角兽骑兵手中的三米长矛，真的被正面撞上，就算是三珠修为的体珠师抵挡起来，都有些费劲，这也是划风下令以马匹为阻挡的原因。

有了战马的阻挡，这些独角兽的速度自然受到了一定的限制，最为重要的是，有了这个掩体，无双营士兵们再辗转腾挪起来就容易多了。

"尽量节省天力！"划风大喝一声。

不用划风多说，无双营士兵们便明白了他话语中的意思。

无双营的士兵们之所以敢和对方近战，是因为有飞翔的能力，能够随时脱离战场。

如果在战斗中天力消耗过度，无法飞行，那不就无路可退了吗？

无双营第一大队的士兵们的武器全是斩马刀。说起来有些好笑，他们手中的斩马刀还是上次抢的迅狼团的。

这斩马刀在战场上确实好用，长达四尺多，刀柄也有一尺多长，可以双手握住。

斩马刀的刀背宽厚，刀刃极锋利，一刀劈出去，要是位置找好，真是无人可挡，更何况这些斩马刀此时还握在一众体珠师的手中。

哪怕是体珠属性为敏捷或协调之类的体珠师，他们的身体经过天力的滋润后，强悍程度也远超常人。论力量和战斗力，他们绝对不弱于这些独角兽骑兵。

无双营五百士兵组成了一个圆阵，所有斩马刀一律向外，就像是一只大刺猬。两人一组，彼此配合，与独角兽骑兵战斗了起来。

这次周维清带来的各个大队的正副大队长和全体中队长，在这个时候爆发出了极强的战斗力。

这些人分散在队伍之中，就像是圆阵的一个个支点，他们凭借着六珠及六珠以上的修为，只使用天力进行这种级别的战斗，根本不会影响到之后的飞行。

有了这批人，再加上有天弓营的七位神箭手在阵中坐镇，并不断放出冷箭，虽然无双营的几百人被独角兽团围住了，但是丝毫不落下风。

独角兽团只进攻了一会儿，所有的独角兽骑兵便进入了暴怒的状态。

原本在独角兽骑兵们看来，双方展开近战后，他们习惯性地冲锋攻敌，凭借战矛，用不了多长时间就能将无双营的几百人全部歼灭。

但是，真正打起来以后，他们才明白无双营这些人有多么难对付。

无双营的士兵们竟然根本就不防御！他们凭借战马阻挡住独角兽前进的步伐，独角兽骑兵用战矛去刺他们，他们根本就不躲，最多就是侧侧身，让开正面。

战矛击在钛合金铠甲上，也只会产生一串火星，根本造不成什么伤害，而且能在他们铠甲上留下痕迹的，还是独角兽团中实力较强的骑兵。

不需要防御和闪躲，无双营士兵们的攻击自然也就变得肆无忌惮了，你刺我，我就用斩马刀攻击你独角兽的腿。

虽然独角兽是低等天兽，但是它们的防御力和魔鬼马相比差了不少。独角兽受伤，独角兽骑兵自然就会坠地，还没等独角兽骑兵爬起来，便又成了无双营士兵们攻击的对象。

最令独角兽骑兵气愤的是，无双营第一大队组成的这个圆阵，居然还在旋转！

独角兽骑兵前一刻面对的可能是一名普通的无双营士兵，下一刻很可能就换成了大队长级别的强大体珠师。

对独角兽团而言，近战的情况一点也没比之前远程攻击好多少，一时间，独角兽团被无双营的圆阵压制住了，伤亡数量在持续攀升。

但是，这并不是说无双营第一大队的近战实力比乌金、狂战两族的族人强。

虽然无双营第一大队的士兵都是体珠师，但是论身体素质，他们终究不能和那两大强族相比。

不过，无双营的士兵们都武装到了牙齿，装备上的绝对优势再加上体珠师的身体素质，这才让独角兽团吃了大亏。

独角兽团开始转变战术了，他们发起了独角兽滑翔冲锋，这样一来，就可以避开挡在前面的战马，将骑兵的优势发挥出来。

但是，他们没想到的是，无双营的行为再一次令独角兽团气急败坏。

独角兽骑兵确实是依靠滑翔避开了无双营这边战马的阻拦，但是，无双营那些士兵也迅速蹲下，然后举起了斩马刀。

独角兽的身体防御力还是可以的，不过，肚子部位的防御力差一些，几乎每一匹通过滑翔冲入无双营的圆阵之中的独角兽，都难逃肚子被割伤的命运。

罗克敌站在圆阵中间，一边和天弓营其他几位神箭手一起，不断地放箭，攻击冲入圆阵却失去了坐骑的独角兽骑兵，一边摆出一副痛恨的样子，骂道："无耻，这简直是太无耻了，居然这样用斩马刀。老无赖，你说你脑子里都是什么东西啊？这样的招数你也能想得出来。"

木恩瞥了他一眼，脸上满是笑容，道："什么招啊招的，只要管用就是好招。什么叫无耻？难道被敌人解决了就不无耻了吗？你要去送死啊，哥绝不拦着你。"

没错，这个招数就是木恩想出来的。

虽然无双营的近战总教官是上官菲儿，但是最近这几个月来，上官菲儿一直忙着带人帮助士兵们唤醒本命珠，于是由其他人辅助她一起，传授无双营士兵们一些近战之法。

上官菲儿的近战技巧用在一对一的作战上无疑是最佳的，但是在战场上，很多实用的技巧要简单得多。

这使用斩马刀的招数就是木恩想出来的，他在传授这简单却极为有效的一招时，很郑重地告诉无双营的士兵们：在这个世界上，越是简单的技巧越有效果。

不过，在圆阵中使用这一招时，始终需要圆阵中心有天弓营七大神箭手的配合，才能发挥出最大的威力。

那些通过滑翔冲入圆阵的独角兽骑兵虽然失去了坐骑，但也还是有战斗力的，如果他们与圆阵外面的独角兽骑兵里应外合攻破圆阵，对无双营而言，局面依旧不乐观。

这个时候，无双营的七大神箭手也展现了他们的全部实力，让无双营的士兵们第一次看到了他们最强的实力。

他们弓弦一响，至少是五箭齐射，而且分别瞄准了不同的目标。

那一个个从独角兽背上摔下来的骑兵，往往还没有站起身，就被他们射出的箭解决了。

兽人也是人，他们很珍惜自己的坐骑。独角兽骑兵们知道，如果有大量的人通过滑翔冲入圆阵中心，那么，对方那七名强大的神箭手也不可能全都照顾得到。

可是，那样一来，他们的独角兽就必死无疑啊！在这样的犹豫下，他们与无双营士兵们陷入了缠斗状态之中。

无双营的士兵们只是身上的钛合金铠甲上多了一道道痕迹，而另一边，独角兽骑兵们却付出了生命的代价。

围上来的独角兽骑兵足有六千多，但数量在不断地减少。

在坎波拉的命令下，独角兽骑兵不再通过滑翔进攻，而是凭借手中的战矛，尽量展开阵形，他们先刺向挡住去路的战马，然后再不断攻击。

这样一来，才算是稳住了局面。

这边陷入了缠斗，另一边的周维清则是大展神威。

狼骑兵的刀阵确实给周维清造成了不小的困扰，他们的斩马刀的刀柄上都带着细长的铁链，一刀斩出落地之后，再将刀拉扯回去，这样一来，刀就可以循环使用。

此时，除了全防御状态的林天熬抵挡得还算轻松之外，连上官菲儿都有些手忙脚乱了。

"你们退开，离我远一点，超过一百米。"周维清对正在朝自己靠拢，打算联合在一起战斗的上官菲儿和林天熬说道。

上官菲儿此时也有些怒了，她被这么多斩马刀围攻，已经有些疲于应付。

他们的神师级凝形装备不能覆盖全身，虽然普通的斩马刀落在身上不会有什么问题，但是，夹杂在这些普通斩马刀中，那些附带技能的斩马刀就很讨厌了。

上官菲儿是女孩子，不想身上被划破而留下疤痕，所以她只能尽可能地去抵挡，然后通过一道道风刃去攻击敌人。

听了周维清的话，林天熬几个横移，便来到上官菲儿身边，将手中的组合凝形盾挥舞起来，替上官菲儿挡住了大部分的斩马刀。

铿锵之声不绝于耳，上官菲儿承受的压力大减，在林天熬的辅助下，她得以飞速后退。

这个时候，周维清那边出现了变化。

周维清抵挡得有些吃力，并且因为被巴特斯偷袭，身上留下了几道伤。突然，他将哭锤高举。

紧接着，一层灰色的光芒透体而出，形成了一个灰色的光罩，将他的身体笼罩在内。

所有落下的斩马刀碰到这个灰色光罩后，立刻被弹飞，而且刀身居然被腐蚀了。

处在灰色的光罩中，周维清眼神坚定。他收起独角魔鬼马，就是怕自己的技能伤害到它。

在受到对方一连串攻击，周围狼骑兵越来越多的情况下，周维清终于决定放大招了。

那个灰色光罩名为邪神守护，是周维清修炼到第五珠之后，邪恶属性自行觉醒的技能，就像当初自行觉醒的暗魔邪神雷一样。

邪神守护并不是组合技能，而是纯粹的邪恶属性技能，但是，在这邪神守护之中，邪恶能量似乎有一种特殊的运行方式，能够吞噬空气中所有的邪恶气息和怨恨气息。

周维清在战场上使用这个技能，可以说是如鱼得水。因为那些死去士兵留下的怨气宛如海纳百川一般，融入这个灰色光罩，给拥有强大防御力的邪神守护更添了几分威势，连巴特斯抛出的斩马刀都没能攻破这层防御。

周维清发现自己觉醒了这么一个纯防御技能的时候，一时间差点喜极而泣。

因为那么怕死的他，终于拥有了一个自己梦寐以求的技能！这也是他敢带着上官菲儿和林天熬深入敌方战阵的重要原因。

想破掉这邪神守护，如果没有神师级凝形装备，即便是七八珠的天珠师，都不太可能做到。

在周维清释放出邪神守护后，他高举的哭锤的锤头上方，一道漆黑的光影悄然浮现。

这道光影逐渐扩散开来，奇异地化为人形，且背后还生有三对大大的羽翼。

黑色的羽翼缓缓张开，一股浓重的威压气息扩散开来，给人一种喘不过气来的感觉。

战狼的感知比狼骑兵敏锐得多，它们几乎是瞬间就感受到了危机，拼命地想后退。

可是，在斩马刀刀阵的释放过程中，狼骑兵的阵形是极为密集的，又岂是说退就能退出去的？

这、这是什么？巴特斯也大吃一惊。他本就在较外围的地方，此刻也毫不犹豫地向后退去。

他听自己的兄长巴特勒说过，当初周维清使出暗魔邪神雷的时候，就是先出现了一道光影。

在黑色羽翼光影背后，渐渐出现了一抹深沉的紫色光芒，令人压抑的感觉更加强烈了。

在这一刻，似乎连天上的太阳都没有那么刺眼了。

随着那羽翼的下拍，一抹黑紫色的光芒以周维清为中心，迅速扩张开来，转眼间就将直径一百米范围全部笼罩在内。

原本以周维清的五珠修为，施展出这个技能，覆盖范围应该是在直径五十米内，但是，双子大力神锤的增幅直接令他这个技能的攻击范围扩增到了一百米。

在绝大多数情况下，周维清的双子大力神锤增幅的都不是攻击力，而是范围或时间。

譬如，如果是风之束缚，双子大力神锤增加的就是一倍时间效果，毕竟，周维清还只是五珠修为的天珠师。

当然，威力的增加，对周维清天力的消耗也是有影响的，虽然他凭借双子大力神锤，增加的消耗不多，但还是比施展基础技能要多消耗一些天力。

黑紫色光芒闪过，狼骑兵们都产生出了一股发自心底的恐惧，不过，很快他们就惊讶地发现，自己竟然什么事情都没有。那黑紫色的光芒是闪过了，似乎并没有带来任何伤害。

就连飞快后退的巴特斯看到毫发无损的狼骑兵们也愣了一下，这个技能和他兄长描述的有些区别，难道这只是银样镴枪头，中看不中用，纯粹吓唬人的吗？

真的只是吓唬人的吗？下一刻答案便出现了。

不知道什么时候，以周维清为中心，直径一百米内的地面都变成了黑紫色的。

紧接着，一个个巨大的黑紫色气泡从地面上冒出，这个区域内完全变成了一片黑紫色。

惨叫声此起彼伏地响起，凡是被黑紫色气泡笼罩的狼骑兵，皆消失不见了，似乎是被完全吞噬了，而那气泡还在不断变大，继续吞噬其他的狼骑兵。

这一切来得并不快，但是很恐怖。那黑紫色气泡的破坏力，就连狼骑兵团中几名低级别的天珠师都未能幸免。

那黑紫色的气泡还有一股强大的吸力，想通过操控战狼跳跃闪躲开都不大可能。

浓烈的怨气令周维清周围的邪神守护起码加厚了一倍，事实上，连他自己都没想到这个技能的威力居然如此恐怖。

这发出黑紫色光芒的技能也是周维清在天珠岛上时，从一只天帝级巅峰的天兽身上拓印到的。那只天兽是天珠岛拓印宫对外供应的天兽中，黑暗属性最强大的一只。

这个技能和龙魔娲女身上拓印到的技能一样，也出现了天技映像，彰显出它接近天神级的威力。

龙释涯曾经告诉过周维清，这些技能虽然有天技映像，但并不是真正的天神级技能，两者之间的区别就在于，真正的天神级技能的天技映像是极为清晰的，甚至会伴随技能的使用情况而出现变化。

虽然周维清施展的这个技能不是天神级的，但是其威力同样十分恐怖。

当初周维清之所以选择将它拓印在自己第四颗意珠的黑暗属性上，就是看中了它的群体攻击效果。

此技能名为炼狱天使，这还是周维清第一次使用这个技能。

这个时候，周维清头顶上方的炼狱天使光影的色彩更加浓郁了，而他也能清楚地感觉到，自身的天力正以极其惊人的速度在消耗着。

炼狱天使这个技能是可以持续施展的，会随着周维清的移动而改变覆盖范围，也就是说，周维清向前走一步，这个技能也会随之前移，前提是要不断地消耗他的天力。

在短暂的震惊后，周维清毫不犹豫地发动了一次暴风突袭。

刹那间，又有大量狼骑兵被黑紫色笼罩在内。

不过，黑紫色气泡只再释放一遍，周维清就立刻收回了这个技能，因为在这么短暂的时间里，他五珠级别的天力竟然消耗了超过六成，从施展技能到收回技能，也不过才三秒钟而已。

可惜了，周维清心中暗叹一声。如果在炼狱天使效果发挥出来的那一瞬间，自己就开始移动，必定会有更好的效果。

炼狱天使也是极少数没有经过三千锤炼的技能之一，因为范围型技能不需要进行太多的控制，而且这个技能的威力已经很大了。

从周维清开始修炼以来，这是他黑暗属性技能中的第一个攻击技能，没想到威力竟如此恐怖。

虽然他有失误，同时也因为身处于战场而有所保留，但是只这样一下释放再加上一下冲击，至少有三百名狼骑兵连带着他们的战狼从这个世界上消失了，没有留下一丝痕迹。

兽人也会产生恐惧的心理，他们看着眼前完全超出了自己理解范围内的恐怖情景，纷纷惊慌失措地向周围散开，甚至连冲撞到了自己的伙伴都顾不得了。

第159章
狮心王子

使用炼狱天使这个技能，周维清的目的只有一个，那就是增强自己在战场上的攻击能力，因为范围型技能的威力再强，也不可能和同级别单体技能相比。

不过，在眼前这种情况下，还是范围型技能更好用。一个炼狱天使，刹那间便破了狼骑兵的刀阵。

只见那黑紫色气泡悄然散去，周维清头顶上方再次出现光影。与之前不同的是，这一次的光影是紫红色的，是比炼狱天使看上去威势更强的龙魔娲女光影出现了。

根本不需要任何命令，狼骑兵们便已疯狂地向周围四散奔逃了，天知道接下来这个技能是什么。

上官菲儿和林天熬很快就追上了周维清，周维清顶着龙魔娲女的光影，带着他们冲过了敌阵，直奔乌金、狂战两族的防线而去。

那些狼骑兵又哪里知道，周维清现在头顶上的这个虚幻光影，完全是吓唬人的呢？

龙魔禁很强，但对普通士兵一点用都没有，只有天珠师才会惧怕这样的技能。

虚张声势的效果比想象中还要好，在全速冲锋之下，周维清他们很快就来到了两大强族的防御阵线前。

在无双营援兵到来的时候，乌金、狂战两族这边就感觉到了，尤其是独角兽团分兵出去阻击无双营，令两族防御压力大减。

刚才那黑紫色的炼狱天使光影他们也都看到了，狼骑兵的散乱，令两大强族的族人们大大地松了一口气。

他们已经在这里被围攻了将近一个时辰，他们虽然也给狼骑兵和独角兽骑兵带去了不少损伤，但也伤者众多。

他们没有足够的武器装备，身体防御力再强也禁不住万兽帝国骑兵的不断冲锋，已经有一些族人受了重伤。

如果不是无双营及时出现，用不了多久，他们的防御阵线恐怕就会崩溃，到了那时候，两族就会有灭族的危险。

来到近前，周维清一眼就看到了乌金、狂战两族的族人们伤痕累累的样子。

这两大强族很好分辨。

乌金族以女性居多，男性数量非常少；狂战族则是男女皆有，男性几乎都是赤裸着上身，手里拿着各种各样的武器。

他们身上或多或少都有一些伤，而在他们的防线前，有万兽帝国两个骑兵团大量士兵的尸体。

周维清自认也算得上是一名壮汉了，可和这两大强族的族人比起来，他也就算不上高大了。

一眼望去，在这两大强族的士兵之中，他竟然找不到一个身高低于两米的，多的是强壮得不似人类的强者。

有几个如同山岳一般的存在，恐怕身高都有两米五了，那宽阔的肩膀，简直就如同城墙一般厚重。

"老大！"马群兴奋地喊道。他手持凝形盾牌冲了出来，扑过来就给了周维清一个熊抱。

他此时也是全身血迹斑斑，一看到周维清，就像是看到了亲人一样。

马群和乌鸦的眼睛都红了，自从来到这里被围之后，他们两人承受着巨大的压力和族人们异样的目光。

是他们两人将族人带来到这里的，可是，刚到这里，两族就遇到了一群强大的敌人，别说是灭族，只要族人出现大量伤亡，他们两人就会是全族的罪人啊！

周维清被马群抱住后，能清晰地感觉到马群全身都在颤抖。那么健壮的马群，此时居然给周维清一种虚弱的感觉，可见马群明显是已经有些乏力了。

"好兄弟，别着急，我们的援兵已经到了，我一定会将你们的族人安全地带到我们的营地去的。"现在不是详细解释的时候，周维清坚定的声音给了马群足够的信心。

此时，狼骑兵因为周维清刚才施展的恐怖技能，在巴特斯的指挥下飞速撤开，于远处空地重新排列阵形。

这也给了乌金、狂战两族难得的休息时间。

全身是血，手持乌金屠神斧的乌鸦带着两道巨大的身影向周维清走了过来。

周维清松开马群，迎了上去。

和乌鸦一起走过来的，是一男一女两个人。

周维清要完全仰起头，才能看到那名男子的全貌。这人恐怕比我高了快半米吧，这是周维清心中的第一个想法。

看相貌，这名男子和马群有几分像，他双手各持一个超大号的战锤，比周维清的双子大力神锤还要大许多。他宽阔而雄壮的胸膛上有着许多细密的伤痕，身上有多处血迹，很显然，那些血绝大多数都是敌人的。

而那名女子比乌鸦还高大几分，一头短发，双手拿着一对巨大的战斧。这两人走在一起，那绝对是要多彪悍就有多彪悍。

"老大，我给你介绍一下，这位是我的父亲，我们狂战一族的族长。"马群赶忙说道。

周维清上前几步，向那名中年巨汉伸出手。

马群的父亲将那两柄巨锤交到马群手上，伸手与周维清相握，道："我叫马龙。"

他的声音浑厚且充满了金属质感，简单的几个字，震得周维清的耳朵里有些嗡鸣。

"马叔叔，您好。我们来迟了，实在抱歉，没想到万兽帝国军会在这个时候突进。"周维清歉然地说道。

周维清的手不算小，但和马龙宛如簸箕的大手握在一起，就被完全包覆了。

周维清只觉得手上有一股大力传来。他不动声色，手上同样微微发力，却并不反击，只是让自己的手掌不被马龙的力量所侵。

马龙手上的力气持续增加，目光灼灼地盯着周维清，一言不发。

不一会儿的工夫，马龙就露出了惊讶之色，因为他觉得周维清的手就像是一块坚硬的石头，不论他如何发力，周维清的力量都会随之增加，不受影响。

他现在已经用出七成力量了，但周维清依旧露出一脸诚恳的微笑，看不出有任何变化。

"好！难怪马群那小子这么夸奖你，这份力气，要得！"马龙松开手，赞许地向周维清点了点头，然后从马群手里拿回了自己的锤子。

"我也来试试。"和乌鸦一起走过来的那名中年女士兵直接将手中的战斧交给了乌鸦，大步一迈，来到了周维清面前。

她更加直接，丝毫不掩饰自己要考验周维清的意图。

乌鸦赶忙说道："维清，这位是我的母亲。"

中年女士兵性格更加豪爽，道："我叫红玉，你叫我红玉阿姨就行了。乌鸦说你的力量比她大，让我掂量掂量。"

她一边说着，一边向周维清伸出了大手。

周维清微笑道："请阿姨指教。"紧接着，他缓缓地伸出了手。

他们比拼的是纯粹的身体力量，因此，双方都没有释放出自己的本命珠。

红玉和马龙不一样，周维清的手才和她的手握住，周维清顿时就感受到一股巨大的力量传来。

周维清脸色微微一变，不敢怠慢，赶忙凝神应对，骨子里的强大力量迸发而出。

两人手掌上的皮肤几乎在同一时间由于用力过度，呈现出了青白色。

"行了、行了，红玉，难道你觉得你的力气比我大吗？"马龙没好气地说道，他将左手中的锤子一抬，在两人握住的手上点了一下，周维清和乌金族长红玉就同时松开了手。

红玉瞥了马龙一眼，道："怎么，不服气啊？比力气你就是不如我。有本事别用狂化能力，我们纯粹比力量，你行吗？"

马龙怒道："有本事你将体重减到正常人的范围。"

周维清心里顿时咯噔了一下，看样子，这两位的关系可没有那么和谐啊！

乌鸦在旁边扑哧一笑，道："维清，你别介意，我妈和马叔叔斗嘴都斗习惯了，其实他们是很要好的朋友。"

马龙瞥了乌鸦一眼，没好气地道："当年要不是你爹横刀夺爱，你就不是我儿媳妇，而可能是我女儿了。"

红玉没好气地道："放屁，我能看得上你？别做梦了，小心我把你的话告诉嫂子。"

令周维清感到有些意外的是，马龙这么强壮的人，听了红玉的话竟然有些心虚地回头朝族人的方向看了一眼，声音也明显压低了几分，道："哼，天知道你怎么了，明明那么大的块头，非要喜欢小男人。"

红玉怒道："闭上你的嘴，再提乌鸦她爹，你信不信我现在就杀了你！"

周维清此时不得不开口了，因为眼前形势还不明朗，天知道万兽帝国会不会再派兵前来："两位族长，现在我们还没脱离险境，大家先离开这里再说吧。"

马龙皱眉道："那些狼骑兵至少还有七八个营的兵力，我们怎么离开？"

周维清道："你们保护族人撤退，我带我的人掩护你们撤退。"

"你的人？"马龙和红玉都有些疑惑，不禁向远处看去。

无论是他们，还是狼骑兵团，皆看向独角兽团那边，结果看到的是独角兽团将无双营士兵团团围住的景象。

刚才他们都体验过了独角兽骑兵的冲锋，和狼骑兵比起来，独角兽骑兵的威胁大得多。

他们身上的伤痕大多都是独角兽骑兵造成的，要不是独角兽骑兵刚才撤走了，恐怕他们的防线早就崩溃了。

因为一直被包围攻击，他们先前没有看到来了多少援兵，而此时能看见的，就只有独角兽骑兵的包围圈。

看那包围圈的大小，显然援兵的数量不会太多。援兵自己恐怕都难以逃脱被全歼的命运，还能给他们断后吗？

周维清自然知道眼前这两位族长心中在疑惑什么，扭头向上官菲儿使了一个眼色。

上官菲儿点了点头，从储物戒指中取出一个号角，猛然吹响。号角声虽低沉，但充满了穿透力，在这平原上传得极远。

马龙和红玉很快就看到了神奇的一幕。在远处被独角兽骑兵包围的地方，居然有数百道身影腾空而起了！

无双营第一大队，无双营空军，终于升空了。他们的凝形双翼在空中拍打着，他们的身体瞬间就飞上了数百米的高空。

在僵持中，独角兽骑兵的总兵力只有不到六成了，凝形弓的射击，近战，还有之前和两大强族的对战令他们损失惨重。

无双营空军才升空，就投掷了一轮战矛，他们硬是用背上沉重的战矛，在独角兽骑兵的阵营中砸出了一条路。

于是，没有凝形双翼的天弓营七大神箭手趁着这个机会冲了出来。

这七人都有魔鬼马傍身，从独角兽骑兵围困的缺口中狂奔而出，而此时无双营空军的第二轮战矛也已投掷完成。

这一切实在是来得太突然了，虽然无法确保每一根战矛能够干掉一个敌人，但是在无双营两轮投掷后，又有六百名独角兽骑兵伤亡。

坎波拉万万没有想到会出现这样的变化，他这边久攻不下，而无双营的士兵们的战马也几乎都被刺死了。

在他看来，无双营的士兵们已经成了瓮中之鳖，虽然己方伤亡很大，但是他不得不硬着头皮继续进攻。如果放掉这些人的话，他们犀利的弓箭必定会给己方带来更大的伤亡。

谁能想到，这些敌人居然突然飞起来了！

见此情景，坎波拉毫不犹豫地下达了全速撤退的命令。

万兽帝国的军队确实很强大，但是，与人类军队的统一指挥不同，万兽帝国的士兵是隶属于不同部落的，都是各个部落的精英。

一旦哪个部落的士兵数量过少，不足以维持原本的地位，哪个部落就很可能会式微。

因此，万兽帝国大军实力强大，擅长打硬仗，不过，如果伤亡过大，他们绝不会死磕到底，这并不是因为他们怯懦，而是为了维持本族的地位。

当初周维清他们遇到的迅狼团是这样的，这次遇到的独角兽团也是这样的。

坎波拉眼看己方损失如此之大，而且敌人还升空了，战胜他们的机会渺茫，为了不承受更加巨大的损失，他除了下达撤退的命令，还能怎样？

只有下达撤退的命令，先脱离战场再说，否则的话，天知道这些身穿坚硬铠甲的弓箭兵还会给他们带来多大的损失。

在与中天帝国的战争中，他还是第一次遇到如此"难啃的骨头"。

正所谓兵败如山倒，见到独角兽团后撤，另一边的巴特斯也没有犹豫，同样下达了撤退的命令。

巴特斯有些害怕了，他绝不希望重蹈自己兄长的覆辙。

他看到周维清展现出强大技能，自问未必是这个年轻人的对手。而且，巴特斯虽表面粗豪，但内心有自己的小算盘。

他清楚地看到周维清现在是五珠修为，而兄长当初说自己面对的周维清，只有四珠修为。

他既然能够肯定自己和兄长遇到的是同一个人，那么，敌人的实力更强了，而自己的修为还不如兄长，若真的正面对上，自己肯定讨不了好，结局可能会比兄长还要惨，那他又有什么理由不撤退呢？

另一个，万兽帝国大军前来进攻的主要目的不是侵略，而是为了掠夺资源，以保证族人能够顺利度过寒冷的冬季。

就算他们能将眼前的中天帝国这些人全歼了又怎么样？跟付出的代价相比，绝对是得不偿失的，那些物资恐怕远远不够弥补己方士兵的损伤。

之前巴特斯还有些犹豫，毕竟他是和坎波拉一起率兵出征的，而此时坎波拉率先退军，他也就有了退兵的理由。于是他立刻指挥自己的狼骑兵快速和坎波拉的独角兽骑兵会合，朝北方疾驰而去。

在马龙和红玉看来，无双营第一大队五百空军升空，发出两轮战矛攻击，解决了大量对手，独角兽团和狼骑兵团便如同丧家之犬，落荒而逃了。如此情形，不禁令马龙和红玉他们大跌眼镜。

随着万兽帝国两个团的撤退，马龙和红玉他们才发现，在这片平原上，竟然还留下了许多失去主人的独角兽，差不多有两三千只。

这些独角兽并没有被万兽帝国那两个团带走，因为它们只受自己主人的驾驭，如果不懂如何驯服它们，别人带走也没有用。

还有那飞起来的，难道是"鸟人"吗？一个个都有翅膀。两位族长看到无双营的空军，以为那是周维清带来的一支兽人军队。

"撤吧，先离开这里再说。"周维清看着飞速离去的两个兽人团，眼中不禁流露出若有所思之色。

通过这几次与兽人的战斗，周维清也摸清了万兽帝国兽人军队战斗的一些特点。

这里是北疆，天知道会不会再有强敌出现，周维清带来的毕竟只有几百人。

无双营第一大队的士兵虽然都是修为不低的体珠师，但是在空中也坚持不了太长的时间，否则之前周维清就不会找马，而是直接带着他们飞过来了。

因此，他们还是要尽快离开这里，至少后撤一百里，和无双营其他士兵会合才能保证安全。

马龙和红玉也不敢怠慢，赶忙命令族人们散开，拉起他们带来的辎重，快速朝南边西北大营的方向撤退。

无双营第一大队则落回地面，跟在两大强族后面，负责断后。

周维清带着上官菲儿和林天熬落在最后面，三人一边撤退，一边观察着后方的情况。

就在这时，一个低沉、浑厚且充满强烈战意的声音从远方传来。

"周——维——清——"

周维清吃惊地发现，那声音的主人竟然正以极其惊人的速度接近自己。

北疆远方，即万兽帝国那两个团撤退的方向，三道身影正朝这边快速飞来。

"好强。"上官菲儿脸色一变。从那三道身影闪电般的速度，她便看出这些人实力强大。

周维清拉住胯下的独角魔鬼马，对划风道："划风老师，您先带着大家掩护乌金、狂战两族撤到营地去，对方似乎是冲我来的，我们阻敌之后，再追上你们。"

周维清他们好不容易才救下了两大强族，确保两族族人的安全才是最重要的。

划风带着两大强族的族人飞速撤退，周维清则带着林天熬和上官菲儿停了下来，等待那三道身影到来。

虽然周维清不知道来的人是谁，也不知道对方为什么会知道他的名字，但是他对自己的实力有信心，就算打不过，他难道还跑不了吗？况且他身上还带着银皇天隼小红豆呢。

再说了，在这北疆，他总不会运气那么不好，又碰到天王级强者吧。

当那三人越来越近的时候，周维清和上官菲儿的脸色立刻就变了。

论修为，或许林天熬比周维清强一些，但如果说判断敌人实力的能力，林天熬就差一些了。

那从远处疾驰而来的三个人速度极快，周维清自问就算凭借邪魔右腿的爆发力也不可能达到那样的速度。这意味着什么？这意味着来人的修为绝对在自己之上。

而且，周维清还注意到一个细节，那三个人如此迅疾地往前冲，却没有发出任何破空声。

这说明他们对自身天力的控制已经到了收放自如的程度，能够凭借天力，尽可能破掉空气阻力，让速度变得更快。

用这个方法来提速，无疑是十分"奢侈"的，唯有自身天力的恢复速度能够赶上消耗速度才会这么用，而能做到这一点，至少也要有八珠修为。

难道是三名天宗级别的强者同时来了？这种级别的强者在万兽帝国大军中，应该有相当高的地位。

眼下出现这种高手，难道是针对自己而来的？

周维清心中有了猜测后，不由得生出强烈的警惕，他现在想离开也已经晚了，因为对方的速度实在是太快了。

他们唯一的依靠，就是上官菲儿的凝形双翼。

此时，对方已经到了近前，周维清也想弄清楚对方为什么会知道自己的存在，于是他向上官菲儿使了一个眼色。

如果只是单纯的八珠强者，他们还未必会害怕，毕竟周维清和上官菲儿都有神师级凝形装备，再加上林天熬的超强防御力，三对三也未见得会落下风。

那三人在距离周维清他们还有十几米的地方停了下来，就在周维清打量对方时，他却听身边的上官菲儿惊呼一声："狮心王子？！"

周维清没想到上官菲儿竟然会认识对方，他不禁微微一愣，定睛看去。

那三个人明显是以中间那人为主的。

中间那人身材高大，比周维清还高出半个头，有一头卷曲的金红色头发，面庞英俊而刚毅，尤其是他的眼神，显得异常冷厉，给人一种强烈的压迫感，一身淡金色长袍令他威仪凛然。

狮心王子？

没错，来人正是狮心王子古樱冰。

古樱冰的两侧各跟着一名老者，他们看上去都是六旬左右的年纪，同样是身材壮硕，有金红色头发，身上也都穿着淡金色的服饰。

这两名老者和古樱冰最大的区别就在于老者的发色中没有金色，这也是一眼看去，就知道他们三人是以狮心王子为主的原因。

上官菲儿的脸色很难看，她显然是认识狮心王子古樱冰的。

她和上官雪儿跟随她们的大伯、父亲，参加上一届五大圣地在雪神山之巅的论战时，见过古樱冰。

如果说上官雪儿是浩渺宫年轻一代中的强者，那这个古樱冰就是五大圣地年轻一代的强者。

三年前古樱冰便有了七珠巅峰修为，可以想见，现在他必定已经突破到了八珠级别。

狮心王子不仅是雪神山主的首席弟子，还是万兽帝国皇族神圣地灵狮一脉的继承人，不论他将来是否会继承万兽帝国的皇位，在万兽帝国都是万人之上的存在。

此时狮心王子古樱冰突然出现在这里，而且刚才似乎就是他喊出了周维清的名字，难道他是为了万兽帝国那两个团而来的？

可是，五大圣地之间曾经有约定，圣地不得参与人类各国战争，雪神山作为圣地之一，是不能轻易参战的啊！

上官菲儿不知道古樱冰为什么会出现在这里，只冷冷地道："雪神山主的大弟子，万兽帝国皇位的继承人，竟然进入我们中天帝国的边疆领地，这是不是意味着雪神山要违背当初的诺言，参与两国之间的战争？"

上官菲儿何等聪明，她这一番话说得相当厉害，既给周维清点明了来人的身份，又挤对了狮心王子。

古樱冰自从到了这里，目光便一直锁定在周维清身上。

这次万兽帝国之所以对西北集团军这边增加兵力，就是因为古樱冰的到来。

古樱冰是专门来找周维清的。因为西北集团军有数十万大军，这位狮心王子想单独寻找周维清并不容易，所以他就带着两名随从在边疆等待周维清的出现。

之前他突然得到前方传来的消息，说万兽帝国两个先遣团遇到了强敌。这让他立刻想到了周维清曾经带人在边界狙击过迅狼团的事，于是他立刻赶了过来。

他在很远的地方，便感受到了天技映像的存在。

论感知能力，身为神圣地灵狮一脉的传承者，古樱冰有强大的感应力，而且，从某种意义上来说，神圣天灵虎和神圣地灵狮本就是极强大的天兽，感知力要比人类强得多。

天技映像的气息令古樱冰更加确认了自己的想法，所以才有了刚才那一声呼唤。

"周维清"这个名字，是他从天儿那里问出来的。

狼王带子去雪神山疗伤之后，古樱冰和天儿之间又发生了一系列的事，但古樱冰最终还是来了北疆。而他来此，就是为了和周维清做一个了断。不过，连他自己都没想到，竟然这么快就找到了周维清。

看着周维清，古樱冰双目喷火。他在巴特勒的记忆影像中见过周维清，自然不会认错。

直到听见上官菲儿的声音，古樱冰才注意到她的存在。

"你是浩渺宫的上官……"古樱冰的声音浑厚，充满了压抑着的狂躁怒气。

"我是上官菲儿。"上官菲儿道。

古樱冰冷冷地道："问我为什么会出现在这里，那你呢？如果我没猜错的话，刚才你已经参与了两国之间的战争。不过，我没时间和你纠缠，今天我是来找他的，也完全是因为私人恩怨。"

周维清眉头微皱，道："私人恩怨？我好像不认识你吧。"

周维清心中也有些疑惑，有了上官菲儿的介绍，他自然明白眼前这个狮心王子十分强大。

突然，周维清脸色一变，因为他想到了狮心王子找自己的原因。

天儿原来跟他说过，说她并不喜欢自己的未婚夫狮心王子，但是迫于父亲和雪神山的压力，才不得不与狮心王子订婚。

天儿跟周维清在一起的时候，很羡慕他的自由自在，因此决定拒绝与狮心王子成婚，追求心中的自由。

这狮心王子必定是觉得周维清坏了自己与天儿的婚事，所以才来找周维清寻仇。

"你不认识我，那你总该认识天儿吧，我就是天儿的未婚夫！"古樱冰几乎是咬牙切齿地说出这几句话的。

古樱冰是真的很喜欢天儿，论年纪，他比天儿大了近十岁，可以说是看着天儿长大的。

他一直都在等天儿，他和天儿的婚约也并不只是两族联姻的需要。否则的话，在天儿逃婚，让他名誉受损后，他完全可以拒绝这桩婚事，从他的老师雪傲天那里得到足够多的好处。

但是，他没有那么做，而是执意要娶天儿。他这样做，并不是为了讨好雪傲天，而是因为他真的很爱天儿。

此时，看到眼前这个让天儿悔婚的人，他怎会不恨？

这一下，周维清已经完全明白了，虽然他不知道狮心王子是如何找到他的，但是这件事情根本没有回旋的余地。

"天儿还好吗？"面对双目喷火的古樱冰，周维清下意识地问出了这句话。

古樱冰冷冷地道："你有什么资格问天儿好不好？你算什么！"

周维清的目光也逐渐变得冰冷，两个男人就这样对视着，火药味变得越来越浓，战斗一触即发。

林天熬下意识地向周维清靠近了一步。离周维清近了，林天熬自然也能感受到古樱冰针对周维清散发出的那份危险气息。

"我要向你挑战，如果你是个男人，就站出来。"古樱冰骤然散发出一股强烈而狂躁的天力波动，一层金红色光芒从他体内迸发而出，瞬间围绕在他的身体周围。

古樱冰右手手腕上的八颗冰种翡翠体珠很是显眼，他抬手指着周维清，目光冷厉，似乎要将周维清碎尸万段。

"小胖，不行！"上官菲儿急切地说道。

上官菲儿很清楚古樱冰的实力，自己的姐姐上官雪儿和这位狮心王子相比，实力都有些逊色，就更别说周维清了。狮心王子可不是普通的八珠级别天珠师啊！

周维清扭头看了上官菲儿一眼，沉声道："这是我不能拒绝的挑战。"

周维清又转向古樱冰，沉声道："请。"

这一战因天儿而起，两个男人之间没有什么可说的，唯有用实力来表达对对方的强烈敌意。

周维清怕死不假，但在一些必然要上的场合，他绝不会退缩。他的骨子里，始终都有着一腔热血。

古樱冰向后挥了挥手，那跟着他一起前来的两名老者缓缓向后退去，让出了一片空间。

上官菲儿还想再说什么，却被林天熬用眼神阻止了。林天熬自己率先向后退去。

虽然上官菲儿心中万分不愿意，但是在这个时候，她还能做什么呢？她一边心中怒骂周维清是个笨蛋，一边暗暗做好准备，万一那狮心王子要对周维清下狠手，她也好出手援救。

在场的其他四人都已退开，只剩下周维清和古樱冰两个人相对而立。他们注视着对方，眼中充满了怒气。

率先发动的是周维清，因为他的修为不如狮心王子，所以他不能让对方将气势提升到巅峰，否则的话，他很容易一击即溃。

周维清低吼一声，如同羽箭般冲了出去，紧接着，他在半空之中完成了一系列的变化。

他毫不犹豫地进入了邪魔变状态。如果没有邪魔变的支持，他可能连一点机会都没有。

与此同时，龙魔娲女的天技映像也在他头顶上方升起。

龙魔禁，绝对是他制胜的关键。

古樱冰在周维清动的时候也动了，他大喝一声，满头金红色发丝飘扬，强烈的金红色光芒从他体内迸发而出。

只见他猛然往前冲，朝周维清的胸口挥出一拳。

第160章
与狮心王子之战

千万不要小看这简单的一拳。当古樱冰挥出这一拳的时候，周维清只觉得自己身前的空气像是完全塌陷了一样，一股强大的吸扯力逼迫着他不得不正面应对这一拳。

而且，那种身体被周围空气压迫的感觉十分难受，除非周维清使用空间平移这一类的技能，否则想避开这一拳，绝不容易。

但是，周维清绝对不能避开这一拳，因为纯粹的力量攻击本就是他最擅长的，否则，他在心理上就落了下风。

周维清放弃了释放龙魔禁，因为那样会令他分出一部分心神，无法全力以赴地面对狮心王子这一拳。

周维清完成邪魔变后，双手比原本大了近一倍，变成了宽厚的"虎掌"。他挥出一拳，带着他全身爆发出来的强大力量，正面迎向了古樱冰的拳头。

"轰——"

两人的拳头碰撞在了一起，剧烈的轰鸣声仿佛要将整个世界都震碎。

远处观战的四人都有一种错觉，仿佛周维清和古樱冰碰撞位置的空间都破碎了。

古樱冰接连向后退出两步才站稳，而且他的右拳已经完全麻木了。

周维清的情况比古樱冰还惨。

因为周维清十分清楚地听到了自己右手骨骼发出了轻微的"咔咔"声，虽然没有真的骨折，但整个右手已经用不上力了。

一股霸道至极的天力冲入周维清的体内，要不是在邪魔变状态下，他的力量增强了数倍，单是这一击，恐怕古樱冰就能将他击杀了。

在身体被轰击得倒飞的过程中，周维清在心中暗道：好强的力量！

待倒飞出足足十几米，几乎回到了原本所在的位置后，周维清才勉强站稳，他的双脚在地面上留下了两个深深的坑。

古樱冰的瞳孔微微收缩了一下，周维清觉得他强，他也同样因为周维清的力量而感到吃惊。

他没想到，一个只有五珠修为的小子竟然能够凭借邪魔变，接下自己全力轰出的一拳，而且周维清的右臂并没有受到太大的损伤。

其实，以两人的修为差距，古樱冰这一拳应该是完全能够震碎周维清整条手臂的。

但是，由于周维清继承了暗魔邪神虎的血脉，骨骼的强韧程度远超常人，因此没有受到重创。

在天力和力量的运用上，周维清绝对不会比古樱冰差。如果周维清也拥有古樱冰同等级别的天力，比拼力量，周维清必然会占据上风，但是，现在两人之间的天力差距实在太大了。

古樱冰没有在第一时间追击，而是等到周维清站稳后，才抬起手，朝周维清勾了勾手指，眼中充满了不屑。

处于邪魔变状态下的周维清没有因为对方的挑衅而变得冲动，冰冷感知令他的心态保持在沉稳状态。他重新释放龙魔禁，让龙魔娲女光影在空中凝聚成形。

古樱冰身上纯粹的力量就已经如此可怕了，如果再让他使用凝形装备和技能，周维清哪可能有机会？

古樱冰的眼中流露出一丝轻蔑，淡淡地道："比凝形装备，没有人能比得过浩渺宫，比拓印技能，谁又是我们雪神山的对手呢？"

一团金红色的光雾开始在古樱冰头顶上方凝聚成形，隐约中，周维清能看出那是一头有着金红色毛发的雄狮。

古樱冰身上的金红色光芒变得更加耀眼了。

他右手一抬，头顶上方的金红色巨狮光影便直接朝周维清释放出的龙魔娲女光影奔袭而来。

他竟然能指挥天技映像发动攻击？！周维清当即大吃了一惊。

那金红色巨狮光影来得太快了，龙魔娲女光影根本无法闪避，当那巨狮光影与龙魔娲女光影碰撞在一起时，诡异的一幕出现了。

周维清并没有感觉到自己遭受了任何攻击，但是，龙魔娲女光影奇迹般地消失了！

而且在他眼中的属性轮盘里，属于龙魔娲女这个技能的位置竟然变暗了，再怎么召唤也无法用出龙魔禁了。

这是怎么回事？

周维清还是第一次遇到这种情况，他完全不明白狮心王子对自己做了什么。

狮心王子自然看出了周维清眼中的惊讶，不屑地道："难道你连映像对冲、绝对抵消都不知道吗？就凭你这点修为，居然也敢与我为敌，坏我与天儿的婚事。"

周维清冷冷地道："我的修为确实不高，但我可以肯定，天儿是我的朋友，她并不喜欢你，她想要自由。"

"浑蛋！"古樱冰被激怒了。

周维清说的是事实，这也是最令古樱冰痛心的地方。哪怕在他来找周维清之前，天儿已经答应做他的妻子，他也知道，天儿的心并不在他身上。

金红色光芒闪烁着，无比刺眼，古樱冰以惊人的速度朝周维清扑了过来。

龙魔禁在什么绝对抵消之下不能用了，但是这一战，周维清又怎能认输？

两道暗金色光芒同时闪耀，阴阳巨灵掌悄然出现在周维清双手及手臂之上。

"砰"的一声巨响，古樱冰竟然凭借浑厚的天力，硬生生地撞碎了两层凝形护体神光。接着，他挥出一拳，朝周维清的胸口轰击而去。

之前的硬拼周维清已经吃亏了，真正战斗起来，周维清自然不会再那样选择，否则的话，岂不是自寻死路吗？

周维清双手向下一按，将阴阳巨灵掌推向狮心王子的拳头。

与此同时，周维清的身体突然变得轻了起来，四周也闪着一层淡淡的青色光芒，正是风属性天力。

"噗"的一声轻响，周维清倒飞而出，将双手在胸前一合，做出了一个奇异的动作。

古樱冰虽然一拳轰飞了周维清，但并没有占到便宜，因为周维清是借势后退的，而且，在周维清后退时，古樱冰还清楚地感受到从周维清掌中传来一股强烈的吸力，自己的天力也被吸走了一些。

古樱冰收回了几分对周维清的轻视之意，双手一抬，一道暗金色光芒闪过，在他双掌之中，多了一件神师级凝形装备。

那是一根长棍，长度大约为四米，粗大的棍身上有龙形浮雕，顶端有一个巨大的龙首，看得出这根龙头棍必定相当沉重，毕竟古樱冰的体珠属性也是力量。

龙头棍入手，古樱冰将长棍往前一指，朝周维清追了过去。

然而，古樱冰猛然一个侧转，长棍的攻势不变，他整个人在空中向右侧翻滚了两圈。

因为就在古樱冰往前冲的起点处，一个亮银色的光点一闪而没。虽然那个光点出现的时间短暂，但那一瞬间爆发出的强烈天力波动显现出了其恐怖的破坏力。

如果刚才古樱冰按照原本的轨迹向前冲，那么，他的咽喉就会正好撞上那个亮银色光点。

空间割裂是周维清的拿手绝活之一，而且现在他已经将空间割裂控制到了极致，但是，这没有任何预兆的空间割裂竟然被狮心王子躲过了。

好强的感知力！周维清在震惊的同时，下意识地用出了空间平移，因为他在释放空间割裂的同时无法闪避开对方的龙头棍。

身体一闪，周维清已经在十余米之外了，从他和古樱冰交手到现在，对方占尽先机，他有一种有力使不出的感觉。

殊不知，古樱冰现在心中也是一阵吃惊，周维清不过才五珠修为而已，但不论是力量，还是刚才对空间割裂的这份控制力，周维清显然都已超越了五珠层次，这个周维清真的只是自由修炼者，而不是出身于圣地的修炼者吗？

虽然两人心中各有想法，但是战斗还在继续。

古樱冰的身体闪烁着耀眼的光芒，如同一团火焰，猛地扑向周维清。

他将龙头棍指向周维清，龙头双眼的位置闪烁着金光，似乎随时都有可能迸发出强大的技能。

从动手到现在，古樱冰用出的也只有这么一件凝形装备，没有一个技能。

周维清跟随龙释涯修炼有一段时间了，眼界自然比以前开阔得多。

他知道，古樱冰这么做，并不是小看他，而是古樱冰对自己有充分的自信。

古樱冰只有在最需要的时候才会使用技能，不会平白浪费天力，而周维清却已经被逼迫得用出几个技能了。

一抹亮光从周维清眼底闪过，他心中生出了一个计谋：你不是要收着吗？那好，我就全都放出来，打你一个措手不及。

在战术战略上，周维清永远都有着极为清晰的判断。他眼看龙头棍即将到达近前，刹那间，连续有两道暗金色光芒闪亮。

在周维清胸口的位置上，一面烙印有龙纹的圆形护心镜悄然出现。

暗金色光芒闪耀之中，圆形护心镜上光芒流转，向两侧斜上方蔓延。在两道宽约三指的暗金色金属长条的连接下，周维清的肩铠随之出现，与其阴阳巨灵掌连接在了一起。

与此同时，护心镜也出现在周维清后背背心的位置，护心镜光芒闪耀，里面的龙纹若隐若现。

当护心镜出现的时候，周维清身上便散发出一股极其特殊的气息。

在这一刻，他仿佛化为了拥有亘古力量的泰坦巨人，整个人的气息都为之一变。

在金属长条的连接下，阴阳巨灵掌的光芒与护心镜的暗金色光芒像是活过来了一样，令处于邪魔变状态下的周维清十分清楚地感觉到自己的力量在暴增。

修为突破了五珠后，周维清毫不犹豫地将得到的恨地无环套装的第四张卷轴护心镜凝形成功，尽可能增强自身实力。

龙释涯有恨天无把套装，自然很熟悉恨地无环套装，他给周维清解释了护心镜的妙用。

护心镜名为力量之源，是恨地无环套装中的核心组件，它没有其他的附带技能效果，起到的就是连接其他装备，纯粹增强力量的作用。

周维清拥有的传奇级凝形套装组件越多，增幅的力量也就越大，同时，它对于周维清的内脏也有极大的保护作用。至于力量能增强到什么程度，就连龙释涯也说不清楚。

和力量之源一同出现的，自然是双子大力神锤。

眼看古樱冰冲了过来，周维清将右手中的哭锤猛然向上一抡，大喝一声："开！"

"轰隆——"

令四名观战者目瞪口呆的是，一直处于下风的周维清，这一次竟然爆发出了令他们难以置信的恐怖力量。

双子大力神锤得到了阴阳巨灵掌和力量之源的增幅，再加上周维清自身的邪魔变状态，他的力量已经提升到了巅峰。

恨地无环套装作为当世最强的力量属性传奇级凝形套装，又岂是那么简单的？

龙释涯早就告诉过周维清，如果周维清能够穿上完整的恨地无环套装，就算修为达不到天神级，在力量上也会超越天神级的雪神山主。

力量之源的增幅太不可思议了，令周维清的力量瞬间就达到了极其恐怖的程度。

有了力量之源，恨地无环套装在力量上的威势终于发挥了出来。

龙头棍被哭锤击中，古樱冰立马感受到一股巨大的力量从龙头棍上传来。

粗长的龙头棍不受控制地扬了起来，那股巨大的力量甚至将古樱冰整个人都带离了地面。

这怎么可能？古樱冰有点不敢相信。

周维清利用这个机会，如同闪电般往前冲去，紧接着，他还用出了暴风突袭。

到了这种关键时刻，周维清已经顾不得用六绝控技之法了，因为六绝控技对于现在的他来说，远不如他联合使用已经拥有的技能效果好。

与此同时，周维清还向古樱冰施展了一个暗灭之咒。

周维清挥动双锤，利用古樱冰被自己的力量震荡得离地的这短暂瞬间，连续使出了无数个限制技能。

周维清很清楚，自己若想赢得这一战，唯一的机会就是凭借自己在战场上最擅长的爆发力和众多技能，在最短时间内展现出最强大的实力。

风之束缚和绝对迟缓最先落在古樱冰身上，令古樱冰的身体顿时变得僵硬了。

与此同时，周维清左手中的笑锤已经变成了蓝紫色的，其中蕴含的雷电疾技能在他冲过来的时候就开始蓄力了。

不过，周维清真正的狠招在右手上，哭锤闪耀着三色光芒，可不正是周维清所有攻击技能中，最强大的暗魔邪神雷吗？

在如此短暂的时间内，周维清接连释放出了六七个技能，而且在修炼了六绝控技之后，他可以近乎完美地操控这些技能，让其达到最好的效果。

然而，就在这时，周维清清楚地看到，古樱冰的头顶上方亮起了一团刺目的金光。

一个洁白的六翼天使光影悄然出现在那里，金色的光芒化为一圈圈光环，将古樱冰的身体笼罩在内。

天神级技能？周维清大吃了一惊，但是，他很快就判断出，这并不是一个天神级技能，因为白色六翼天使的光影和他拥有的那几个强大技能的天技映像一样，并不清晰。

毫无疑问，这也是一个极为接近天神级的技能。

风之束缚、暗灭之咒这两个技能的效果几乎瞬间就消失了。

古樱冰十分从容地收回龙头棍，根本不管周维清砸向他的双锤，径直将龙头棍向周维清的头顶砸去。

这个时候，周维清有两个选择。

虽然龙头棍很长，但是周维清先发制人，所以，他的双锤完全可以抢先落在对方身上。

但是，如果他这么做，就要面临那个有着金色光环的强大技能。一旦他的攻击无法破开那光环，他就将扎扎实实地挨上古樱冰一棍。

周维清的第二个选择自然是先自救。

周维清绝不认为自己有了神师级凝形装备，就能扛得住对方强大的一击。

他对这种接近天神级的逆天技能太了解了，他几乎可以肯定，自己的攻击绝对破不了对方的防御。因此，他在第一时间就做出了选择，拥有技能的双锤猛地上扬，哭锤在前，笑锤在后，径直迎向古樱冰的龙头棍。

又是"轰隆"一声巨响，这一次，周维清没有像之前那样占到便宜，因为古樱冰身上的金色光环同样笼罩着龙头棍，而且那龙头棍也同时亮了起来，令古樱冰的力量大幅度增加。

周维清的双脚陷入地面，右臂一阵酸麻，最初那一拳的影响显现了出来。虽然进入邪魔变状态的他几乎感受不到疼痛，而且自愈能力极强，但在这种力量的碰撞之下，哪怕是一点影响都会被放大。

最让周维清吃惊的还不是这个，而是他的技能竟然一点效果都没有！

笑锤上的雷电疾直接被对方的金色光环破解了，而他寄予厚望的暗魔邪神雷竟然也在金色光环中消融了。最终冲入那金色光环的，就只有暗魔邪神雷三种属性中的雷属性，不过，古樱冰将龙头棍一甩，凭借着浑厚的天力便将其化解了。

周维清不好受，现在的古樱冰也同样不好受，周维清哭锤上蕴含的力量太恐怖了，而且周维清有暴风突袭的增幅，力量又有所增加。

此时的古樱冰双臂酸麻，整个人被震得向后接连跌退了六七步。

面对一个五珠级别的对手，他竟被逼迫到如此程度，对他来说，这简直是奇耻大辱！而且他还用出了自己的最强技能——神圣天使守护来抵御对方的进攻。

神圣天使守护是一个天神级技能，为了拓印这个技能，古樱冰付出了极大的代价，最后凭借自己的血脉力量才勉强拓印成功。因此，周维清对这个技能的判断是有误的。

这是一个真正的天神级技能，只不过因为古樱冰现在的天力修为还不足以真正发挥出这个技能的威力，所以天技映像看上去才会有些模糊。

当周维清的一连串技能落在古樱冰身上的时候，古樱冰唯一的选择就是用出这个技能来进行防御。

周维清的力量太恐怖了，就像周维清不敢被龙头棍砸中一样，在刚才那次碰撞之后，古樱冰同样也不敢让周维清的双子大力神锤落在自己身上。

因此，他只能用这个技能保护自己。

古樱冰站稳身体，脸色变得极其难看，将龙头棍往前一指。

骤然间，古樱冰的双眼已经变成了金红色的，全身肌肉剧烈膨胀，一股带着腥气的霸道气息从他体内迸发而出。

周维清当然不知道，此时古樱冰身上出现的变化，可以说是万兽帝国特有的图腾之力，而古樱冰的这种图腾之力，是万兽帝国中最强的一种，名叫狮王变。

虽然狮王变不能和邪魔变的效果相比，但是能够让古樱冰在速度、力量和天力操控能力上获得极大的增幅。

周维清行动了，他知道自己今天是凶多吉少，但不拼尽最后一分力量，他绝不会放弃。

在古樱冰进行狮王变的过程中，周维清再次施展出了空间平移，身体一闪，他就到了古樱冰面前。

这一次，周维清悄然收起了双子大力神锤，使出阴阳巨灵掌，直接向古樱冰的肩头抓去。

周维清之所以这样做，是因为之前那一系列的技能爆发，几乎消耗了他绝大部分的天力，尤其是暗魔邪神雷的消耗，相当巨大。

周维清不知道如何破掉金色光环，但他必须尝试一下。

阴阳巨灵掌第一时间拍在了由神圣天使守护化为的金色光环上，周维清只觉得仿佛有一股炽热的力量灼烧着自己，哪怕是戴着阴阳巨灵掌，那股奇特的热也令他忍不住惨叫一声，身体不断后退。

古樱冰冷笑道："拥有邪恶和黑暗属性，你竟敢碰触我的神圣天使守护，难道你不知道神圣是扫平一切黑暗的神力吗？"

周维清听了古樱冰的这一句话，终于明白为什么自己会在古樱冰面前处处受制了。

不仅仅是因为古樱冰实力强大，还因为属性的克制作用。古樱冰拥有四大圣属性中的神圣属性，正好克制了周维清的邪恶属性和黑暗属性，让周维清的几个最强技能无从发挥威力。

之前他的暗魔邪神雷，不就是被古樱冰的神圣属性强行破去了邪恶和黑暗两重属性吗？

古樱冰一步一步地朝周维清走去，他当然看得出，此时周维清的天力消耗异常巨大，这场战斗胜负已分。

尽管古樱冰没想到收拾周维清会耗费这么长时间，但是他一早就料到最终的胜利必然是属于他古樱冰的。

周维清用力地吸一口气，眼神变得极为坚定，与此同时，他体内的二十个天力旋涡被他催动到了极致，疯狂地恢复着之前消耗。

古樱冰右手一扬，他手中的龙头棍就朝周维清飞了过去。

金红色光芒闪耀之中，那龙头棍竟然在空中"活"了，瞬间化为一条身长两丈的金色巨龙向周维清扑去，这才是古樱冰的这件神师级凝形装备附带的技能效果。

一层灰色光芒在周维清身上亮起，"砰"的一声，挡住了那条金色巨龙的冲撞，随后，周维清抬头向狮心王子古樱冰看去，两道紫红色光芒从他眼底一闪而过。

哪怕还有一点机会，周维清也不愿意放弃，此时他使用的，正是龙魔封神中的精神冲击。

几乎是一瞬间，两道金色光芒在古樱冰眼中亮起，从双方眼中射出的光芒在空中碰撞出绚烂的火花。

周维清只觉得双眼疼痛不已，整个人不受控制地向后跌退，大脑仿佛被重锤砸中了。

"在拥有精神属性的我面前使用精神冲击，简直就是班门弄斧！你的修为差远了。"古樱冰不屑地说道。

此时，他离周维清越来越近了，而周维清只能凭借邪神守护，苦苦抵挡金色巨龙的冲击。

虽然周维清天力的恢复速度很快，但是在金红色巨龙的不断冲击之下，邪神守护的消耗速度还是超过了他自身的恢复速度。

"够了，古樱冰，你敢！"上官菲儿再也忍不住了，身影一闪就要冲过去。

而就在这时，那两名跟随古樱冰一同前来的老者也身影一闪，分别拦在了上官菲儿和林天熬面前。

"天王级天珠师！"上官菲儿失声惊呼。

古樱冰是什么身份？在万兽帝国，他绝对是金字塔顶尖的存在，狮人族成为万兽帝国皇族这么多年，底蕴无比深厚，这两名天王级强者就是专门保护他的。

上官菲儿和林天熬的修为固然不弱，但是，他们一人面对一名天王级强者，又能做什么呢？他们根本无法前进一步。

那两名天王级强者没有得到古樱冰的命令，也只是抵挡上官菲儿和林天熬的攻击，并未还手，否则的话，上官菲儿和林天熬恐怕难逃厄运。

古樱冰就像是没有听到上官菲儿的话一样，依旧一步步向周维清走去，眼中凶光毕露。

周维清的天力难以得到完全的恢复，在面对真正的强者时，那种凭借技能爆发，打败敌人的缺陷终于全面暴露了出来。

周维清根本没有足够的天力继续支撑自己施展各种技能，以抗衡狮心王子古樱冰的进攻，更何况他拥有的属性技能本就被古樱冰的神圣属性全面压制了。

"轰——"

邪神守护化为了点点光芒，逐渐消失不见，而那条金色巨龙则狠狠地撞击在了周维清胸口的护心镜上。

周维清整个人顿时被轰飞了出去，在空中吐了一口鲜血，要不是有力量之源的守护，这一击恐怕直接就能要了他的命。

金色巨龙重新化为龙头棍，落入古樱冰手中。他一步跨出，来到了周维清面前。

那一击实在是太狠了，周维清缺乏天力的支持，阴阳巨灵掌率先消失，紧接着胸口处的护心镜也随之消失，邪魔变隐入体内。

周维清倒在地上，体内五脏六腑宛如在翻江倒海，他忍不住又喷出一口鲜血，连呼吸都变得困难起来。

古樱冰没有再继续攻击周维清，而是站在周维清面前，目光闪烁，似乎是在犹豫着什么。

尽管周维清感到很痛苦，但他强行支撑着自己，一点一点地爬了起来，脸白得像纸一样。

古樱冰冷冷地看着周维清，道："你知不知道我爱了天儿多少年？我告诉你，从她出生的那一天起，她就注定要成为我狮心王子古樱冰的妻子！

"从小到大，我呵护着她，不让她受到一丁点儿的痛苦。因为她的顽皮，就算是让我代她接受老师最严厉的惩罚，我也心甘情愿。

"我看着她长大，看着她一天比一天漂亮，我心中充满了期待。她必将成为我的妻子，她也只能成为我的妻子。

"是你，是你这个浑蛋蛊惑了涉世未深的天儿，让她离开了我，让她去追寻什么自由。但是，无论如何我都不会放弃，她的心必会回到我身上。"

周维清吐出一口血沫，道："你胡说！她从未受我的什么蛊惑，天儿和我在一起共同度过了几年时间，她自己体会到了自由的快乐。你对她的爱只是一种禁锢，是自私的。你只是一厢情愿地爱着她而已。如果你真的爱她，难道不应该成全她，成全她对自由的向往吗？"

"轰——"

古樱冰一脚蹬在周维清的小腹上，将周维清踹飞了。随后，他身影一闪，在半空中追上周维清，恐怖的攻击不断落在周维清身上。此时的周维清，已经彻彻底底地成了一个"沙包"。

"小胖——"上官菲儿大声呼喊着周维清，连眼睛都红了。她将自己的实力全部爆发了出来，丝毫没有进行防御，只想避开那名老者的阻拦，却还是无济于事。她面对的，毕竟是她无法战胜的天王级强者啊！

就在这时，"噗"的一声轻响，一道银光一闪而没，正在攻击周维清的古樱冰骤然在空中停顿了一下，身上的神圣天使守护竟然破碎了。

危机之中，古樱冰展现出了强大的实力，硬生生地避开了自己的要害，那道银光只在他肋下留下了一道深深的伤口。

没错，那道银光正是银皇天隼小红豆，它是周维清的底牌。

周维清"砰"的一声坠落在地，鲜血从他的口、鼻中溢出，沉重的打击令他有些神志不清醒，眼前也是一片血红。

他的双臂和左腿全都骨折了，唯有坚硬的右腿没有受伤，肋骨也断了五根左右。不知道为什么，古樱冰明明可以杀死周维清，却没有下杀手。

"小小的银皇天隼，哼！"虽然古樱冰受伤了，但是他眼中的凶狠光芒更加强烈了。

古樱冰的双手猛然在空中一挥，一个金红色的光环瞬间扩散开来，直径五十米范围内的空气仿佛完全凝固了。

紧接着，那金红色的光芒形成了天罗地网，硬生生地将准备再次发动攻击的银皇天隼小红豆笼罩在内。

两道金光从古樱冰的眼中射出，正好命中小红豆。原本凭借银皇闪电刺和空间割裂即将冲出重围的小红豆顿时全身颤抖个不停，无法继续发动攻击。

这时，那金红色的光芒突然向内一收，"噗"的一声，小红豆的身体又被那恐怖的光芒命中，没了生命气息。

在古樱冰神圣、精神双圣属性技能的攻击下，一只宗级巅峰的天兽竟然如此不堪一击！如果古樱冰真的想杀死周维清，恐怕周维清已经死了不知道多少次了。

古樱冰朝周维清一招手，一股强烈的吸力顿时将周维清的身体吸住，将周维清拖到了他近前。

第161章
天儿的信

"古樱冰，你敢杀他，我浩淼宫绝不会善罢甘休！周维清他是我们浩淼宫的女婿！"上官菲儿声嘶力竭地喊道。

古樱冰冷冷地看了上官菲儿一眼，道："如果我要杀他，即算他是浩淼宫宫主的亲儿子，也一样要死。"

狮心王子古樱冰的霸气彰显无遗。他捏着周维清的脖子，厉声道："我今天不会杀你，你知道为什么吗？"

周维清被他捏着脖子，根本说不出话来，自然无法回答他的问题。

"因为，天儿早已回到我身边，杀了你，只会脏了我的手。这是天儿给你的信。"古樱冰手上光芒一闪，一封信出现在他手中，然后他将那封信丢在了周维清满是鲜血的胸膛上。

随后，古樱冰手一松，周维清的身体立马倒了下去。

"为了天儿，这次我就放你一马，不过，若让我再见到你，我定不会手下留情。"古樱冰一边说着，一边一脚将周维清踢出十几米远。

"我们走。"古樱冰还有些不甘地看了一眼身受重伤的周维清，朝那两名老者一挥手，率先朝北方而去。

"师兄，我求求你，不要杀他！我……我愿意嫁给你，只要你放过他，好不好？师兄，我会写一封信向他解释清楚这一切，以后我就好好做你的妻子。求你了，这是我最后的心愿。我不希望他因我而死，他毕竟是帮助过我的朋友。师兄，求求你，放过他吧。"

"好吧，不过你要做到你说的。"

"师兄，那你发誓不杀他，我以后就再也不见他了。"

古樱冰身为王子，自然不可能失信于人，所以他终究没有对周维清下狠手。尽管他心中充满了不甘，但还是走了。

"小胖！"上官菲儿飞似的扑到周维清面前，可是，真的到了近前，她又不敢去碰触周维清。

因为周维清此时的样子看上去实在是有些可怕，双臂和左腿骨折了，口鼻处有鲜血，胸口微微塌陷……

看着周维清的样子，上官菲儿甚至连疗伤都不知道该如何下手，更不敢将天力注入他的体内。

"小胖、小胖……"上官菲儿泪流满面地轻声呼唤着。

周维清缓缓睁开眼睛，眼中充满了强烈的怨恨和不甘，他没想到自己居然就这么输给了狮心王子。

由于伤势太重，周维清此时只觉得自己全身都是麻木的，倒是感觉不到太强烈的痛苦。

"菲儿，打开我胸口上的信，念给我听。"周维清勉强开口说道。

"你都这个样子了，还看什么信？你怎会如此……"上官菲儿真恨不得揍周维清一顿。

"念给我听……"周维清瞪大了眼睛，苍白的嘴唇也在颤抖。

上官菲儿不忍心再拒绝他，这才小心翼翼地从他胸口处，拿出那封信，拆开信封，取出一页薄薄的纸。

略微看了一眼后，上官菲儿心中大惊，露出了犹豫之色。

"念……"周维清颤抖着说道。

上官菲儿咬了咬牙，轻声念道："小胖，当你看到这封信的时候，我们的友谊就已经结束了。我爱古大哥，我们就要结婚了，过往的一切，只是我年少轻狂，对未知世界充满好奇所致。今年至寒之日，我就要成为古大哥的妻子了，后会无期。"

刚念完信，上官菲儿便忍不住大怒，三下两下将信纸撕成碎片，道："好一个薄情寡义的人！"

令上官菲儿感到意外的是，听她念完这些，周维清不但没有因此而感到愤怒，眼中的红色反而渐渐消失，连眼神都逐渐变得有神采了，而且还面带微笑。

"笑、你还笑？"上官菲儿很是不解周维清为什么还能笑得出来。

"我为什么不能笑？天儿怎么可能喜欢那个狮心王子，她是怕古樱冰杀死我才故意这么说的。至寒之日，将是我最后的机会，我一定要帮助冰儿重获自由。"周维清断断续续艰难地道。

上官菲儿竟然没有在周维清的眼中看到一丝气馁，看到的反而是更强的战意。

"真想看看你的心是什么做的。"由于周维清似乎已经从内心的伤痛中缓了过来，上官菲儿也松了一口气，因为她最怕周维清被古樱冰打败而一蹶不振。

周维清说完那些话，最终还是昏迷了。

趁着周维清和上官菲儿说话的工夫，林天熬从自己的储物戒指中找出两根长棍和一些布，做成了一个简单的担架。

周维清伤成这个样子，目前只能尽可能地不碰他的伤处，先带他回无双营再说。

当西北集团军大军整军完毕，准备迎敌的时候，无双营却已经护送着两大强族回归了。

神机从无双营这边得到的消息只有一个——敌人退却，而且他亲眼看到无双营带回了数千只独角兽。

说起这些独角兽，它们倒是展现出了狂战族的强大。原本独角兽只会听令于主人，一般人无法驯服它们，而恰巧狂战族自古以来就有驯服独角兽的秘法。

虽然完全驯服这些独角兽还需要一段时间，但狂战族还是可以带着整个独角兽族群移动的。

这么强壮的独角兽，狂战族族长马龙怎么舍得放过？他凭借狂战族一种特殊的哨音，将这些独角兽引了回来。

两大强族入驻无双营，神机对于此事还是有些担心，万一他们是奸细怎么办？

就在神机犹豫要不要仔细查验一下这些人的身份时，无双营第一大队带来了战果，即万兽帝国两个先遣团的一些武器装备。

神机发现，一战下来，无双营似乎并没有太大的损伤。

难道是周维清的那位老师出手了？一想到周维清的那位神秘老师，神机最后的一丝疑虑便也打消了。他回军营之后，就立刻去了西北集团军军部汇报情况。

无双营打了胜战，自然不是因为周维清的老师龙释涯。此时，六绝帝君龙释涯处于暴怒的状态之中。

看着躺在床榻上半死不活，处于昏迷状态的周维清，龙释涯气得连身体都有些颤抖。

站在一旁的林天熬和上官菲儿都隐约能够看到，龙释涯的身体周围闪烁着六色光芒，因为他们离得近，那股恐怖的压力甚至令他们觉得有些呼吸困难。

将周维清带回来以后，上官菲儿第一时间将在军营中修炼的龙释涯请了过来，因为她知道唯有龙释涯才能为周维清疗伤。

"是谁下的手？"龙释涯强压着怒火，咬牙切齿地问道。

其实，以他的修为，原本不应该如此激动的，可是，他这位六绝帝君活了一百多岁才收了这么一位弟子啊！虽然他嘴上说着不帮周维清做事，但是，他的弟子现在出了这么大的事，受了这么严重的伤，他能不管吗？绝不可能。

这段时间以来，周维清刻苦修炼，进步神速，其悟性已经得到了龙释涯的认可。看到昨天还活蹦乱跳的周维清今天竟然被人伤成了这样，龙释涯怎能不怒？

"雪神山，狮心王子古樱冰。"上官菲儿答道。

"狮心王子？"龙释涯眼中流露出一丝异色，问道，"你们在北疆遇到的？"

上官菲儿点了点头，焦急地道："前辈，您先为小胖治伤吧，他伤得这么重，恐怕有生命危险啊！"

龙释涯就好像没有听到上官菲儿的话一样，抬起头，遥望北方。随后，一声怒吼响起："雪老怪，老夫与你势不两立！"

虽然龙释涯尽量压制了自己的气息，但这一声怒吼还是冲天而起，将帐篷顶端破开了一个大洞。

不仅无双营的人听到了这一声怒吼，甚至连周围几个团也都听到了那如同天雷般的浑厚嗓音。

"你们出去。"龙释涯毫不客气地一挥袖子，便有一股力量推着上官菲儿和林天熬，将他们送出了帐篷。

上官菲儿被赶出帐篷后，大大松了一口气，因为她知道周维清肯定是死不了了。

周维清凭借强韧的身体和远超常人的自我恢复能力，只要不再受到重创，就不会有事。此时有了龙释涯的治疗，他自然更不会有事了。

不过，上官菲儿也有些吃惊，刚才龙释涯那一声怒吼显然是针对雪神山主的，似乎这位六绝帝君并不怎么忌惮雪神山主啊！

帐篷内，耀眼的蓝色光芒亮起，顷刻间就将周维清的身体笼罩在内。周维清在蓝色光芒的包裹下，缓缓向上升。

龙释涯之所以没有使用光明属性技能为周维清疗伤，是考虑到了周维清拥有邪恶和黑暗两种属性。

一旦龙释涯使用光明属性技能，很有可能会加重周维清的伤势，因为从某种意义上来说，周维清是属于偏邪恶属性的天珠师。

水属性的治疗效果虽然不如生命属性和光属性，但是以龙释涯的修为，水属性天力在他手中除了不能施展复活术之外，几乎不比绝大部分治疗技能效果差。

在一层层蓝色光芒的包裹下，周维清的伤势完全呈现在龙释涯的感知之中。越是清楚地感受到自己弟子的伤痛，龙释涯眼中的寒意就越强烈。

对于普通人来说，如果受了这么严重的伤，恐怕早就没命了。

此时，周维清的五脏六腑已经移位，体内多处大出血，骨骼断了十多根。

连龙释涯都有些震惊，以周维清的身体强度，他到底承受了多少重击啊！

龙释涯也是知道狮心王子古樱冰这个人的，毕竟他不止一次登上过雪神山。

对于周维清输给古樱冰，龙释涯并没有感到耻辱，因为周维清比古樱冰小十多岁，古樱冰又是雪神山的首席弟子。

但是，龙释涯的心中还是充满了愤怒，不论出于什么原因，这个狮心王子险些杀了他唯一的传人，这件事绝不能就这么算了。他说什么也要去找雪老怪讨个公道。

浑厚的水属性天力悄然涌入周维清体内，先是小心翼翼地让他的五脏六腑归位，并且形成一层能量保护层，然后滋润着周维清的五脏六腑，最后是骨骼。在龙释涯精妙的控制下，周维清体内所有骨骼全部归于原位。

龙释涯不断增加天力的输出，改善治疗效果，疏通经脉，治疗周维清的伤势。在普通人看来极其严重的濒死重伤，经过六绝帝君龙释涯的治疗后，便以惊人的速度恢复了。

当然，这也和周维清的自愈能力分不开。周维清的身体自愈能力得到水属性天力的滋润，早已自行觉醒，配合着外来的天力一起疗伤。

整整一个时辰过去了，随着伤势的逐渐恢复，周维清慢慢地睁开了双眼。

没有觉得哪里疼痛，周维清只觉得全身发痒，这是伤处愈合的感觉。他一睁眼就看到了站在自己身前，脸色阴沉的龙释涯。

"老师。"周维清觉得有些羞愧，就要起身。

"别动！"龙释涯喝道，"虽然你的伤势暂时痊愈了，但是至少要躺一天才能起来，否则容易留下后遗症。"

这时，帐篷门帘被掀起，断天浪从外面走了进来。在无双营中，也只有他敢随意走进龙释涯的房间。

"龙胖子，怎么回事？你刚才大叫干啥？"其实断天浪早就来了，只是感受到龙释涯在运转大量天力，就没有打扰他，等感受到帐篷内天力停止运转后，这才走了进来。

"维清差点被打死，你说我叫什么？！老断，等维清好了，我先去万兽帝国军营中将古樱冰那小子也打成重伤，然后再上雪神山找雪老怪讨一个公道。

"维清，你不用担心，雪老怪的弟子欺负了你，老师一定会为你做主。"

听到老师为了自己，竟然要上雪神山去找雪神山主算账，周维清很是感动，身体上的痛苦似乎也减轻了许多。

"老师，您别去，至少现在不能去。"周维清赶忙说道。

"怎么？你怕我打不过那雪老怪？就算打不过，老夫也要让他付出一点代价。"龙释涯怒哼哼地说道。

周维清沉思片刻，眼中闪烁着坚定的光芒，道："老师，您有没有什么办法能够让我在短时间内，实力大幅度增强？"

龙释涯眉头一皱，心中既有些惊喜又有些担忧，惊喜的是周维清并没有因为这一败而意志消沉，而担忧的是，周维清惹上雪神山并不是什么好事。

"维清，告诉师叔，那狮心王子古樱冰为什么会找上你？以他在万兽帝国的地位，找上你却没有杀了你，这其中的事情恐怕没有那么简单吧。"断天浪向周维清问道，他比暴怒中的龙释涯冷静许多。

周维清露出一丝尴尬的笑容，也不敢隐瞒，于是将自己当初如何认识天儿，和天儿在一起的事详细地说了一遍。

周维清说到了自己和天儿分离，这次狮心王子古樱冰找上自己的原因，以及他对天儿目前情况的推断。

听了周维清的话，不论是龙释涯还是断天浪，都有些发愣。

龙释涯还是有些不确定，向周维清问道："小胖，你的意思是说，你和那雪老怪的宝贝女儿关系还不错？"

周维清惭愧地点了点头。

然而，接下来发生的一幕，令周维清哭笑不得。

龙释涯猛地一拍自己肥硕的肚子，极其兴奋地喊了一句："这实在是太扬眉吐气了！"

断天浪也哈哈大笑，道："维清，好样的，你给咱们力之一脉争光了！"

两个"老家伙"对视一眼，皆哈哈大笑起来。

第162章
提前激发固化龙灵

看着龙释涯和断天浪大笑的样子，周维清现在只有一种感觉，那就是仿佛看到了两个木恩老师站在自己面前。

"老师，您不是被气糊涂了吧？"周维清试探着问道。

"气？我为什么要生气？我开心还来不及呢。臭小子，好样的，这顿打挨得也算值了。"

原本周维清被打成重伤，龙释涯心中充满了怒气，但听了周维清的一番话后，怒气便消了不少。

周维清不明所以地看着两人，有些摸不着头脑。

断天浪呵呵笑道："维清，其实不只我和龙胖子高兴，恐怕所有天帝级强者知道这个消息，都会笑出来。雪傲天那老怪物被称为'当今天下第一强者'绝非侥幸，他的实力确实是我们所不及的。但凡是天帝级强者，几乎都败在他手上过。

"而那雪老怪只有一个女儿，还是老来得女，自然对他女儿欢喜得不得了。他为了雪神山的圣地传承，为女儿和万兽帝国皇族的狮心王子古樱冰定下了亲事。没想到你小子竟然阻止了这门婚事，坏了那雪老怪的计划。这个曾经败给雪老怪的龙胖子，怎能不扬眉吐气啊？！你没看见你老师，连嘴巴都快笑歪了。"

周维清看了龙释涯一眼，心想，老师这得意的样子绝不是装出来的。看着老师脸上的笑意，周维清突然多了几分自信。

"老师，那您有没有什么办法，能够在短时间内让我的修为大幅度提升？"周维清问道。

龙释涯愣了一下，没想到周维清会问这个，一旁的断天浪道："维清，龙胖子都要替你出头了，你还如此着急提升修为干什么？"

周维清的眼神渐渐变得执着起来，他深吸一口气，沉声道："老师，断师叔，这件事还是让我自己处理吧。我要凭借自己的力量帮助天儿获得自由。"

龙释涯没好气地道："你知道万兽天堂是什么地方吗？凭你自己的力量，恐怕你连雪神山脚下都走不到就成了天兽的食物。你也不用多想，雪老怪虽然强横，但也不是完全不讲理。

"在这件事上，我们并不理亏，不过，你的实力确实需要在短时间内有所飞跃。在万兽帝国，一向都是以实力论英雄，如果你能够击败那个狮心王子古樱冰，恐怕他也没脸再强娶那姑娘了。

"不过，你现在和他的差距可不小，距离至寒之日也只有两个多月的时间了，在这么短的时间内，你想有所飞跃，除非……"

"除非什么？"周维清急切地问道。

自从成为天珠师后，周维清还从未吃过今天这么大的亏，要不是有老师龙释涯在，他几个月都未必能好得了。

其实，周维清并不恨古樱冰，毕竟是他在阻拦天儿嫁给古樱冰，但是，他此时充满了斗志和战意，他一定要战胜古樱冰，将天儿从古樱冰手中解救出来。

龙释涯皱了皱眉，道："只有一种方法有可能让你在短时间内实力大增，但是，这种方法会让你承受巨大的痛苦。尽管有我的保护，你不会有生命危险，可是，如果你承受不住那种痛苦，你很有可能会精神崩溃。"

周维清听了，笑道："老师，难道您不觉得您弟子很坚韧吗？今天被打成这样，我不也还是笑得出来。您说吧，只要死不了，我一定能扛过来。"

龙释涯严肃地道："唯一的方法就是激发你体内的固化龙灵，让它提早与你的身体融合。"

"固化龙灵？"听到这四个字，周维清的眼睛顿时亮了起来。

他知道自己体内存在固化龙灵，但是这些日子以来，他一直在努力修炼，对于固化龙灵，他并没有想太多。

按照常理，他体内的固化龙灵至少要等到他拥有九珠修为后才有可能觉醒。

此时听到龙释涯提起固化龙灵，周维清的心中顿时燃起了希望。固化龙灵可是属于真正的天神级天兽——巨龙的力量啊！龙，是天兽世界中顶尖的存在。

龙释涯点了点头，道："还记得你对我说过，当初你因为身体化解了外来的火属性技能攻击，从而引发了固化龙灵吗？"

周维清颔首道："当然记得，那次要不是菲儿帮忙，恐怕我都没有见到您的机会了。"

龙释涯道："如果固化龙灵能够提前觉醒，那么，必然能够使得你的天力大幅度提升，身体得到进一步的改善，甚至是进化，从而让你拥有更强韧的身体和更纯粹的天力。我至少有六成把握能让你在固化龙灵提前觉醒后，修为提升到六珠，强行跳过四重天力的提升。

"而我的六绝控技也只有到了六珠修为之后，才能真正意义上运用出来，发挥出强大的威力，再加上固化龙灵给你的能力，会让你的个人实力产生巨大的变化。

"尽管那古樱冰有八珠修为，但我们的六绝控技一向擅长越级挑战，再加上你的固化龙灵和邪魔变，你肯定不会吃亏，到时候你还能再多一件传奇级凝形套装的组件。"

听龙释涯说着固化龙灵提前觉醒的好处，周维清的心情却一点也不轻松。因为他太清楚天珠师进行循序渐进的修炼是多么重要了，如此揠苗助长，自己需要付出的代价一定不会少。

果然，龙释涯脸色一沉，道："但是，想提前激发你的固化龙灵，你就必须承受天火淬魂之苦。巨龙是火属性顶级天兽，所以赋予了你火属性能量免疫能力，而固化龙灵需要通过强大的天火刺激，才有可能提前觉醒。

"而且，固化龙灵觉醒必定会和你自身的邪魔变发生冲突，你要经历的痛苦肯定会比上次强烈得多，而且会一直持续，直到固化龙灵完全觉醒为止。

"也就是说，你必须经历天火煅体、天火淬魂这个过程。我能帮你的，就是保证你不在这个过程中出现生命危险，但是，你一定要完全感受整个煅体、淬魂的过程。"

对那次固化龙灵与暗魔邪神虎血脉之间发生冲突时的感受，周维清记忆犹新。

龙释涯这么一说他就明白了，体内的固化龙灵想觉醒，就必须将固化龙灵带来的血脉能量与暗魔邪神虎的血脉能量完全融合在一起，呈现出质变的效果。

按照正常情况，这个过程应当在自己拥有九珠修为，天力浑厚，身体更加强韧之后才会经历，虽然也要承受痛苦，但是肯定会容易得多，一切水到渠成，不会费太大的力气。

他现在的修为只有五珠，可想而知，他在固化龙灵觉醒的过程中将要承受什么。

可是，他有其他的选择吗？没有。

他不能辜负天儿的信任，不能让天儿就那样心不甘情不愿地嫁给狮心王子古樱冰。

"我作为一个男人，如果连这些痛苦都承受不了，那还有什么希望复国强国？！老师，您放心，我扛得住。"周维清斩钉截铁地说道。

看着周维清眼中的坚持与执着，龙释涯赞赏地点了点头，道："好，不愧是我龙释涯的弟子，老师以你为荣！老师也一定会不惜一切代价，帮你完成这个心愿。"

断天浪站在旁边，脸上露出淡淡的微笑，道："龙胖子，好久没见过你如此斗志满满了，要不要我和你一起去？"

龙释涯摇了摇头，道："不用，你还是尽快帮维清完成套装的第五份凝形卷轴吧。这次，也算得上是我与雪老怪在另一个战场上的对决。挑战了他那么多次，我从来都没赢过，这次，我的弟子一定要打败他的弟子。"

"唉，为什么我没有早点遇到维清呢？"断天浪无奈地摇了摇头，转身离去。因为他怕自己再留下来，就真的要忍不住跟龙释涯抢弟子了。

龙释涯沉声道："维清，时间紧迫，你在三天内处理好无双营这边的事情，然后我们就出发，地方我已经想好了。你今天先在这里好好养伤，然后尽快将这边的事情处理完。"

交代完这些后，龙释涯也出去了。

龙释涯前脚刚离开，上官菲儿后脚就走进了帐篷。

"小胖，你怎么样了？"上官菲儿来到周维清面前，看到他身上各处骨骼似乎已经恢复了正常，神志也清醒了，这才放心了。

"菲儿，让你担心了。"周维清柔声道。

一听这话，上官菲儿的眼睛顿时红了，道："别说了，我没事。我去打水给你洗脸。"

帐篷外，一身军服，戴着面具的上官雪儿悄然出现。

"菲儿，周维清他没事吧？"上官雪儿忍不住问道。

上官菲儿看着姐姐，轻叹一声，道："姐，他没事了，我们都不用替三妹担心了。我去帮他打盆水洗脸。"

过了一会儿，上官菲儿端着一盆热水回到周维清的帐篷中，然后就离开了。

周维清看着上官菲儿做这些，有些感动。

他简单地擦拭了一下身体各处的血迹，顿时觉得舒服多了，体内的天力缓慢地运转着，受伤的地方也在自愈。

直到周维清擦洗完毕，上官菲儿才再次走进帐篷，道："小胖，你接下来打算怎么办？"

周维清道："菲儿，过几天我可能要离开一段时间。"

上官菲儿听他这么说，心中一惊，道："你要去雪神山？不行，你不能去送死。"

"菲儿，你先别急，听我说，我不是要去雪神山。"周维清赶忙解释道。

上官菲儿这才冷静了几分，问道："那你要去干什么？"

周维清应道："以前我一直觉得自己的实力还不错，上次面对血红狱的那个寒天佑都没有吃亏。而今天这一战，让我明白，如果敌人能克制我的技能，并且不轻敌，我的实力还远远不够。没有绝对的实力支撑，我有再多再好的技能也没用。

"我和老师商量好了，老师准备带我去一个特别适合我修炼的地方闭关修炼一段时间。老师的六绝控技之法至少需要六珠修为才能真正发挥出效果，我打算利用闭关的这段时间，努力冲击一下六珠。"

上官菲儿秀眉微皱，道："那你要去多久？从五珠到六珠，岂不是要几年时间？"

周维清微微一笑，道："别忘了，我可是个天才，哪里需要那么久？最多四五个月，我就回来了。"

上官菲儿还是有些担心，问道："你走了，无双营怎么办？"

周维清苦笑道："世事不能两全，无双营这边就只能靠你们了。所幸现在无双营的训练已经走上了正轨，有你这个浩渺宫直系传人在，西北大营也不可能要求我们去打什么硬仗。哦，对了，狂战、乌金两族现在情况如何了？"

上官菲儿应道："已经安排住下了，两族士兵大多数都受伤了，正在治疗伤势呢，我们从第七军团那边借调了不少军医过来。两位族长本来要见你的，我告诉他们你受伤了，正在疗伤。至于你伤势的具体情况，我没告诉其他人，免得他们担心。"

周维清点了点头，道："这就好。这样吧，今天我休息一天，明天召集大家开会，布置一下我离开这几个月咱们无双营要做的事情。等我回来，咱们无双营应该也基本有了雏形，到那个时候，便该离开了。"

上官菲儿点了点头，心却已经飞远了。小胖要去闭关，她正好可以在这段时间回浩渺宫一趟。

不过，她还是要等今年与万兽帝国的大战结束后才能回去，如果现在离开无双营，她又怎能放心得下呢？

第二天一早，周维清刚刚恢复行动能力，便召集无双营所有高层聚集在中军帐开会。

上官菲儿、划风、魏峰、林天熬、各大队的大队长，以及刚刚到来的乌金族和狂战族的族长都来了。

"周营长，你的伤势如何？"狂战族的族长马龙刚低着头从大帐门外挤进来，洪亮的声音就在周维清耳边响起。

周维清应道："我没事，多谢马龙族长关心，一点小伤而已。"此时整个无双营的高层都在，周维清自然不能像私下里那样，称呼马龙为"马叔叔"。

马龙笑道："没事就好。你真是让我们大开眼界啊。周营长，你的无双营确实很有特点，难怪马群那臭小子对你推崇备至。要不是你们及时援救，我们那天就危险了。"

周维清正色道："马龙族长和红玉族长如此信任我，带全族迁徙而来，遇到危险，我们怎么能不救援呢？这是我们应该做的。"

此时，所有人都已经到齐了，红玉和马龙一样，也是爽快性格，她突然沉声问道："周营长，不知道你准备如何安排我们的族人？"

这是她和马龙最想知道的。他们两族选择投奔周维清，主要是因为两族在翡丽帝国那边，总是被翡丽帝国军队压榨，生活艰难，甚至连种族延续都有了问题，否则的话，谁愿意轻易离开故土呢？

对于红玉的疑问，周维清早就做好了准备，他微笑道："两位族长，对于狂战族和乌金族，我是这样计划的。

"马群应该已经将我的大概情况告诉两位了，我也没什么好隐瞒的。我是一个亡国之人，天弓帝国是我的祖国，而我组成这无双营，为的就是击溃入侵强敌，夺回国土。

"或许，我们的人现在还不算多，但是，我一向认为兵贵精而不在多。凭借我无双营的实力，将来必定能完成复国大业。

"我向二位承诺，只要天弓帝国成功复国，那么，我一定会在我国境内专门开辟出一片富饶土地，以供狂战、乌金两族居住，让两族成为我天弓帝国的护国强族。"

马龙微微皱眉，道："周营长，对于你提出的条件，我很感兴趣，但是，这似乎有些遥远吧。天弓帝国为百达帝国所灭，百达帝国怎样，我们都清楚得很，你想复国，恐怕不是一件容易的事。你的意思我也明白，我们为你无双营而战斗，只是不知等到你复国成功的时候，我们两族还有多少人能活着。"

马龙说的同样也是红玉的担忧，尽管他们心中都十分认可周维清，但是为了族人的未来，他们绝不能轻易妥协，一定要把话都说清楚。

周维清点了点头，道："两位族长的担心我都考虑过。两位放心，我早已有了妥善的安置方法。你们看这样如何？你们两族各出一千名士兵加入我无双营，这个数量应该在你们两族的承受范围内。这两千人的所有装备，包括凝形装备和拓印费用，全部由我无双营负责。

"狂战、乌金两族在生活上需要的资源也由我们来负责。如果你们族的这一千名士兵在战场上损伤超过三成，那么，你们族就可以不再参加我无双营的任何军事行动。我先预支给你们两族各五百万金币，只要出现三成以上的伤亡，你们随时可以离开，而且装备也可以带走。"

一千人的三成，就是三百人，虽然狂战和乌金两族加起来不过万余族人，但这个数字他们还是能够承受的，他们赌的就是这次机会。

马龙和红玉对视一眼，两人通过眼神交流了一下，再同时看向周维清。

周维清目光坦诚，面对他们的注视，毫不闪躲。

马龙忍不住问道："周营长，你就这么有把握我们在战斗中的伤亡不会超过三成？你知不知道这在战场上是很难做到的？如果你要复国，绝不止参与一场战争，这将是一个漫长的过程。"

周维清道："魏副营长。"

魏峰上前一步，恭敬地道："属下在。"

周维清吩咐道："你将我们无双营成立以来的战绩向两位族长介绍一下。"

"是。"魏峰答应了一声，面对着马龙和红玉，沉声道，"两位族长，我们无双营成立至今，大概有九个月的时间了，其间，我们数次与万兽帝国作战。第一次作战，敌军一个中队的兵力被我方全歼，我方损伤零。之后，我方遇到了万兽帝国迅狼团一万人的攻击。当时，我无双营总兵力一千五百人，歼敌四千余，损伤零……昨日一战，我方参战人数约五百，歼敌三千以上，损伤零。"

听着魏峰的话，红玉和马龙渐渐露出了惊讶之色。

在魏峰汇报的战绩中，有一点是相同的，即无双营的伤亡数字都是零。也就是说，无双营的每一场战斗都是完胜。

如果没有经历过被无双营第一大队救援的过程，或许这两位族长还很难相信魏峰的话，但是，亲眼见过无双营的强大之后，他们自然不会怀疑太多。

要知道，昨天无双营来救援他们的时候，面对的可是万兽帝国两个团的兵力，而且他们主要的对手是比狼骑兵更强大的独角兽骑兵。

魏峰说完后，重新回到了自己的位置。

周维清正色道："两位族长，从我们无双营成立至今，目前在战场上还没有一位兄弟战死。轻伤不可避免，但我告诉无双营的每一位士兵，他们的生命是无比宝贵的，在不久的未来，他们都将成为战场上的英雄。

"我追求的，就是己方无伤亡。虽然我们人数不多，但是，两位族长想想，百达帝国再强，能和万兽帝国相比吗？更何况，天弓帝国是我的祖国，百达帝国是外来的侵略者，当我们登高一呼之时，必定是得道者多助。

"对于狂战、乌金两族，我早已有了计划，也一直在等待你们的到来。两位族长应该已经看到我们无双营的装备了，全体配备有钛合金轻铠。"

马龙和红玉下意识地点了点头，全体配备钛合金轻铠，这要多少钱啊！有了这么精良的武器装备，士兵们在战场上生存下来的概率自然就会大得多。

马龙最先沉不住气，问道："周营长，这么说，你也肯给我们两族的士兵配备钛合金轻铠吗？"

在两位族长灼热目光的注视下，周维清摇了摇头。

马龙眉头一皱，没有吭声。他们才来，还未立半点功，不好要求太多，但他心里还是有些失望的。

周维清微笑道："钛合金轻铠的防御力怎么够？"

"嗯？"马龙和红玉脸上顿时露出了疑惑之色，不太明白周维清是什么意思。

周维清道："我们无双营全军五千人左右，而且都是御珠师，绝大多数都是体珠师。两位族长不用担心我们无双营的财力，我们这些体珠师未来都将是无双营空军。拥有凝形双翼的他们，将在蔚蓝的高空中战斗。在这种情况下，如果装备太重，会影响他们持续飞行的时间，因此，我给他们配备的才是钛合金轻铠。"

才是钛合金轻铠？马龙和红玉不禁大吃了一惊。

这下，红玉也有些忍不住了，道："那我们的士兵呢？周营长你就别卖关子了，对我们，你到底有何打算？"

周维清道："我将会把你们打造成钢铁之师，所以给两族士兵安排的装备，不仅要武装到牙齿，还要让低等级的御珠师无法攻破你们的防御。从马群和乌鸦身上，我清楚地认识到了狂战和乌金两族士兵强大的战斗力，你们现在缺乏的是整体训练和精良的装备。

"具体的细节我现在说什么都还早，一切请两位族长看行动吧。我可以提前告诉你们的是，狂战族和乌金族的每一名士兵的装备花费将是无双营空军士兵装备的五倍以上。"

听了周维清豪气干云的保证，马龙和红玉都震惊了。是钛合金轻铠五倍价值的装备，他们完全想象不到那是什么东西。

周维清道："本来我的计划是让狂战、乌金两族成为我们无双营的重装步兵，但是在得知狂战族在驯独角兽上的天赋后，我决定稍微改变一下这个计划。我希望在不久的将来，两族士兵上马能成为重骑兵，下马能成为重装步兵，在地面战场上，你们组成的钢铁之师将会无坚不摧。"

"我跟着无双营干了！"马龙被周维清说得热血沸腾，他猛地一挥手，便决定了狂战族的命运，因为不拼一下，恐怕狂战族永远都没有出头之日。

以前，翡丽帝国试图通过金钱等收买狂战、乌金两族，但之后，翡丽帝国每次都让他们在战场上拼命。两族的族人渐渐减少，两族才变得如此衰败。

周维清今天并没有说将来会让两族如何为他战斗，而是详细地说了如何保证他们的安全，如何装备他们，单是这一点，就得到了马龙和红玉的充分认可。

"我也同意了，不过，我们乌金族还有一个特殊的要求。"红玉说道。

周维清道："族长请讲。"

红玉笑道："周营长，我看你们无双营里面壮小伙儿不少，你看，我们族有那么多漂亮姑娘，能不能配个对，我们两方结个亲家？"

周维清道："红玉族长，当初乌鸦就跟我说过这个问题，不过我一直有一个疑问，既然狂战、乌金两族世代交好，为什么不通婚呢？"

红玉没好气地瞥了马龙一眼，道："不是不通婚，我们两族也通过婚，只是，我们两族多年以前通婚的族人太多了，族人之间大多都有亲缘关系，继续通婚下去，生出的孩子……所以，除了可以肯定双方没有血缘关系，像马群和乌鸦这样的外，我们两族是不会通婚的。"

周维清这才明白过来，道："好，这件事我答应了。我们无双营一定会促成这桩好事的。"

乌金、狂战两族的事情算是尘埃落定了，随后，周维清下达了一系列的命令。

林天熬依旧负责后勤补给，主要是负责全营的装备问题。虽然乌金、狂战两族才到，但他们的装备早就在定做了，而完善无双营士兵们装备的工作也在进行。

这方面的花费极大，周维清当初的一亿金币早就花没了，不过龙释涯给的天核数量极其庞大，凭借变卖天核来支持无双营的开销，至少十年都不用发愁。

周维清将他要离开一段时间去闭关修炼的事情说了，并让划风在他离开后代理无双营营长职务，一切行动由划风与魏峰、上官菲儿三人共同商议后决定。

大战马上就要开始了，周维清为无双营制订的计划，是在确保没有伤亡的情况下尽可能地磨炼无双营的士兵们。

同时，他还让林天熬筹集大量的金币，以用于战斗中的奖励。

至于凝形卷轴那边，还需要一定的时间，毕竟几千份凝形双翼卷轴不是一时半会儿就能制作出来的。

接下来就是练兵，周维清依旧将两大强族的士兵的训练交给了上官菲儿负责。

至于战斗阵形、战斗能力方面的训练，周维清想办法将臧浪调了回来，让他配合上官菲儿，一起训练这股对于无双营来说极为重要的步兵力量。

第163章
与重装步兵之战

经过马龙的评估，独角兽完全可以承载乌金族和狂战族的士兵，但如果要让独角兽成为他们的坐骑，则还需要一段时间来驯服。

在未来的战斗中，独角兽团将成为无双营的主要攻击对象，因为无双营需要尽可能地多抓一些独角兽回来，给无双营的士兵们当坐骑。

为了救援乌金族和狂战族，无双营可是付出了五百匹战马的代价，第一大队的大队长磊子到现在还心疼不已呢。

现在无双营最需要的就是时间，周维清深信，在不久的将来，只要无双营全员配装完成，再有足够的后勤补给，就一定会成为战场上的一支无敌之师。

仅用了一天时间，周维清便将无双营的一切都安排得井井有条，因为他在这边停留的时间将会越来越少。

他这次前往雪神山，不论成败，归来之日，都将是无双营离开北疆前往天弓帝国之时。在那里，周维清和他的无双营将面对真正的挑战。

夜幕降临，随着秋季的来临，北疆的天气越来越冷了。天空阴沉沉的，看不见月亮，似乎随时都可能下雪。

第二天清晨，周维清和龙释涯悄悄地离开了无双营。

无双营内，除了高层之外，没有人知道周维清的离开，这样做是为了不影响军心。

虽然平时负责训练士兵的不是周维清，但是这并不影响周维清在无双营士兵们心中的地位，可以说，无双营有今天，绝大部分都是周维清的功劳。

临走之前，周维清特意叮嘱了林天熬，尽管只是请狂战和乌金两族各派一千人加入无双营，但装备要做两千套，毕竟两族各有两千士兵。

周维清骑乘独角魔鬼马在北疆广阔的土地上狂奔着，而龙释涯则选择了一只独角兽当坐骑。以他的修为，独角兽根本用不着接受驯化也会乖乖听话。

"老师，我们这是要去哪里啊？"周维清有些疑惑地问道。

出了军营之后，龙释涯并没有像周维清想的那样，带着他返回内陆，而是一直奔北，看这样子，竟像是要去万兽帝国。

"你知道什么是天地灵火吗？"龙释涯瞥了周维清一眼，问道。

周维清茫然地摇了摇头。

龙释涯道："所谓天地灵火，就是从天上降下的和从地底冒出的神火。这样的地方虽然在大陆上少见，但也不是没有。为了赶上至寒之日，我们必须在万兽帝国选个地方，这样才能让你有更多时间修炼。而且，在万兽帝国的这个地方，天地灵火齐聚，是不可多得的火属性天力修炼宝地。"

周维清好奇地问道："难道是在万兽天堂里？"

龙释涯摇了摇头，道："不是，不过就在万兽天堂附近，那里是整个万兽帝国最炎热的地方，即万兽帝国皇族狮人族领地内的火灵山。

"据传说，火灵山是天降神火引发地底灵火而成的一座火山，山顶终年烟雾缭绕。此山周围五百里范围内温度常年如酷暑一般。在万兽帝国这么寒冷的地方，只有那里的温度最高。万兽天堂之所以能够四季如春，也是因为受到了它的一定影响。

"火灵山同时具备天地灵火，一直被狮人族霸占着，打伤了你的那个狮心王子古樱冰，小时候应该就是在那里修炼的。狮人族的皇族具有神圣地灵狮血脉，同时拥有神圣、光明和火三种属性，而雪神山那老家伙，神圣天灵虎一脉则拥有神圣、光明和水三种属性。当然，只有他们的直系血脉才会具备这样的属性。同时具有两大圣属性，也是雪神山多年以来屹立不倒的重要原因。"

周维清心中暗想：对狮人族来说，火灵山应该是极为重要的，恐怕也就拥有极高的修为老师敢带自己过去。

龙释涯道："这几天你不用急着修炼，在路上一定要将身体完全恢复好，不能有任何的问题。等到了火灵山之后，你立刻开始修炼。按照我的计算，想让固化龙灵觉醒，你起码需要在火灵山顶上修炼七七四十九天。"

说到这里，龙释涯眼中流露出浓浓的担忧，显然，这种修炼方法令他十分不安。

虽然从理论上来说，这种方法能够成功，但实际操作起来，周维清将会面对极大的危险。

一个不慎，周维清的精神就会彻底崩溃，到时候，就算留得住性命，整个人也完了，变成白痴可能还是最好的结果。

周维清没有多说什么，他决定了的事，就绝不会后悔。

一想到能够提升实力，周维清就觉得自己全身上下充满了斗志，不就是修炼四十九天吗？如果自己连这四十九天都撑不过来，还有什么资格复国强国？

龙释涯和周维清两人很快就进入了万兽帝国境内，万兽帝国驻扎在西北的一顶顶帐篷出现在两人的视野之中，在广阔的边疆上形成了一番壮观的景象。

与中天帝国西北大军的军营相比，万兽帝国的军营简陋得多，只是一些临时的帐篷，勉强能够住人。

像北疆这么寒冷的地方，也只有兽人能够在这种简陋的帐篷内生活下去了。

他们的帐篷如此简单，好处就是方便移动，而且万兽帝国的后勤军队一向人数极少，几乎人人都可以成为士兵。

"老师，我们怎么办？绕过去吗？"周维清没有自信到认为自己能够从万兽帝国十几万大军中闯过去。

万兽帝国大军中的强者不少，狮心王子古樱冰和他带着的两名天王级强者估计都在里面。

"收起你的马。"龙释涯说道。

周维清跳下马背，将自己的独角魔鬼马和老师龙释涯的独角兽都收了起来。

龙释涯露出思索之色，道："小胖，你说我要不要先去找那个狮心王子'理论理论'，然后咱们再去火灵山？"

"老师，这是我自己的事，别的战斗可以用战略战术制胜，但这件事不行。我要在至寒之日，堂堂正正地击败古樱冰。"周维清毫不犹豫地说道。

"好，有志气！"龙释涯对周维清的回答很满意。

"老师，咱们到底怎么过去啊？"周维清又一次问道。

龙释涯微微一笑，道："让你过一把御风飞行的瘾吧。"

还没等周维清反应过来，一团青光便将他和龙释涯包裹在了一起，随后，两人笔直向高空冲去。周维清觉得自己仿佛在浩瀚的风之海洋中，风元素无比浓郁。

这种感觉实在是太奇妙了，就像是站在龙卷风的顶端，速度奇快无比，宛如流星赶月。

"老师，像您这个级别的强者都能飞吗？"周维清毫不掩饰自己的羡慕之意，问道。

龙释涯应道："必须得有风属性，这是前提。不过也不需要到我这个级别，只要突破到天王级，拥有天道力就可以飞了。天力的四大境界，每突破到下一个境界都是质的飞跃，从天精力到天神力，是炼精化气再炼气化神的过程，天力由无形化为有形。

"从天神力到天虚力，则是将天力从有形化为无形，不同之处就在于控制的天力不再局限于体内。这是天珠师的修为超过六珠后，持续战斗能力会大幅度增强的原因，也是六绝控技想真正发挥威力，必须拥有六珠修为的原因。天虚力是基础，从虚无中引天地之力为自身所用。

"而天虚力和天道力之间的差距，是四大境界中最大的。天虚力是控，天道力是融，到了天道力层次，天珠师便是天地之道，能够真正地融入天地之间。

"简单来说，如果是风属性的天珠师想飞行，凭借技能也不是不可以，短时间飞行没问题，但绝不可能飞太长时间，因为他们只能勉强控制风属性天力驱动自身。到了天道力的层次就不一样了，天珠师能融于风中，自身就是风，又能产生多大的消耗呢？所以说，想真正地飞，天王级修为是基础。"

听了龙释涯的这番解释，周维清顿时有一种茅塞顿开的感觉。他知道，老师是在提前指点自己关于天虚力的奥妙，只要自己这次能够突破到六珠，那么他也将拥有天虚力。

为了节省时间，龙释涯凭借着天帝级强大的修为，带着周维清向北疆深处飞去。

在万兽帝国，一般的天王级强者绝不敢这么做，就连天帝级强者都要掂量掂量雪神山主的想法，但龙释涯丝毫不惧。

在周维清师徒赶往火灵山的同时，无双营迎来了一位客人——第七军团的军团长神机。

"周营长不在？"神机在中军帐中只见到代理营长划风，然后听到周维清有事不在的消息后，他顿时大为失望。

以神机军团长的身份，按道理说，他只要下令召见周维清就行了，此次他亲自前来，就是为了讨好周维清。

神机派出的斥候详细地描述了万兽帝国狼骑兵团和独角兽团留下的大量尸体的状况，这让神机第一次意识到了无双营的强大。

大战很快就要开始了，万兽帝国这一次又格外关注西北集团军这边的驻地。尽管西北集团军竭尽全力，集结了近七十万大军，可对于这一战，军部都不怎么看好，但他们不能就这么退回到天北城去，否则的话，舆论必将令西北集团军为千夫所指。因此，这一战必须打。

在这种情况下，如果第七军团能够有五千精锐弓箭手加入，显然会对战局有利。只不过无双营比较特殊，并不是完全受神机指挥，所以他才特意跑了这一趟。

"神机军团长有什么事跟我说也是一样的。"划风优雅地说道，尽管他一身盔铠，但他很像一个绅士或一个贵族。

神机道："大战一触即发，万兽帝国先遣部队已经进入我国疆域，不知无双营可否加入我们第七军团的阵营之中，与我军共抗强敌？"

划风正色道："当然，我们无双营的士兵也是北疆士兵的一分子，敌人来袭，怎能不参战呢？"

神机并没有因划风的话而放松心情，原因很简单，划风说的是无双营的士兵乃北疆士兵的一分子，可没有说是西北集团军或是他第七军团的一分子。神机也是聪明人，自然听得出来这措辞上的用意。

"那划风营长有什么需要我们第七军团提供的吗？"神机不动声色地问道。

划风微微一笑，道："我们确实有两方面的需要，第一，我希望战斗结束后，如果是我们无双营的士兵解决了敌人，就要兑现承诺，发放奖励。"

神机毫不犹豫地道："这个没问题，这是军部许下的诺言，绝不会反悔。"

神机现在答应得快，不久之后，他就会明白划风为什么会强调这一点。

划风依旧是一脸优雅的微笑，继续道："第二，神机军团长您也知道，我们无双营都是弓箭手。在战场上，弓箭手无疑是非常脆弱的。一旦我们给敌人造成一定程度的伤亡，那么，敌人的弓箭手和骑兵，必定会优先'照顾'我们这边。因此，我希望神机军团长能够专门调兵保护我们，以确保我们的安全，这样才能确保我们在战场上发动持续攻击。"

划风提出的这两个要求都很合理，神机略微松了一口气，微笑道："这是应该的，我会专门调遣几个营来保护无双营。"

"不、不，不是几个营，一个团才行，而且，我要一个重装步兵团，是有塔盾的那种重装步兵团。"划风笑道。

神机听划风这么一说，顿时皱起了眉头，道："划风营长，这恐怕不行。你也知道万兽帝国的骑兵有多厉害。我们第七军团只有一个重装步兵团，他们是战场上的主力，如果用来替无双营防御，实在是太大材小用了。

"这样我没法向军部交代，也没法向我第七军团的士兵们交代。况且，如果只是为无双营防御，似乎没必要出动这么强大的力量吧。"

划风淡然道："神机军团长这么说，是在小看我们无双营吗？我可以坦白地告诉军团长，只要我们无双营上了战场，必定会在第一时间得到万兽帝国最强烈的'关照'，如果神机军团长不同意我的条件，那么，我们是不会冒险出现在战场上的，毕竟，我们无双营的每一位士兵，都是耗费了周营长大量心血才培养出来的。"

神机的脸色越来越难看了，划风只是一个代理营长，居然敢威胁自己，他从军这么多年，还是第一次遇到这种情况。

"划风营长，请你记住，这里是西北集团军。我尊重周营长，但是，我才是第七军团的指挥官。"

划风哈哈一笑，道："那又如何？神机军团长，要不这样吧，不如在万兽帝国的进攻来临之前，我们打个赌如何？"

"打赌？"神机愣了一下。

划风点了点头，道："很简单，你将那个重装步兵团调过来，和我们无双营一战。我们不用弓箭，以五千人对他们一万人，纯粹比拼近战。"

"啊？"神机看向划风，心中暗想，这个代理营长是不是不太聪明？让弓箭兵和重装步兵比拼近战，这和自杀有什么区别？

划风像是没看到神机惊讶的表情一样，继续说道："双方在比拼的时候，都不许使用武器，但可以穿戴盔甲，这样就能够确保安全。"

神机突然产生了一种奇异的感觉，似乎自己在被划风牵着鼻子走，但要说无双营能够赢得了一个重装步兵团，他是说什么也不信的。

"赌注是什么？"神机沉声问道。

划风微笑道："很简单，如果我们赢了，就请神机军团长按照之前说的，让重装步兵团负责我军在战场上的防御。我要求每两名重装步兵用他们的塔盾保护我们无双营的一名士兵。如果我们输了，在今年这场与万兽帝国的大战中，我们便任由神机军团长差遣，并且我们无双营还愿意拿出二十万金币，当作赔偿，你看如何？"

听划风这么一说，神机似乎也没有什么拒绝的理由，虽然他不知道划风凭什么有这样的信心，但是如果他不答应，那么，重装步兵团一旦知道了这个消息，必定会发生骚乱。弓箭兵挑衅重装步兵，重装步兵居然怯懦不敢应战。

军队不同于别的地方，荣耀甚至大于生命，而那些有着辉煌战绩的编制队伍，更是如此。

"好，我答应你。时间紧迫，这场战前比试就安排在明天下午。"

"一言为定。"

划风和神机的赌约，很快就传遍了整个第七军团，甚至连整个西北集团军都知道了。

在绝大多数人看来，这样的赌约实在是太不可思议了，让弓箭兵和重装步兵比拼近战，很多人都认为是划风失算了。

第七军团中，最熟悉无双营的只有十六团，其他团都只听说过无双营，并未接触过无双营。不过，很多团都得到过严令，不得和无双营发生冲突。

与万兽帝国的战争就要开始了，难得有这么一个娱乐的机会，整个西北集团军都因此而热闹了起来。

无双营设了十个博彩点，接受所有人的下注，赌重装步兵赢，一赔一百，赌无双营胜，一赔十。

这个举动极度激怒了重装步兵军团的士兵们，同时也令西北集团军其他团一片哗然。

无双营胆敢这样定赔率，显然是对自己有绝对的自信，也是对重装步兵团的一种挑衅。

头脑简单的人几乎是毫不犹豫地就跑过来下注了，有人送钱，他们怎么会不接着呢？

而稍微聪明点的人也只认为无双营这样做，是为了激怒对手，好给自己争取一些机会，很少有人认为这是无双营对自身实力有绝对自信的表现。

一时间，观望者有之，下注者有之，但观望者较多。之所以观望的人多，是因为他们不相信无双营有兑现赌约的能力。

但是，当天晚上，那些观望者的疑虑就被打消了，无双营不知道从什么地方弄来了大量的金币，堆积在十个博彩点后面，并且派了重兵把守。

这一下，第七军团可真是热闹了，投注者人数暴增。

西北集团军军部也在第一时间得到了这个消息，可他们想阻止也已经来不及了，因为已经有太多的军官和士兵下注了。

如果西北集团军军部现在强行阻止这场赌约，并且没收赌注，必定会打击西北集团军将士们的士气。而且，无双营有浩渺宫的背景，这也是西北集团军军部没有轻举妄动的重要原因。在这种情况下，这场声势浩大的赌约居然就这么达成了。

"营长，投注的人太多，我们已经有些记录不过来了。"魏峰急匆匆地跑到营帐中，向划风汇报。

魏峰把自己的位置摆得很正，虽然在修为上，他其实还比划风高一点，但是，对于划风的能力，魏峰是心悦诚服的。不说别的，单是划风那一手神乎其技的箭术，就令魏峰佩服得五体投地，而且他还从划风那里学了不少东西呢。

听了魏峰的话，划风微微一笑，道："没事，告诉博彩点那边，只需要记录投注在我们身上的那些。投注在重装步兵团那边的，不过是送钱而已。现在我们收了多少赌注了？"

听了划风的话，魏峰脸色顿时变得有些古怪，道："已经超过五百万金币了。普通士兵投注的金币不多，毕竟他们没什么钱，但军官们投注的金币不少，很多人都在等着看我们的笑话呢。"

划风微笑道："那就让他们看好了。"

"是啊！让他们看笑话吧，赚这么多钱的感觉真不是一般地好啊！"罗克敌靠在椅子上，露出一脸的狡黠神色。

天弓营七大神箭手此时都在，他们正和上官菲儿、林天熬等人商量着与重装步兵团这一战的具体对策。

魏峰有些担忧地道："只是，这么一来，我们可是要得罪整个西北集团军了。"

划风微微一笑，暗想，这个魏峰虽然能力不错，可惜格局小了点，目光不够长远，说起来，还是维清厉害啊！

这场赌约就是周维清临走之前想出来的，至于这里面有没有周维清那个老师龙释涯的点拨，那就不好说了。

反正木恩现在一副自在样子，似乎什么都和他没关系，只不过，他此时右眼青紫，不知道是被谁揍了。

"魏副营长请放心，或许我们这次是要犯众怒，但是，在眼前这种特殊的情况下，是不会有什么大问题的，毕竟大战在即。他们只是输钱而已，对我们的怨气暂时还发作不出来。只要我们在战场上证明了我们的价值，他们有苦也要咽到肚子里去。"

魏峰这才恍然大悟，赶忙下去继续布置了。

就在这时，营帐外，一个愤怒的声音响起："木恩，你给我出来！"

一听到这个声音，木恩顿时脸色大变，身体向后一倒，压倒自己的椅子，一个后滚翻，直接从营帐边缘钻出了帐篷。

红玉怒气腾腾地从外面冲了进来，大吼道："木恩呢？那个老无赖呢？"

划风有些错愕地道："红玉族长，您这是怎么了？"

红玉怒哼一声，道："划风营长，这件事你们都别管，我不揍得那老无赖满地找牙，我就不叫红玉！"

衣诗捏了个兰花指，道："大姐，你这是干吗呀？木恩他怎么你了？"

红玉怒道："那个老无赖竟敢偷看老娘换衣服！"

一听这话，众人皆骇然，同时朝木恩离开的位置指了指，红玉又怒哼一声，转身离去了。

直到看不到她的身影了，天弓营的众位才回过神来，面面相觑，最后又都看向罗克敌。

罗克敌无辜地道："都看我干吗？我可没做这种不要脸的事！"

划风拍了拍额头，道："希望木恩别被抓住才好啊。以红玉族长那修为，要是给木恩一巴掌，我都不敢想象木恩会有多惨。"

水草朝划风抛了个媚眼，道："还是我好吧，我对你多温柔啊！"

上官菲儿在一旁已经有些看不下去了，于是她悄悄地走了出去，准备赌约之战的事情去了。

上官菲儿前脚刚走，天弓营那几个中年人就开始打赌了。

"我赌木恩这次至少要在床上躺一个月。"高升毫不犹豫地说道。

"我赌两个月。"水草嘻嘻笑道。

划风皱眉看着他们："你们想赌我不拦着，可谁坐庄？不要指望我，必输的赌约我没有兴趣。"

"不如我来坐庄如何？"罗克敌醉眼蒙眬，说道。

众人对视一眼，对于喝醉了的罗克敌，不趁机敲诈一下，似乎很不"礼貌"啊！

划风问道："你这坐庄的要赌什么？"

罗克敌打了个酒嗝："我赌用不了多久，红玉族长就会被老无赖带回来，而且还会含情脉脉地看着他，甚至要嫁给他。"

众人听完不敢相信，衣诗尖声道："他真的喝多了。好，我们和你赌了。"

于是，众人纷纷下注，唯一一个没有下注的，就是平日里异常沉默的韩陌。

划风看向韩陌："箭塔，你怎么不下注？"

韩陌摇摇头，道："我怕输。"

高升惊讶地道："输给这个醉鬼？怎么可能？你没听他说他赌的是什么吗？"

韩陌淡淡地道："我只知道，在我们之中，他和老无赖最熟悉。你们什么时候见过老无赖那家伙做这么无厘头的事？这其中肯定有问题。"

众人下意识地回头向罗克敌看去，却见到这家伙正在飞快地将所有的赌注金币收入自己的储物戒指中。

感受到气氛明显不太对，之前还醉眼蒙眬的罗克敌抬起头，有些尴尬地笑了笑："有什么问题啊？我怎么不知道。"

划风咬牙切齿地说道："说！我们就当花钱买消息了，否则的话，后果你知道的。"

眼看着众人都在摩拳擦掌，罗克敌只得哭丧着脸道："说，我说还不行嘛！你们应该知道，这么多年以来，木恩一直戴着人皮面具吧。"

众人点了点头，这个秘密只有天弓营的几个人知道，甚至连周维清都不知道。

罗克敌道："木恩的面具，就是因为红玉族长才戴的。说得再清楚一点，乌鸦其实是木恩的女儿……"

第二天下午，约战的时间终于到了。

无双营开的博彩点直到前一刻才停止运营，累计收到了一千万金币的投注。

这个数字在军队里已经相当恐怖了，要不是现在算上后勤补给人员，西北集团军有近百万人，想凑出这么个数字来也是相当困难的。而这一场赌约也成了整个西北集团军全军关注的大事。

第七军团重装步兵团早早地就来到了营地外，他们没有带武器，全都穿着厚重的铠甲。哪怕是离得很远，都能感受到他们身上昂扬的士气。

试问，哪一支军队被人这么挑衅能忍得了？

重装步兵的薪俸一向是军队中较高的，这重装步兵团从军官到士兵，几乎是将所有值钱的东西都典当了，砸在无双营的博彩点上。

此时他们的士气已经高到了无与伦比的程度，甚至比面对万兽帝国大军时，战斗欲望更加强烈。

他们整齐地站在那里，双眼通红，似乎已经看到了无双营士兵被踩躏的情景。

和他们的状态不同的是，直到约战时间将到，无双营的士兵才缓缓地走出营地。

第164章
高招

此时，不只第七军团的高层，整个西北集团军的高层几乎都来到了这里，站在远处等待观战。第七军团的军团长神机，就是这场赌约之战的裁判。

无双营这边出战的正好是五千人，其中有三千人穿着银色铠甲，还有两千人穿着布衣。

最令人奇怪的是，在穿着布衣的两千人中，竟然还有一部分是女性，而且她们的身体相当强壮。

毕竟收了一千万金币，而且几乎没有压无双营胜的，划风的原话是——我们总要多出点力气嘛。于是乎，除了无双营这边选出的最能打的三千人之外，狂战、乌金两族各出了一千士兵。

马龙和红玉原本的意思是，这场约战由他们来应对，因为看着那堆成金山的一千万金币，他们都眼红了。如果这一战他们来应对，他们肯定要拿大头啊！虽然两族都只有两千士兵，可就算是族中的老弱妇孺，其战斗能力也不是普通人所能相比的，凑出五千人应战还真的不是什么大问题。

不过，他们这个提议终究还是没能通过，最终就形成了眼前这样的局面。

如果赢了这场比赛，狂战和乌金两族可以各得到一百万金币，因为毕竟这场约战是划风他们组织的，无双营有理由拿剩余的大部分金币。

划风算是很给狂战和乌金两族面子了，剩余约八百万金币可是要归公的。原因很简单，那些拿了凝形卷轴的士兵，绝大多数还赊着账呢，他们需要拿这些奖金来还账。

眼看着无双营的士兵们走出营地，虽然气势也还不错，但和那一万名重装步兵相比，怎么看都不像能赢的样子。

这可是团战，在这种级别的战斗中，就算个人实力强一点，也很难起到太大的作用，除非是天王级或天王级以上的强者。

神机早就确定周维清的老师和周维清一起暂时离开无双营了，至于无双营的其他强者，他并不放在眼里。

要知道，第七军团最为精锐的队伍有两支，一支是人数达到五千的重装骑兵营，他们和其他团的重装骑兵营一起，能够组成一个重装骑兵团，另外一支，就是眼前的重装步兵团。

这一万人都是久经沙场的老兵，在战场上，他们最重要的任务就是阻挡敌方骑兵的冲锋，压住阵脚。

凭借着坚实的塔盾和苦练而来的力量，单纯比士兵的素质，他们甚至还在重装骑兵之上。

重装步兵团的团长奥尼是第七军团的副军团长，级别只比神机差了半级。在第七军团，奥尼的地位相当高，他本身也是一名七珠修为的天珠师。

上官菲儿和红玉、马龙、林天熬几人一起，站在了无双营队伍的最前方。

上官菲儿目光冷冷地扫向无双营的士兵们，淡淡地道："具体该怎么做，我想不需要我多说了，你们都懂。如果谁被打得倒下了，不但没有奖金，我还会给你们进行特训，都听明白了吗？"

无双营这三千士兵原本因为知道奖金要拿来抵账，情绪不太高，此时一听上官菲儿的这番话，顿时一个个精神抖擞。

上官菲儿都不知道用了多少次这招了，但这招屡试不爽。

她也不是只说说而已，而是真的要做。那些真正体会过上官菲儿特训的无双营士兵，早已将总教官那无比痛苦的地狱式训练广泛传扬。

远处，上官雪儿在暗中注视着自己的妹妹。她看着自己妹妹那威风凛凛的样子，就突然有些羡慕妹妹了。

尽管上官雪儿是浩渺宫的继承人，但她从未体会过像上官菲儿现在拥有的这种成就感。此时此刻，她已经有些期待自己顶替上官菲儿出任总教官的日子的到来。

此时，神机已经骑着高头大马来到了两军阵中："无双营与第七军团重装步兵团的约战即将开始。我来宣布战斗方式与规则，双方以近战形式进行比拼，不得使用任何武器，不得杀伤对手。时间为一个时辰，最终哪一边站着的人多，哪边获胜。"

这个规则再简单不过了，毫无疑问，重装步兵团一上来就占据了绝对的优势，因为他们的总人数是无双营这边的两倍，他们未开战就已经有了五千人的优势。

但这个比赛方式并不是神机想出来的，而是划风自己提出来的。毫无疑问，划风直接让无双营在这场约战中的处境变得极为危险，否则的话，下注的人也就不会那么多了。

如果只是重装步兵团的五千士兵对阵无双营的五千士兵，哪里还用得着狂战、乌金两族出战呢？

没有人相信无双营会胜，原因很简单，除了新来的两族以外，无双营的这些士兵本就出身于中天帝国北疆各营，都是在军营中犯了错误才被发配到特别营的。

周维清这无双营成立至今，还不到一年时间，对于无双营，绝大多数人都不怎么了解，对无双营知道得最多的神机也只知道无双营的箭术训练得似乎还可以。

但要说近战，重装步兵团是数一数二的，又是以二对一对阵无双营，无双营凭什么能赢得了？是个军官就会练兵，只是方式不同而已，练兵不到一年，就算训练方式再出色，也不可能让士兵的实力产生质的飞跃吧？

先入为主的观念令观战的军官们在看着无双营的士兵们时，多少都带着几分不屑，他们只等着结束之后去收钱。

可惜，他们并不知道周维清为了无双营投了多少钱进去，单是制作凝形卷轴所耗费的资源，就价值数千万金币了。用来奖励的金币数量也是相当不菲，再加上在其他装备上使用的金币，可以说，无双营绝对是中天帝国花费最多的一支军队。

在神机宣布完了比赛的方式与规则后，两边开始列阵。

阵形很简单，双方都是在平原上一字排开。阵容整齐的重装步兵团士兵就像是一座座钢铁堡垒，早已跃跃欲试。

上官菲儿冷静地站在那里，沉声道："对方团长交给我，大家各自为战，一定要把他们打倒。"

"比赛开始！"神机在远处大喝一声，声音传得很远。

重装步兵团不愧是精锐之师，随着神机的一声令下，一万人迈着整齐的步伐，带着铿锵的铠甲碰撞声，一步步朝无双营这边逼近。

他们身上有沉重的铠甲，没有跑，但是，这么一步步向前迈进所带来的压迫力更加强大。毫无疑问，重装步兵团的气势在行进中不断增强。

反观无双营这边，随着上官菲儿的一声令下，全体五千人已经朝重装步兵团方向发起了冲锋。

没有阵形，没有秩序，五千名士兵迎面狂奔，原本排列整齐的战阵一下就乱了。

看到这样的情景，观战的军官们险些笑出声来。在战场上什么最重要？阵形、纪律！只有令行禁止，在大规模的战斗中才能更容易击溃对手。

此时重装步兵团排列着整齐的阵形，无双营如此散乱地去冲阵，不是自寻死路吗？

但是，这些军官的笑容很快就凝固在了脸上，因为双方大军开始了碰撞。

上官菲儿一马当先，速度极快，目标直指重装步兵团那体形格外高大的团长。

就在不久前，上官菲儿的天力终于突破到了七珠级别，修为和那名团长一样，可是，她是出身于浩渺宫并且有变异双体珠的天珠师啊！上官菲儿最擅长的正是近战。

"轰——"

约战双方的第一个碰撞，就出现在了上官菲儿与重装步兵团团长奥尼这一处。

奥尼早就有些迫不及待了，在他眼中，一个小小的无双营，竟敢向他们发出挑战，简直就是自寻死路。

眼看上官菲儿冲过来，他大步上前迎战。

这场比赛完全是比拼近战能力，事先神机已经吩咐过了，双方都不允许使用拓印、凝形能力，只能近战，以避免不必要的伤亡，毕竟大家都是友军。

眼看着冲向自己的，竟然是一个英姿飒爽的女子，奥尼气得鼻子都歪了。不过，当上官菲儿离得近了，他就发现有些不对劲，因为他清楚地看到，隐藏在上官菲儿铠甲内的体珠似乎在数量上有些不对啊！

不过，在这个时候，他来不及多想，他身为团长，又是整个重装步兵团的第一强者，自然要给对方一个下马威。虽然对方是女人，他也没有打算手下留情。

上官菲儿的速度很快，奥尼刚看清楚她，她就已经到了奥尼近前，张开右手，向奥尼的咽喉抓去。

奥尼狞笑一声，闪电般抬起左手，挡向上官菲儿的手臂，同时挥出右拳，浑厚的天力透拳而出。

他的体珠属性是力量，轰出这一拳，他已经运用了至少八成的天力。他务必要一击克敌，好鼓舞己方士气。

上官菲儿眼中流露出不屑，身体微微一侧。

在这一刻，奥尼看到的是，上官菲儿整个人竟然扭曲了，他那带着浓郁天力的一拳竟然是有力无处使。

他眼前一花，上官菲儿那抓向他咽喉的手就以一个不可思议的角度抓住了他右手的手腕，紧接着，奥尼就感觉上官菲儿贴上了自己。

奥尼的战斗经验相当丰富，他立刻催动全身天力，强烈的天力波动瞬间爆发。

他凭借着天虚力境界的修为，想依靠天力加上这一身厚重的铠甲，阻挡上官菲儿的攻击。与此同时，他双手全面发力，向内合拢，想要抱住上官菲儿。

他其实没有什么其他想法，只是想克敌制胜，可这一动作，激怒了眼前这位浩渺小魔女。

上官菲儿一拉一拽，奥尼只觉得手腕上一阵剧痛。他骇然发现，上官菲儿的手指竟然如同铁钩一般，就那么轻而易举地抓破了他手臂上的铠甲，一团呈螺旋状的天力硬生生地破掉了他护体的天力。

紧接着，他就看到上官菲儿跳了起来，他合抱的双臂同时一麻，就只看到上官菲儿的最后一个动作。上官菲儿用膝盖狠狠地撞击在了他胸口的护心镜之上。

轰然巨响之中，奥尼的身体如同炮弹一般飞了出去。

穿着那么厚重铠甲的他，竟然被上官菲儿这一击直接轰出去二十多米。这还是上官菲儿有所保留，分散了攻击的力量，否则的话，她这一下就能击碎奥尼的胸骨。

双方交手的速度实在是太快了，从远处看，就只看到无双营这边冲出一个人，与那重装步兵团的团长奥尼碰撞在一起，只不过是一次呼吸的工夫，奥尼就被轰飞了。

这也是那些观战的军官一个个张大了嘴的原因。他们完全无法想象，局势居然会变成这个样子，奥尼可是有七珠修为的天珠师啊！

没等那些观战的军官反应过来，双方就已经真正地开始战斗了。

无双营的士兵都是一些什么人？绝大多数都是好战分子，无双营的几场无损胜利也已经培养出了他们必胜的信心。这挑选出的三千人，全都是无双营的精兵，包括最初的那一千五百名老兵。

这些日子以来，老兵们训练得格外刻苦，他们的天力都有了极大的进步。更何况，在这些人之中，还有各个大队的大队长、中队长，每一个都不是好对付的。

双方对战，就像是两股钢铁洪流悍然撞击在了一起，但是，结果和所有观战者预判的情况大相径庭。

放眼望去，重装步兵团的士兵一个个被轰飞。几乎只是一眨眼的工夫，就有几百人像奥尼那样被撞击得飞了出去，而无双营这边的士兵，竟然完全无损伤。

在这种战斗中，力量远比技巧更加重要，因此，表现得最为强悍的，就要属刚刚加入无双营的乌金、狂战两族的士兵了。

那乌金族的女士兵们，简直就像是战神。她们的平均体重超过六百斤，就算不穿铠甲，也比那些穿着铠甲的重装步兵沉许多。

之前在面对狼骑兵和独角兽骑兵的时候，在自身没有称手武器装备的情况下，她们都能承受住对方一轮又一轮的攻击，一直坚持到周维清带领援军赶到，可想而知她们的近战能力有多么强了。

乌金族女士兵的战斗方式很简单，不论那重装步兵如何冲过来，她们都是一样的动作——加速狂奔，沉肩，撞击。

这样的动作虽然简单，却极其有效。那最先将重装步兵撞飞的，大多数都是乌金族的女士兵。

狂战族的士兵论体重，可能比乌金族的士兵差一点，但论战斗能力，他们更加强悍。

在近战中，他们能够施展一种血脉能力，名叫狂化。狂化后的狂战族士兵，皮肤会变得比金属还坚硬，感受不到疼痛，而且力大无穷，甚至比乌金族人更擅长徒手战斗。

狂战族士兵根本就不防御重装步兵对他们发出的攻击，任由对方的拳脚砸在自己身上，而他们身上连一个印子都不会有。

只见一个个重装步兵那么沉的身体，居然就那样被身高至少两米的狂战族士兵举起来，再狠狠地扔了出去。

和这两个擅长近战的种族相比，尽管无双营的士兵们都身穿铠甲，而且都是御珠师，但在近战中的表现就有差距了。这完全是身体素质上的差距，但是，这并不意味着无双营士兵们的战果就差。

他们跟上官菲儿学了这么长时间的近战，实战能力有了质的飞跃，再加上他们每个人都是御珠师，在使用天力的情况下，就算对方都是精挑细选的大力士，身上有厚重的铠甲，也丝毫占不到他们的便宜。

无双营这边高手数量极多，遇到对方那些营长、中队长之类的，立刻就有无双营这边的大队长、中队长迎上去，局势依旧是一边倒。

西北集团军那些军官的脸部肌肉几乎是不约而同地都在抽搐，谁能想到，这场比拼竟然会是这样的局势？

只不过才正面碰撞几分钟，重装步兵团的士兵就像是麦子一般，一片片倒下了。

没错，重装步兵在战场上确实威力惊人，但是，他们穿着那么厚重的铠甲，只要倒下了，再想站起来可就不容易了，更何况他们遭遇的打击都是相当沉重的。

反观无双营这边，至少有二三十个修为极高的士兵在重装步兵团那边"发威"，他们每一次出手，都至少有一名重装步兵倒下。

直到现在为止，无双营这边除了少数几个普通士兵因为碰到对方中队长以上级别强者，被打倒以外，几乎没有什么倒下的。就算是那些被打倒的人，也迅速跳起来，唯恐被上官菲儿注意到。他们身上的铠甲虽然轻薄，但论防御力，一点也不比对方的厚重铠甲差，因为他们的铠甲是钛合金做的啊！

只是一会儿的工夫，上官菲儿就收手了，因为这场比赛已经毫无悬念，结果只有一个，那就是——无双营完胜。

与无双营的一群御珠师及一群有种族血脉优势的士兵比近战，换了万兽帝国的一个团过来，无双营都不怕。

神机目瞪口呆地看着眼前这一切。

划风骑着马，慢悠悠地来到了他身边，低声道："神机军团长，您看，这场比赛是不是可以提前结束了？要是把重装步兵团的士气都打没了也不好，而且，他们还要配合我们在战场上展开行动，大家都是友军，总不好把关系闹得太僵。"

神机回过神来，听着划风说的风凉话，他真想把这个家伙按倒在地，狠狠地揍一顿。

这是典型的得了便宜还卖乖啊！他们还怕打击重装步兵团的士气？无双营的那些士兵，一个个如狼似虎的，就算是倒在地上的重装步兵，他们都还要骑上去狠揍一顿，这还叫怕打击人家的士气？他们哪有半分手下留情的意思？简直就是将重装步兵当成了生死大敌。

"住手！都住手！"神机将天力注入自己的声音中，大喝道。

重装步兵这边是停手了，因为他们都被打蒙了，可无双营这边依旧打得起劲，没有半点停下来的意思，还是狂战和乌金两族士兵比较厚道，听到神机的声音，先停下手来。

别说其他人了，就连狂战和乌金两族士兵看着无双营这群家伙的战斗方式，都有些胆寒，那绝对是拼命啊，导致现在很多重装步兵都蹲在地上，双手护住要害，头都不敢抬，那样子是要多狼狈就有多狼狈。

"划风营长，赶快让你们无双营的人停手！"神机有些气急败坏地说道。

划风眨了眨眼睛，道："神机军团长，您下达命令的速度太快了，我这人反应慢，没跟上。好了，大家都住手吧。"

划风可没神机那么大的声音，因此，他足足喊了几遍，最后还是上官菲儿在战阵中又喊了几嗓子，无双营的士兵才心不甘情不愿地停下手来。

双方停手，西北集团军那些的军官，一个比一个脸色难看，钱啊！输了多少钱啊！好些人都押上了自己几个月的薪俸在上面。最惨的自然还是重装步兵团的这些人，不仅输了钱，还被狠揍了一顿，身上铠甲有多处变形，以至于在很长一段时间，他们一提起无双营，都会哀号一声："无双营那群浑蛋不是人啊！"

"神机军团长，您看我们之前的赌约……"划风"好心好意"地提醒着。

神机此时已经冷静下来，他虽然输得极其没面子，但心情并不差。虽说输的是他第七军团的王牌主力，但不要忘记，论编制，现在无双营也是属于第七军团的。这样一支劲旅，到了战场上，威势绝不会弱，让他们和重装步兵团强强联手，似乎也不是什么坏事。

"我输了，一切都按照赌约所定来执行。不过，重装步兵团那边，我还要做做工作。"

划风微笑道："那就麻烦神机军团长了。军团长请放心，在战场上，我们无双营是一定不会让您失望的。"

神机看着划风，眼含深意地道："希望如此吧。"说完，他头也不回地走了。

神机暗想，和这无双营打交道，实在不是什么令人愉快的事，这个代理营长划风绝对比周维清更加难缠，自己若再不走，说不定划风又会想出什么坏主意，把自己给绕进去。

经此一战，无双营在西北集团军名声大噪，虽然几乎被集团军其他所有的队伍敌视，但没人敢来挑衅。

在神机一再地做工作之后，伤势不轻的奥尼才终于同意带着重装步兵团辅助无双营。可神机并不知道，这一辅助不要紧，自己这个王牌主力团直接就被无双营收买了。

无双营这边，木恩和红玉终于相认，虽然木恩确实是挂着两只熊猫眼，但红玉终究还是没有狠揍他。

原来，木恩和红玉在年轻的时候就认识，在特殊的情况下，木恩一不小心中了毒，红玉悉心照料他，两人渐渐产生了感情并结婚了。可木恩过惯了自由自在的日子，结婚后没多久就不负责任地跑了。谁知道红玉竟然已经有了身孕，后来就生下了乌鸦。据红玉说，乌鸦的身高体重之所以不及她，就是因为木恩太矮了。

刚见到乌鸦的时候，木恩就有些别扭，也老实了许多。他虽然不知道乌鸦就是自己的女儿，但看到乌鸦，他就联想到了红玉，心中对红玉还是有愧疚之意的。

这次乌金族来投靠无双营，木恩再次见到红玉，心中百感交集，但他又对谁都不敢说，一时间不知道该怎么办才好。最终，他还是决定偷偷去看看红玉，结果却被红玉看到了，以为木恩在偷看她，想抓住木恩。

尽管红玉多年不见木恩，但对于自己一生中唯一的一个男人，哪怕是木恩戴了人皮面具，红玉也还是将木恩认了出来。后来，木恩还是被红玉抓住了。一顿揍是免不了的，最终木恩是如何过关的，在无双营甚至是天弓营，这都是一个秘密。

木恩是打死也不肯说出这个秘密，红玉现在天天都跟在他身边，唯恐自己好不容易找回来的丈夫再跑了。

木恩现在也认命了，毕竟，他心中对红玉充满了愧疚，多年后再次见面，他已经不再年轻，也比年轻时成熟了许多。虽然妻子、女儿彪悍了一些，但她们终归是他的亲人。

"老无赖，你把那一万重装步兵也收了，这招也太损了点吧？"划风看着已经摘了面具，面容清秀的木恩，没好气地说道。

木恩哼了一声，道："损？我这是为我那宝贝弟子着想。无双营目前这些人终究还是少了点，一个送上门的重装步兵团为什么不要？"

划风眉头微皱："可是，将来我们能带得走吗？"

木恩嘿嘿一笑，道："没事，不过一万人而已。别忘了菲儿那丫头是什么身份，要是没有浩渺宫这个背景，你以为维清那臭小子能够在这么短时间就混得风生水起吗？"

划风脸上露出一丝微笑，道："那就这么定了。这件事由你具体操控。话说啊，木恩，嫂子还在门口等着你呢，你是不是该回去了？时间可不早了。"

木恩顿时愁眉苦脸道："老大，让我再留一会儿吧。"

"哈哈哈……"划风看着木恩那一脸无可奈何的样子，笑得前仰后合。

火灵山。

火灵山坐落在万兽帝国深处，距离万兽天堂很近，在火灵山附近五百里内，基本上没有兽人居住。

火灵山这座恐怖的火山总会不定期地爆发一下，也不知道吞噬了多少兽人的生命。因此，就算没有万兽帝国皇室下达的命令，也没人敢住在这附近。

一团青光从天而降，落在了火灵山脚下。青光徐徐散去，显出了两道身影，正是龙释涯和周维清师徒两人。

两天，只用了短短两天的时间，他们就从西北大营赶到了这里，这速度实在是太惊人了。这两天周维清飞得相当痛快。在飞行的过程中，他的身体一直被浑厚的风属性天力包裹着，再加上龙释涯的指点，他对于风属性天力的应用又有了不小的进步。

能长时间飞行，周维清太羡慕这种能力了。两天啊，数千里的距离，就这么到达了，如果自己以后也拥有这样的能力，岂不是就可以飞去浩渺大陆任何一处了？

龙释涯不愧是自由修炼第一人，带着周维清一起飞，两天下来，他脸上没有任何疲倦的痕迹。

虽然火灵山只是一座单独的山，但占地面积极大，而且山体呈赤红色，距离很远就能感受到滚滚热浪袭来。虽然此时还没有进入冬季，但在北疆能够感受到南方盛夏的温度，恐怕也只有这么一个地方了。火灵山顶烟雾缭绕，甚至能够看到空气扭曲的样子，那里的温度必定很高。

龙释涯看着周维清，正色道："维清，你真的想清楚了吗？一旦开始，就不能中途停止，不成功则成仁。从老师内心来讲，是不愿意冒这个险的，循序渐进地修炼，将来你的成就一定会在老师之上。"

周维清苦笑道："可是时间不等人。老师，您放心吧，我还有那么多事情没有做，绝不会死的，而且我这么怕死，就算再痛苦又怎么舍得放弃生命呢？"

龙释涯无奈地摇了摇头："你这小子啊！走吧，你要谨记一点，有我在，你不会有性命危险，不论多大的痛苦，你都必须撑过去。"

第165章
催生龙灵

龙释涯再次释放风属性天力，带着周维清，顺着山体向上升去。

周维清马上就要经历磨难了，在此之前，龙释涯不想让他再浪费时间和精力去登山。

龙释涯虽然用风属性天力带着周维清向上升，却并没有用天力护住他的身体，这样一来，周维清就能清楚地感受到身体周围的温度在随着他们的不断上升而升高。

在龙释涯的刻意控制下，他们上升的速度并不是很快，显然，龙释涯是要周维清逐渐适应火灵山的温度。

在这里，越靠近山顶，周围的温度就越高。周维清身上有固化龙灵，对火元素有很强的免疫效果，再加上五珠修为的天力护体，刚开始的时候，这种外在的温度很难令他感到不舒服。

火灵山有近三千米高，龙释涯为了让周维清更好地适应这里的温度，用了足足半个时辰才带着周维清落到山顶。

火灵山顶呈环形，中间内陷，站在山顶，就能看到那一股股烟雾在不断地往上升。

火灵山顶的温度高得有些恐怖，连周围的空气都是扭曲的。

周维清终于开始感到身体不适了，他必须催动天力护体，才能阻挡这份炽热对身体的影响。

龙释涯沉声道："修炼地点就在这火山口附近，你必须充分感受这里的岩浆之气，才能催生龙灵。你要做的，就是保持意识清醒，不要因为痛苦而迷失自己，不要刻意催动天力，有老师在，发生任何情况都不必惊慌，明白了吗？"

周维清听了这番话，不禁有些紧张。要一直在这里充分感受岩浆之气，难怪老师有极高的修为，说起这次的修炼都显得有些不安，这果然不是一般的痛苦啊！

龙释涯看到周维清的脸色有些变了，道："你现在改变主意还来得及，这里的岩浆之气不是那么容易承受得住的。巨龙是火属性顶级天兽，才可以轻松抵御岩浆之气。

"你所拥有的固化龙灵只有得到岩浆之气的刺激，才能吸收到足够多的能量，提前觉醒，从而带动你的天力大幅度提升。这样一来，固化龙灵才能够将外界的火属性能量转化为你自身的天力。

"孩子，这是一个艰难的关卡，但是，一旦这个方法成功了，固化龙灵就将毫无保留地与你融合在一起，比自行吸收的效果还要好，否则的话，我也不会同意你冒这个险。"

"老师，我没事，我们这就开始吧。"周维清咬牙道。

"好，不愧是我的弟子。"龙释涯眼中光芒大放，右手一抬，一股气流将周围的烟尘吹开，硬生生开出了一条路。

对龙释涯来说，这里的高温和这些有害气体对他没有任何干扰作用。

在这充满了火元素的地方，他依旧能够驾驭风，带着周维清朝火灵山顶附近一块相对平整的空地落去。

周维清隐约能够看到，就在他们下方，有暗红色的液体在缓慢流淌着，热气正是从那里散发出来的。

虽然这块空地离火灵山内的岩浆足有百米远，但这里的温度还是很高的，周维清渐渐感觉自己有些呼吸困难了，身上的衣服更是散发出焦了的味道。

就在这时，周维清体内突然出现了一股冰冷的能量，它瞬间在他全身游走了一遍，令他舒服了许多。

对于这股能量，周维清再熟悉不过了，正是暗魔邪神虎的强大血脉能量。

虽然身上的痛苦暂时解除了，但周维清现在一点也高兴不起来，因为他还清楚地记得，上次固化龙灵的能量和暗魔邪神虎的血脉能量之间的拼斗有多么激烈。

固化龙灵固然强悍，但暗魔邪神虎的血脉能量也同样不弱，这两者碰撞在一起，那绝对是火山碰冰山，而周维清的身体，就是它们碰撞的"战场"。

正在周维清胡思乱想的时候，龙释涯已经带着他来到了那块平整的空地，周维清此时也有些看不清周围的一切了。

这里的温度极高，周围的一切好像都剧烈地扭曲了。

龙释涯此时神色也变得凝重起来，沉声道："维清，稍后我会用我的天力笼罩着你的身体，然后你撤掉你的护体天力，随着你逐步适应这个环境，我再慢慢撤走天力。我会一直保护你，你大可放心修炼。一旦我完全撤走了我的天力，固化龙灵的催生就将开始，你做好准备。"

在这炽热的温度下，周维清已经说不出话了，他只是朝自己的老师用力地点了一下头，示意他已经准备好了。

一团刺眼的红光闪耀，化为一个圆球状的红色光罩，将周维清笼罩着，然后带着周维清缓缓升起。这一次，龙释涯使用的是火属性天力。

龙释涯对天力的控制实在是太强了，尤其是在这充满了火元素的地方，那巨大的红色光罩笼罩着周维清的身体缓缓升起后，再徐徐下降，稳稳地落在了地上。

周维清首先感受到的不是高温，而是压力，是来自龙释涯释放的火属性天力的压力。

他知道，这是因为外界温度过高，对天力产生压力后，再转而施加到了自己身上。

在感受到这几乎令他窒息的压力后的一瞬间，一股无与伦比的炽热气息从四面八方狂涌而上，周维清忍不住闷哼了一声。

如果换了普通人，就算有龙释涯的天力保护着，在这种情况下，身体也会受到影响，因为这里的温度实在是太高了。

但周维清不同，他不仅仅有五珠修为，更有自身血脉的能量和固化龙灵的能量，再加上龙释涯的天力保护，在短时间内，他的身体不会有任何问题。

那炽热的岩浆之气不断地从四面八方涌入他体内，强烈地刺激着他的身体。

在周维清体内，首先行动的并不是固化龙灵的能量，而是暗魔邪神虎的血脉能量，比上次冰冷数倍的能量瞬间从周维清丹田的位置出发，疯狂地涌向他体内的每一个角落。

刹那间，这股冰冷的能量令他感到无比舒服，他的意识变得清楚，甚至连周围的一切他都能看清楚了。

好舒服啊！周维清的脸上露出几分释然之色。

在那暗魔邪神虎的血脉能量的影响下，他竟然感受不到周围的灼热了，但他能够感觉这股冰冷能量似乎在不断地刺激和改造他的身体。

或许是因为这股冰冷能量令周维清的意识格外清醒，他立刻就意识到了一个问题：似乎那传承自暗魔邪神虎的血脉能量之前一直都没有和自己完全融合在一起，此时在外界这炽热的岩浆之气的作用下，它才开始慢慢加速与自己融合。

也就是说，此时周维清被催生的不仅仅是固化龙灵的能量，暗魔邪神虎的血脉能量也在与他进一步融合。周维清的邪魔变很可能会随着这次固化龙灵的催生而产生进化。

这应该是意外之喜了，只是周维清也不确定自己这传承自暗魔邪神虎的血脉能量和固化龙灵的能量相比，究竟哪一个更加强大。

就在他意识清醒地思考着这次修炼可能给自己带来的好处时，他终于真正意义上开始有了痛苦感受。

龙释涯此时就悬浮在周维清的背后。龙释涯不会受到这里的高温的影响，但他需要消耗大量的天力护着周维清。

此时他清楚地看到，在周维清的后背上，一个龙形纹路在岩浆之气的刺激下，缓缓显现出来。

"开始了！"龙释涯大喝一声，紧接着，他开始减少用于保护周维清身体的火属性天力。

外界的温度骤然升高，周维清体内的温度也开始急剧上升，就在这一刻，固化龙灵的能量带着霸道的气息，悍然出现。

那股炽热的能量，几乎是毫不犹豫地朝暗魔邪神虎的血脉能量发起了强有力的冲击。

只是一下，周维清就感觉体内有了一种难以形容的痛苦感觉，就像是一座冰山突然被一座火山给包裹住了。

那种感觉是无法用言语来仔细形容的，这两股能量的刺激，险些一下就让周维清精神崩溃。

暗魔邪神虎的血脉能量是冰冷的，而固化龙灵的能量则是炽热的，两者都极为高傲，不肯妥协。

在这个时候，周维清真的要感谢神布。

当初，周维清被神布发出的火属性技能青金焰命中，就体验过这样的感受，但是那一次，两股能量的碰撞比这一次轻得多。

那一次的经历，也让周维清对此时自己体内发生的情况有了一些心理准备。

而且，那次的事情，也让固化龙灵的能量对暗魔邪神虎的血脉能量有过一次勉强的妥协，两者之间的交锋虽然依旧是针尖对麦芒，可终究不是那种极度激烈的碰撞。

刚开始时的痛苦是最为强烈的，周维清脸上的五官都因为这种无与伦比的痛苦仿佛要缩在一起，全身根本不受控制地剧烈颤抖着，仿佛身体的每一个部位都在痉挛。

在周维清的后背上，固化龙灵的烙印正在变得越来越清晰，而在周维清的头顶上方，一团灰黑双色光影也正在渐渐成形，化为一只背有双翼，尾部有蝎子尾钩的黑色老虎，正是暗魔邪神虎。

龙释涯自然能够感受到周维清在承受着什么，但他深知，在这个时候自己绝不能心软，否则只会害了周维清。

催生龙灵的过程已经开始就不能停止，否则的话，周维清不仅不能从中得到好处，反而会受伤。

保护周维清身体的火属性天力以稳定的速度在持续减少，周维清感受到的温度正在变得越来越高。

周维清体内的固化龙灵原本是被暗魔邪神虎的血脉能量压制着的，但现在它得到了外来岩浆之气的支持，变得极其暴躁，与暗魔邪神虎的血脉能量展开了疯狂地碰撞。

它们的战斗发生在周维清的每一条经脉、每一块肌肉甚至是每一块骨骼上，两股极致能量的恐怖刺激仿佛要将周维清绞碎。

此时的周维清，头脑中已经如同浆糊一般，那种痛苦仿佛随时都有可能将他彻底撕碎。他谨记老师的话，不停地催动自己的精神力，尽可能保持意识清醒。

他知道，一旦自己完全失去了意识，恐怕身体就真的会被这两股恐怖能量摧毁。

就在这时，龙释涯出手了，他在控制着周维清身体周围火属性天力持续减少的同时，双掌之中各涌出一股能量，左手是黑暗，右手是光明，两股能量一左一右，从不同的方向涌入周维清的大脑之中。

得到这两股能量的支持后，周维清觉得自己变得清醒一些了，所有的感知再次回来了。这样一来，他没有了昏迷的危险，可是，痛苦的感受增强了。

哪怕他做了再好的心理准备，当真正面对这难以名状的痛苦时，也很难承受住。

不断有细密的汗珠从他的毛孔中渗出，恐怖的是，这些汗珠离开他的身体后，竟然没有因为周围炽热的高温而化为蒸汽，而是一半结冰，一般燃烧，那样子看上去要多诡异就有多诡异。

"孩子，撑住，刚开始的时候是最艰难的，只要撑过这一关，就有成功的机会！"龙释涯大喝道，然后他猛地一咬牙，撤去了保护周维清身体的最后一丝天力。

岩浆之气毫无保留地和周维清的身体有了"亲密接触"，他的身体已经完全沐浴在了那岩浆之气中。

周维清头顶上方的暗魔邪神虎光影已经变得极为清晰，它此时正做出仰天咆哮状，而在周维清身体周围，隐隐有一圈龙形的岩浆之气在旋转，与暗魔邪神虎对峙着。

周围的雾气变得更浓了，龙释涯的额头上已经出现了汗水，不过不是因为受到了周围温度的影响，而是因为焦急。

在此之前，龙释涯已经知道周维清体内的血脉能量不俗，能够引发邪魔变，但是，在龙释涯原本看来，这股血脉力量再强，也不可能和固化龙灵的能量相比。

因为巨龙在天神级天兽中，是金字塔顶尖的存在，固化龙灵的能量就来自巨龙。这里的岩浆之气，一定可以逐渐吞噬并融合周维清原本的血脉能量，然后催生固化龙灵的能量，周维清就可以完成这次的目标。

可龙释涯万万没有想到，周维清体内的血脉能量竟然强大到了这种程度，和固化龙灵的能量相比，居然丝毫不落下风。

看着那黑灰双色的巨虎，龙释涯突然明白了，周维清的黑暗、邪恶和时间这三大属性，恐怕都是这巨虎的血脉能量带给他的。

这意味着什么？这意味着周维清传承的巨虎，在等级上并不比雪神山的神圣天灵虎差！

周维清同时拥有两大圣属性，就算是岩浆之气，又怎么可能将这股血脉能量完全吞噬呢？这样一来，就导致了一个后果，那就是周维清所承受的痛苦比龙释涯想象中的要强烈得多。

如果这两股能量一强一弱，那么，强的一方可以吞噬掉弱的一方，然后和周维清身体融合起来就要容易得多，但是，实际情况是这两股能量不相上下，就形成了眼前这种对峙的局面。

虽然这两股能量也有可能实现融合，但需要一方退让，让另一方完全处于主导地位。

现在就连龙释涯都判断不出，如果周维清真的坚持下来，这固化龙灵和那股血脉能量会发生怎样的变化，他现在只是在担心周维清究竟能不能撑下去。

此刻，周维清觉得自己不行了，真的要不行了，无与伦比的痛苦完全来自身体无法忍受的痉挛。

虽然他的意识很清醒，但是他十分痛苦，也不愿意继续承受下去。和眼前的痛苦相比，似乎一切都变得不重要了。

可是，他真的能够就这么放弃吗？

周维清沐浴在岩浆之气中还不到半个时辰，他的精神就已经到了崩溃的边缘。

强烈的痛苦来得实在是太快了，而且比预判中更加恐怖。

在这个时候，就算龙释涯想阻止都阻止不了，因为固化龙灵的能量已经被完全激发了出来。唯有一个办法能够解决周维清所承受的痛苦，那就是杀了他。

不行了，真的不行了，让我死了吧！周维清内心在不断地哀号着，他觉得自己快要承受不住了。

当一个人所承受的痛苦达到极限的时候，身体往往会出现自我保护的情况，那就是昏迷。

可是，在眼前这种情况下，由于龙释涯释放的能量的介入，周维清意识清醒，想要昏迷都做不到，只能清晰地去承受那无与伦比的痛苦。

但是，那个临界点还是来了，在那一瞬间，周维清依旧觉得十分痛苦，但他感觉自己仿佛进入了一个黑暗的世界，周围的一切都随之暗了下来。

好黑，好难受，为什么我还没有死？周维清在心中呼喊着。

可就在这个时候，一道熟悉的身影出现在了周维清意识中的这个黑暗世界中。

那是一道白色的身影，和周围的黑暗比起来，它是那么地醒目，从一个小小的白点渐渐变大，一点一点地靠近周维清。

周维清终于看清楚了，那赫然是一只身上有暗蓝色纹路的白色大虎，她正用幽怨的眼神看着周维清。

肥猫，天儿！

看到是天儿，尤其是在看到天儿那幽怨的眼神后，周维清打了一个寒战。

此时此刻，周维清突然回忆起了当初天儿给他的那封信，不是狮心王子古樱冰给他的那封，而是当初天儿悄然离开天珠岛之时，留给他的那一封信。

"维清，我走了。尽管这个决定无比艰难，可我必须离开你了。

"对不起，维清，在你最需要陪伴的时候，我离开了，可是我不得不离开……

"在天珠大赛的决赛上，万兽战队的人已经见到了我。在你向三位神师级凝形师学习制作卷轴的时候，他们找到我，让我和他们一起回去，我拒绝了。

"他们已经发现了我，也发现了我们之间的关系。他们走了，而我必须在天珠岛上等你出关。恐怕，父亲的人和我那未婚夫已经在前来寻我的路上了。

"你已经有太多太多的烦心事，我不能够再让你因为我而受到伤害，所以，我必须走。

"父亲只有我一个女儿，只要我坚持下去，他不会逼迫我的，但恐怕我在短时间内无法去找你了。

"不要来找我，算我求你好吗？我知道，你很容易不顾一切地去做些什么。如果你真的那么做了，那你就辜负了我这一番苦心。

"你有更重要的事情要去做。至少，在你没有足够的实力之前不要来找我，我会想办法说服父亲。

"维清，我走了，没有遗憾，只有思念……

"你的天儿，你的肥猫。"

是啊！我怎么能就这么放弃？在我人生最低落的时候，在我的家园被敌人毁灭的时候，是天儿在我的身边，是她鼓励我，让我重获了希望。她现在有难，我一定要帮助她，帮助她重获自由。

周维清回忆着往日的点点滴滴，想起了自己肩上的复国强国重担，精神之中骤然迸发出一股无与伦比的强大力量，所有的痛苦似乎都被这股强大的精神力量压制了下去。

他的意识变得十分清醒，原本已经变得通红的双眸在这一刻竟然缓缓恢复正常，变得更加深邃了，与他那不知不觉已经进入邪魔变状态的身体形成了鲜明的对比。

他的眼神变得无比坚定，他在心中为自己打气：无论承受多么强烈的痛苦，无论忍受怎样的折磨，我一定要坚持下去，一定！

龙释涯站在一旁，亲眼看到了周维清身上所发生的一切，这位六绝帝君被深深地震撼了。六绝帝君龙释涯从来不会轻易地佩服人。

虽然他嘴上不愿意承认，但在这个世界上，真正令他佩服的只有两个人：一个是为了力之一脉的传承，那样执着的断天浪，在凝形师那个领域，断天浪绝对是极强大的存在之一；另一个就是雪神山主雪傲天。虽然龙释涯不愿意承认这一点，但是，雪傲天确实一直是他无法逾越的对手，他心中是敬佩雪傲天的。

此时此刻，龙释涯发现，自己心中又多了一个佩服的人，这个人就是自己的宝贝弟子周维清。

刚才，周维清身上的变化实在是太惊人了。

因为龙释涯一直都在将能量注入周维清体内，感受着周维清意识的变化，所以他能够清楚地感觉到之前周维清的意识随时都有可能崩溃。

尽管龙释涯是天帝级强者，但在这个时候，他也只能干着急，一点忙也帮不上。

龙释涯已经后悔了，后悔自己为什么答应带着周维清来这里催生固化龙灵，眼看着一个最有希望冲击天神级的年轻人就要这么陨落，而且还是自己这一生中唯一看中的弟子，龙释涯心中的痛苦可想而知。

他明知道周维清即将崩溃，催生龙灵已经不可能成功，但他内心之中又矛盾地希望奇迹出现。

下一刻，奇迹居然真的出现了！

周维清头顶上方的暗魔邪神虎光影突然变淡了许多，在那黑虎身边，竟然出现了一个极为模糊却真实存在的白色光影。

对于这个白色光影，龙释涯实在是太熟悉了。虽然它是那么模糊，但他一眼就能看得出，那正是雪神山一脉的神圣天灵虎。

就是随着那白色光影的出现，一共四团光芒在周维清头顶上方悄然闪现，分别是代表时间属性的黄色光芒，代表邪恶属性的灰色光芒，代表神圣属性的金色光芒，以及代表精神属性的紫色光芒。

这四种光芒形成了一个奇异的旋涡，从周维清头顶正中的百会穴钻入了他体内，令他精神大振，意识变得十分清醒，身体也出现了明显的变化。

首先出现变化的，是龙释涯注入周维清意识之中的两股能量竟然被逼了出来，那两股能量原本是用来帮助周维清保持意识清醒的。

其次，在周维清体内，拼斗得极为激烈的固化龙灵能量与暗魔邪神虎血脉力量居然出现了短暂的平静。虽然只是一瞬间，这两股能量就恢复碰撞了，但是它们之间的拼斗明显没有之前那么激烈了，似乎被第三方能量制约着。

这要何等强大的精神力才能做到这一点啊！

周维清此时终于渡过了最初的危险，开始正式催生固化龙灵，催生的过程比龙释涯之前判断的顺利许多。

毫无疑问，能够出现这种情况，首先就要归功于周维清自身的执念。如果没有那份强烈的执念，他的精神早就崩溃了。

这也是龙释涯钦佩周维清的原因之一，他自问没有半分把握能够做到这一点。

令龙释涯奇怪的是，四大圣属性为什么会同时出现在周维清的头顶上方，而且还随着神圣天灵虎光影的出现而出现。这令他感到十分不可思议。

而实际上，之所以有这种情况出现，确实是因为天儿，可以说是天儿在关键时刻救了周维清。

当初，天儿在化形期之所以找上周维清，就是因为周维清拥有天儿没有的邪恶、时间两大圣属性，他们两人在一起，就是四大圣属性俱全，这样的情况对于天儿有着天然的吸引力。而那时候，周维清因为自身修为还不高，还感觉不到这种吸引力。

两人成了朋友，在一起几年时间，天儿凭借四大圣属性，修为突飞猛进。只要她在周维清身边，两人的四大圣属性就一直在运转着，只不过周维清不知道而已。

在那个时候，虽然天儿从他身上得到了极大的好处，可天儿自身的能量也对周维清也产生了一定的影响。因此，不论是天儿还是周维清，体内都有一些属于对方的圣属性能量存在。

此时，周维清面临生死存亡，他脑海中最后的执念就来自天儿，属于天儿的那两种圣属性能量也随之被彻底激发了出来。

固化龙灵的能量和暗魔邪神虎的血脉能量都极其强大，但是，当四大圣属性并存的时候，那份浩瀚的神圣能量是凌驾于那两股能量之上的。

因此，在周维清内心的执念和这四大圣属性能量的共同作用下，他终于渡过了最危险的阶段，开始走上催生龙灵的正轨。

这种情况是谁也没有想到的，是随着周维清执念的出现而发生的，连周维清自己都有一种不可思议的感觉，就更不用说龙释涯了。

周维清眉心正中的位置出现了一个光点，这个光点虽然只有蚕豆大小，却发出了夺目的光芒，令周围的一切都黯然失色。

如果仔细看，就能够看到这个光点也闪烁着四种颜色的光芒，正是四大圣属性的光芒。

这个光点从周维清的额头处缓缓向下移动。周维清能够清楚地感觉到，这个光点一直游走到他胸口的位置才停下来。

所有的痛苦依然还在，但此时此刻他再没有半分放弃的打算，而且，在那个奇异的旋涡进入他体内后，固化龙灵的能量与暗魔邪神虎的血脉能量开始朝这个旋涡汇集，然后融入其中。

那两股能量进入旋涡，再从旋涡中心被释放出来后，就已经奇异地融为一股能量，就那么停滞在了周维清胸口的位置，正是那个光点。

刚开始的时候，由于他体内那个旋涡本身很小，能够吸收融入其中的能量很少，但随着时间的推移，融入的能量越来越多，这个旋涡也略微变大了一些，只是它的光芒也淡了一些。

这个旋涡之所以变大，是因为在它的外围，那些被释放出来的崭新能量也被它带动起来了。

这样一来，虽然两股能量转化的速度不会加快，但这个旋涡对固化龙灵的能量和暗魔邪神虎的血脉能量的牵制作用在不断地增强，周维清所承受的痛苦也因此而慢慢地在减弱……

（本册完）

《天珠变 典藏版》第9册即将上市，敬请期待！